ULTRAISMO

ウルトライスモ——マドリードの前衛文学運動

ULTRA **Un manifiesto de la juventud literaria** Los que suscriben, jóvenes que comienzan a realizar su obra, y que por eso creen tener un valor pleno, de afirmación futura, de acuerdo con la orientación señalada por Cansinos-Assens en la interviú que en diciembre último con él tuvo X. Bóveda en *El Parlamentario*, necesitan declarar su voluntad de un arte nuevo que supla la última evolución literaria: el novecentismo. Respetando la obra realizada por las grandes figuras de este movimiento, se sienten con anhelos de rebasar la meta alcanzada por estos primogénitos, y proclaman la necesidad de un «ultraísmo», para el que invocan la colaboración de toda la juventud literaria española. Para esta obra de renovación literaria reclaman, además, la atención de la Prensa y de las revistas de arte. Nuestra literatura debe renovarse; debe lograr su «ultra» como hoy pretenden lograrlo nuestro pensamiento científico y político. Nuestro lema será «ultra», y en nuestro credo cabrán todas las tendencias, sin distinción, con tal que expresen un anhelo nuevo. Más tarde estas tendencias lograrán su núcleo y se definirán. Por el momento, creemos suficiente lanzar este grito de renovación y anunciar la publicación de una Revista, que llevará este título de *Ultra*, y en la que sólo lo nuevo hallará acogida. Jóvenes, rompamos por una vez nuestro retraimiento y afirmemos nuestra voluntad de superar a los precursores. Xavier Bóveda. —César A. Comet. —Guillermo de Torre. —Fernando Iglesias. —Pedro Iglesias Caballero. —Pedro Garfias. —J. Rivas Panedas. —J. de Aroca.

Sakata Sachiko
坂田幸子

国書刊行会

はじめに

ウルトライスモという名称をはじめて耳にする、という方も多いだろう。たしかにウルトライスモは知られていない。たとえスペイン文学史に多少の知識がある人でも、それ、なんだったっけ、という程度の反応しか返ってこないこともしばしばだ。ウルトライスモとは、ひとことで言うならば、一九二〇年前後にスペインのマドリードを中心にして展開した前衛詩運動。時代的には、哲学者ウナムノや詩人アントニオ・マチャードらの〈一八九八年世代〉と、詩人フェデリコ・ガルシア・ロルカに代表される〈一九二七年世代〉というふたつの世代にはさまれて、まことに分が悪い。二十世紀スペイン文学史を飾る大物たちの陰で、さして見向きもされず、なかば忘れ去られた文学運動……。

かれこれ二十年近く前に思いがけぬきっかけからウルトライスモについて調べるようになった時点では、恥ずかしながらわたし自身、この運動について何も知らなかった。いざ調べてみようとしたところで当時はなにしろ手に入る資料が本当に少なかった。実際、この本の第三章で取り上げたウルトライスモ三大雑誌の『セルバンテス』、『グレシア』、『ウルトラ』のいずれも、ほんの断片的な形でしか見ることはできなかった。しかしここ十五年ぐらいだろうか、スペインの一握りの熱心な研究者の努力によって、ウルトライスモは次第に注目を集めるようになりつつある。『グレシア』と『ウルトラ』は復刻版が出たし、『セルバンテス』は最近になってスペイン国立図書館のデジタル・アーカイヴで読むことができるようになった。研究書や書簡集などもいくつか出版されたし、資料展が開催されたこともある。こうしてウルトライスモは、長年にわたって積もった忘却の埃の下から少しずつその姿を現しつつある。

この本の章の構成について簡単にお話ししておこう。第一章から第三章は、先立つ経緯や背景を含めてウルトライスモの誕生と進展をいくつかの角度から辿ったもの。続く第四章と第五章では、テーマと技法の両面から作品を分析、解説した。第六章から第八章は、それぞれ首都マドリードの発展（第六章）、女性アーチストたち（第七章）、メキシコとアルゼンチンの前衛文学運動（第八章）とウルトライスモとの関係について述べたもので、いずれかの章を取り出して単独の読み物としてお読みいただくこともできる。本文中で取り上げることのできなかった話題についてはコラムをふたつ設けた。また、末尾の人名小辞典に目をとおしていただくのも一興かと思う。たいていの場合、文学的名声とは無縁だったウルトライスモの詩人たちだが、文学にかける思いは熱く、僅かばかりの栄光と数知れぬ挫折に彩られたその生きざまは実に多様だ。日本ではウルトライスモの詩がほとんどまったく知られていないことから、できるだけ多くの作品を訳出して紹介し、本全体としてアンソロジー的な側面も持たせるようにした。

この本によって、二十世紀スペイン文学の知られざる一面に光を当てることができればと願う。そして、一九二〇年前後のマドリードの街の活気と、その街で詩作に夢を託した詩人たちの心意気を感じてもらえればさいわいだ。

目次

ウルトライスモ——マドリードの前衛文学運動

第一章　ウルトライスモ前史

Ⅰ　二十世紀初頭のマドリード

マドリード……人口三百万人以上のこの街はいつも活気と喧騒に満ちている。特に賑やかなのが、この街の中心を東西に横切る目抜き通り、グラン・ビア。車道はいつも渋滞でクラクションの音が飛びかい、歩道には、カップルや親子連れや友人グループ、あるいは移民労働者や外国人観光客があふれる。映画館や劇場の前には上映を待つ人々が列をなし、歩道に面したカフェをふとのぞきこめば、どのテーブルも、どのカウンターも、いつ果てるともしれぬおしゃべりに夢中な人々で満席という具合。上方に目を転じれば、この通りの建物はほとんどが、アール・ヌーヴォーからアール・デコにかけての意匠で飾られている。今でこそこれらの建物のデザインは歴史的なものとして目に映るが、一世紀近く前に建設された当時は最先端の意匠を凝らしたファサードがずらりと並んでいたわけで、その様は街行く人に強い印象を与えただろうと想像される。実はこの街並みこそまさに、ウルトライスモの詩人たちが誕生を目撃した街の姿なのだ。

まずは時の流れをさかのぼり、二十世紀のはじまりからウルトライスモ運動にいたるまで、約二十年間のスペインの歴史と社会の様子を概観しよう。

一八九八年。スペインは米西戦争でアメリカに惨敗し、わずかに残っていた海外領土であるキューバ、プエルトリコ、グアム、フィリピンを失う。国力衰退への危機感と屈辱の中、スペインは世紀の変わり目を迎える。近代市民革命を体験しなかったこの国では、いまだ封建的な社会構造が支配的だ。産業でも遅れをとり、一部の地域で繊維工業や鉄鋼業が芽生えつつあるものの、十九世紀末の時点では、全体として圧倒的な農業国。しかも、農民の多くは、貧しい小作農か、わずかな賃金で雇われる農業労働者である。首都マドリードはと言えば、西の王宮と東のプラド遊歩道の間に広がる一帯が街の中心だが、さして道幅の広くない曲がった道や路地が不規則に交わり、そこを馬車や物売りが行きかい、雑多な印象を与える。この国でいつの時代にも活気に満ちているのは、カフェだ。街のいたるところにあるカフェでは、ほの暗い空間で男たちが何時間も延々と議論を交わしている。カフェに集って会話を楽しんだり、議論を交わしたりする集まりは、この国ではテルトゥリアと呼ばれる。つどう仲間が文学者たちであれば、それは文学テルトゥリアとなり、そこから新しい文学の流れが生まれたり、作家グループが誕生したりすることもある。やがてこうしたテルトゥリアのうちのひとつから、ウルトライスモも生まれるだろう。

ピレネーの南で大航海時代の美酒に酔いしれて眠りについたきり、いつまでたっても目覚めを知らぬかのようなこの国にも、しかし、二十世紀という時代の波はひたひたと押し寄せてくる。そして一九一〇年代から一九二〇年代にかけては、工業化が急速に進み、通信網や交通網が発達する。第一次大戦で中立の立場をとったことも、工業化と資本力の強化を促す要因となった。都市は、地方から流入する労働者を呑み込んで膨張し、[*1]インフラの整備も進み、雑誌や新聞の発行部数も大幅に伸びる。こうした中、マドリードでは大がかりな街並み改造が行なわれ、古くからの路地や建物を取り壊して、街の中心を東西に横切る目抜き通り、グラン・ビアが完成する。そしてその両側には堂々たる外装の銀行本社ビルや、時代の意匠を取り入れたモダンなビルが建てられ、この街は近代的な大都市へと変貌を遂げてゆくのだ。この時期のマドリードの様子とその急激な変貌については、第六章で詳しく取り上げることとしよう。

しかしまたこの時代は、発展と同時に騒乱の時代でもあった。米西戦争に敗れたスペインは、失った領土の埋め合わせとばかりにモロッコへ侵攻する。民衆が戦役に召集されることに反発して激しい抗議行動を起こすと、軍がこれを鎮圧しようとして多数の犠牲者が出るという惨事にも発展した。モロッコでの軍事行動はその後も続き、泥沼化してゆく。スペインが第一次大戦で中立の立場を取ったのもひとつには、モロッコ戦役を優先させたからである。さらにこの時代の社会を大きく特徴づけるのは、労働運動の激化だ。生活改善の要求を掲げて、都市部では、UGT（労働者総同盟）とCNT（全国労働連合）の主導するストライキが続発。他方、農村部では、一九一七年のロシア革命に刺激を受けて、その後の数年間、農業労働者たちの運動が相次ぐ。政治では、一九二三年にプリモ・デ・リベーラ将軍の独裁政権が始まるが、それまでの間、社会不安を反映して、政権はいずれも短命だった。

ウルトライスモの生まれる一九一〇年代末。人々はまだ、時代の大きなうねりがついには内戦（一九三六年～一九三九年）という嵐をもたらすことを知らない。しかし、つぎつぎに新しい情報と技術がもたらされ、都市が変貌を遂げ、浮かれた気分と不満や怒りがめまぐるしく交錯する……そんな落ち着かない時代に、ウルトライスモは生まれたのだった。

先を急ぐ前に、まずは、ウルトライスモに先行する詩運動や、スペイン語の前衛詩の先駆者について見ておこう。

Ⅱ　スペイン前衛詩の先駆者

(1)　ルベン・ダリーオとモデルニスモ

十九世紀末から二十世紀初頭にかけてのスペイン詩壇を席捲したのは、フランスの高踏派や象徴派の影響を受けた、中南米発のモデルニスモ（近代主義）と呼ばれる運動だった。[*2] そもそも中南米諸国は十九世紀初頭に独立するあたりから、思想的・文化的にフランスの影響を多く受けてきたという伝統がある。フランス詩壇の影響は、ピレネーを越えてではなく、むしろ大西洋の向こう岸から渡ってきたひとりのラテンアメリカ詩人によってスペインにもたらされるのである。一八九八年、ニカラグア出身でモデルニスモ最大の詩人、ルベン・ダリーオはアルゼンチンの新聞社によってスペインへ派遣される。それはジャーナリストとして米西戦争大敗後のスペインの状況を視察、報告するためだったが、ダリーオは任務を終えた後も断続的に滞在を続け、この国の詩に多大な影響を与える［図1］。

［図1］ルベン・ダリーオ（1915）

ルベン・ダリーオはヴェルレーヌを師と仰ぎ、繊細で甘美な詩行にのせて、あるいは異国情緒あふれる官能的な世界を、あるいは憂愁に満ちた孤独な心のうちをうたった。そして彼のもたらしたモデルニスモは当時のスペイン詩壇で一大流行となる。たとえば、後にノーベル文学賞を受賞するフアン・ラモン・ヒメネスの初期の詩集は、『哀調のアリア』*Arias tristes*（1903）や『遠い庭』*Jardines lejanos*（1904）など、題名からもモデルニスモの影響が伺える。またこれはガルシア・ロルカが少年だった頃のエピソードだが、彼は、一九一一年、当時住んでいたグラナダでビリャエスペサの詩劇『真珠の城』*El alcázar de las perlas*（1911）を観て、「グラナダの泉……／香り豊かな星の夜に／その哀しげな啜り泣きにまさる悲痛を／汝らは感じたことありや／すべては月から流れ出る銀の／漠たる魔法の中に安らぎあり」といった、いかにもモデルニスモ的詩句にすっかり魅了されてしまったと伝えられる。[*3] ちなみに、ビリャエスペサと言えば、今ではまず読む人はいないが、感傷的な内容を美しい言葉と響き高い調子でうたいあげて一世を風靡した、スペイン・モデルニスモを代表する詩人である。

どうしてモデルニスモがそれほどまでに当時のスペインの詩人たちの気持ちを惹き付けたかというと、まず文学上の理由としては、十九世紀後半に主流だった写実主義文学への反発が考えられるだろう。詩人たちは、写実主義文学の描く卑近な世界や、ともすると陥りがちな雑な文体を激しく嫌悪した。と同時に社会的背景も大きく影響している。フランスなどに大幅に遅れをとったとはいえ、スペインでも二十世紀ともなれば、そろそろブルジョワ階級が台頭し、近代的・資本主義的な産業構造に移行するきざしがあらわれる。そうしたスペイン社会の変化に対して詩人たちがとった最初の反応はといえば、同時代の社会の風潮を侮蔑、唾棄することだった。彼らは、自分が置かれた場所からの時間的・空間的逃避を夢見て、異国情緒あふれる作品を書く。はるかな東洋や古代、神話的世界などは、モデルニスモの詩人たちがこぞって想像力を飛翔させる好尚の地となり、その結果、二十世紀初頭のスペイン詩には、純白の白鳥、物憂げな美女、夕暮れの情景、夜の庭といったモチーフが氾濫するようになるのだ。
参考までに、ダリーオの詩で、もっとも人口に膾炙した作品の一部を紹介しよう。

「ソナチネ」Sonatina[*4]（部分訳）

ルベン・ダリーオ

姫君は愁いに沈む……なにゆえにか。
ためいきを洩らすいちごの唇は
微笑を忘れ、色を失い。
姫君は青ざめて黄金の椅子に座す。
彼女の響き高いチェンバロの鍵盤は押し黙り、
グラスでは忘れ去られたまま一輪の花が気を失う。
［中略］
　ああ、薔薇の口もとをした哀れな姫君！
姫君は願う、燕になりたい、蝶になりたい、
軽やかな翼を得て、空を飛びたいと、
輝ける光の階段をのぼって太陽に行き
五月のうたを捧げて百合の花に口づけたい、
さもなければ大海の轟きを眼下に、風のなかに消えてしまいたいと。［以下省略］

［図2］フアン・ラモン・ヒメネスとセノビア・カンプルビの結婚記念の写真（1916）。フアン・ラモン・ヒメネスは当時ニューヨーク在住のセノビアと結婚するためにスペインから合衆国へと船で往復する。その船旅の体験や印象を出発点として詩集『ある新婚詩人の日記』ができあがった

今の時代にこのような詩を読めば、正直言って、どこが良いのかあまりぴんとこないという方もいるだろう。だがそれでも、ダリーオの詩の一行一行の格調高い響き、妥協することなく選び抜かれた詩句が喚起する華麗で豊穣なイメージには、感嘆せずにはいられない。

スペインにおけるモデルニスモの全盛期はだいたい一九一〇年代前半までだ。一九一〇年代なかばには運動としての輝きを失い、やがて一九一六年、放蕩なデカダンの生活で身体を壊したルベン・ダリーオが祖国に帰国して没すると、この運動も急激に衰えを見せる。しかし新たな詩の潮流はすぐには現れず、マンネリ化したモデルニスモの作品が量産される状態が続く。

ただし、ここで忘れてならないのは、このように停滞した状況にあってひとり、モデルニスモから未踏の領域へと大きく踏み出した詩人がひとりいたということだ。それはフアン・ラモン・ヒメネス。彼の詩集『ある新婚詩人の日記』*Diario de un poeta reciencasado*（1916）は、なんと二百四十二篇もの詩から成るが、それらのなかには、たったひとつの感嘆文だけからなる超短詩もあれば、会話文だけで書かれたものもあり、さらには街角の広告文をそのまま使用したコラージュのような作品もある。ヒメネスのこの作品

は、二十世紀スペインの詩集のうちでもっとも重要なもののひとつであり、スペイン語における散文詩の最初の大きな成果であり、また、句読点や詩行の配置について詩人たちの意識の変革を促したという点で、前衛文学の貴重な先駆者とみなすことができるだろう［図2］。

(2) ラモン・ゴメス・デ・ラ・セルナとグレゲリーア

ラモン・ゴメス・デ・ラ・セルナは生涯を通じての前衛主義者、何の流派や主義にも属さない、いわば一匹狼の前衛主義者だ。実際、彼は自分の作品の総体を、みずからの名にちなんで〈ラモニスモ（ラモン主義）〉greguería と名づけた。マドリードの蚤の市で蒐集した骨董や珍品で床や壁から天井にいたるまでを埋め尽くした人工楽園のごとき書斎にこもり、パリの最新モードを装わせた等身大のマネキンのかたわらで執筆し、あるいは黒人や闘牛士の扮装で、あるいは空中ブランコや象の背に乗って作品を朗読するなど（彼は無類のサーカス好きだった）、パフォーマンス性に富む生き様そのものが、前衛アートだったと言え

［図3］書斎でお気に入りの蠟人形とともにいるゴメス・デ・ラ・セルナ

［図4］ゴメス・デ・ラ・セルナ（ディエゴ・リベラ画、1915）

る［図3・4］。この奇妙な書斎作りに着手したのが弱冠十五歳の頃であったというから、ただごとではない。一九〇八年以降、父ハビエル・ゴメス・デ・ラ・セルナが発行する雑誌『プロメテオ（プロメテウス）』*Prometeo* で、レミ・ド・グールモン、ロートレアモン、マルセル・シュオブ、ダンヌンツィオ、ド・クィンシー、スウィンバーン、オスカー・ワイルドなど、ヨーロッパ各国の世紀末文学を紹介する。一九〇九年には、フランスの『フィガロ』*Le Figaro* 紙に発表されたマリネッティの未来派宣言をいちはやくスペイン語に訳して、『プロメテオ』誌に掲載。さらに翌年には同誌に、マリネッティによる特別寄稿「スペイン人に向けた未来派声明文」Proclama futurista a los españoles を掲載。当時のスペインの作家や詩人たちに、国外の文学の動向について貴重な情報を提供し、おおいに刺激を与えた。

　創作面では、小説、実験演劇、自伝、回想録などを大量に執筆したが、特筆すべきは、ゴメス・デ・ラ・セルナ自身の創出した〈グレゲリーア〉[*5] greguería なるジャンルであろう。彼自身の定義によれば「グレゲリーア＝メタファー＋ユーモア」であり、通常、一〜三行ぐらいから成る短詩の形式をとる。彼はグレゲリーアを、若い頃からずっと、[*6] それこそ際限なく——ある人の言葉を借りれば「野に雛菊が咲くかのように」[*7]——次々と書き続け、膨大な作品群を遺した。[*8] 諧謔味と才知にあふれた詩句は、その内容と喚起するイメージにより、謎々、地口、ナンセンス、ブラックユーモア、箴言、俳諧、キャッチコピー……さまざまにとれる。以下、いくつか紹介しよう。

　柳は水中で竪琴をつまびく。

かもめは、港で「さよなら！」を言うハンカチから生まれた。

知らせを聞いて、ソファは気絶した。

蚤は犬をギタリストにする。

愛はつかのまを永遠にしたいという突然の願望から生まれる。

白鳥は天使と蛇が合体したもの。

埃は昔の忘れ去られたくしゃみでいっぱいだ。

雨は悲しい。ぼくたちが魚だった頃のことを思い出させるから。*9

以上、ほんの数例ではあるが、こうして見てみると、思いがけぬ事物を結びつける奇抜で新鮮な比喩、装飾的な部分をそぎ落とした簡潔な表現、ユーモアの果たす重要な役割などの点において、ゴメス・デ・ラ・セルナのグレゲリーアは、このの ちスペイン詩の歩む方向を先取りしていたと言えよう。

ゴメス・デ・ラ・セルナと言えば、グレゲリーア以外にもうひとつ、カフェ・デ・ポンボで開かれたテルトゥリアのことにも言及しておかねばならない。テルトゥリアとはすでに述べたように、カフェで定期的に開かれる同好の士の集まりのようなものだ。一九一五年、ゴメス・デ・ラ・セルナは、マドリードのダウンタウンの中心プエルタ・デル・ソルのすぐ近くにあるポンボという名のカフェで、毎週土曜日、テ

［図5］カフェ・デ・ポンボのテルトゥリア。中央で起立しているのが主宰者のゴメス・デ・ラ・セルナ（ホセ・グティエレス・ソラーナ画、1920）

ルトゥリアを主宰するようになる。[*10] 当初の常連メンバーは、大衆小説の分野で圧倒的な人気を誇ったマヌエル・アブリル、ゴメス・デ・ラ・セルナの作品の装丁などを手がけた画家であると同時に、児童文学の作家としても活躍したサルバドール・バルトロッシ（彼がテキストとイラストを手がけたスペイン版ピノキオのシリーズは大評判だった）、二十世紀初頭のスペインを代表する画家ホセ・グティエレス・ソラーナや、マドリードに滞在していたメキシコの画家ディエゴ・リベラなどなど。数年後にウルトライスモを旗揚げするカンシーノス・アセンスも、その頃はポンボのテルトゥリアの常連だった。こうした人々以外にも、ピカソ、マリー・ローランサン、ヴァレリー・ラルボー、チリの詩人ビセンテ・ウイドブロなど、マドリードに来る当時の最先端の文化人たちがカフェ・デ・ポンボのテルトゥリアに立ち寄るようになる。ガス灯に照らされた老舗カフェで週末の夜から翌日の明け方にいたるまで開かれたこのテルトゥリアは、二十世紀スペイン文化史の伝説のひとつだ。そしてこの伝説は、常連のひとり、ホセ・グティエレス・ソラーナの絵筆により画布に留められ、後世に伝えられるのである［図5］。

(3) ビセンテ・ウイドブロとクレアシオニスモ

スペインは第一次世界大戦で中立を保った。それによって交戦国からの需要が増え、工業、商業、運輸業が発展し、社会は大きく変貌する。戦争は人の往来も活発にした。戦乱を避けてヨーロッパのほかの国からスペインへ一時的に居を移す人たちがいたのだ。こうした人々のなかにはヨーロッパ諸国で最先端の活動をしてきた文化人も含まれ、彼らのスペイン訪問がこの国の文化状況に風穴を開けることとなる。そのうちのひとりが、当時パリで活躍していたチリ出身の詩人、ビセンテ・ウイドブロである。彼のスペイン来訪がどんな刺激を与えたのか見てみよう。

ウイドブロは一八九三年、チリの首都サンティアゴに生まれる。チリ出身のふたりのノーベル賞詩人ガブリエラ・ミストラルとパブロ・ネルーダとの関係で言えば、ミストラルよりも四歳年少、ネルーダよりも十一歳年長にあたる。ウイドブロの両親はともにチリでも指折りの家柄。母親は広壮な邸宅の一室で文学サロンを主宰し、モナ・リザの筆名で評論などを執筆する才媛だった。こうした環境の中、早熟な詩人として才能をあらわしたウイドブロは、一九一四年にサンティアゴの文芸協会《アテネオ》で行なった「Non serviam」と題する講演において、「母なる自然よ、ぼくはあなたの奴隷になるのはごめんだ」と語り、ミメーシスと決別し、詩言語による世界の創造をめざす決意表明をする。二年後の一九一六年、パリに向かう途中、立ち寄ったアルゼンチンのブエノスアイレスの文芸協会《アテネオ》でも講演。ここで「詩人の条件は、第一に創造、第二に創造、第三に創造」と語ったことが事実上、クレアシオニスモ（創造主義）の旗揚げとなる。「クレアシオニスモ」とは、何なのか？　ウイドブロ自身の説明を引用する。

［クレアシオニスモの詩とは］それを構成する個々の部分ならびに全体が、外界から独立し、いかなる現実とも切り離された、斬新な事実を提示する詩である。なんとなれば、それはこの世界において、他のもろもろの現象とはかけ離れた、独自の現象として存在するものだからだ。

そのような詩は詩人の頭脳の中においてしか存在しない。それが美しいのは、何かを想起させたりするからでもなければ、現にこれから見るかもしれない美しいものを描写しているからでもない。クレアシオニスモの詩はそれ自体として美しいのであり、比較の対象とされるものではない。作品の中においてのみ知覚可能なものなのだ。

外界のなにものも、クレアシオニスモの詩には似ていない。この詩は、存在しないものを現実のものとする。言うなれば、みずからを現実とする。驚異を創造し、それに独自の生命を与えるのだ。

［……］

たとえば「小鳥が虹に巣をかける」と書けば、これは新たな事実を、きみたちがこれまで一度も見たことはないし、これから見ることもないだろうけれども、いかにも見てみたいという気持ちに駆られるような何かを表している。*11

パリに到着したウイドブロはフランス語で詩作を始め、『シック』*Sic*、『ノール＝シュッド』*Nord-Sud*

『エスプリ・ヌーヴォー』*L'Esprit Nouveau* など、時のフランス文学の最先端を行く雑誌に次々と参加。アポリネール、ルヴェルディ、ブレーズ・サンドラールなどの詩人たち、ならびにファン・グリス、ピカソ、ロベールとソニアのドローネー夫妻やリプシッツなどの画家や彫刻家と親交を結び、モンマルトル近くのウイドブロのアパルトマンは、これらの芸術家が集うサロンとして賑わった［図6・7］。この時期の代表的な詩集としては、『四角い地平線』*Horizon carré*（1917）がある。収録詩はすべてフランス語。ウイドブロによれば、「四角い地平線」という題名からして、現実世界には存在しないものを言葉によって現出せしめるという点で、クレアシオニスモ的なのであり、「卵形の天窓」などという表現とは異なるのだという。*12

一九一八年七月、第一次大戦による混乱が続くパリを逃れて、ウイドブロはひとまず祖国チリに帰ることとするが、その途中、マドリードに立ち寄り、その年の十一月まで滞在する。くしくもこの二十年前に象徴派や高踏派がラテンアメリカの詩人ルベン・ダリーオによってスペインにもたらされたのと同様、前衛文学もまた、ラテンアメリカの詩人ウイドブロによってスペインにもたらされるのである。ウイドブロはマドリードで、『北極の歌』*Poemas árticos*、『赤道儀』*Ecuatorial*（以上はスペイン語）、『エッフェル塔』*Tour Eiffel*［図8］、『アラリ——戦争の詩』*Hallali. Poème de guerre*（以上はフランス語）と、四冊の詩集を相次いで出版。『エッフェル塔』は、ロベール・ドローネーの描いた表紙が実に美しい（ドローネー夫妻もウイドブロ同様、パリからマドリードに避難していた）。また、内容的には『赤道儀』がとりわけ完成度の高い詩集とされる。この詩集から二篇を選んで紹介しよう。

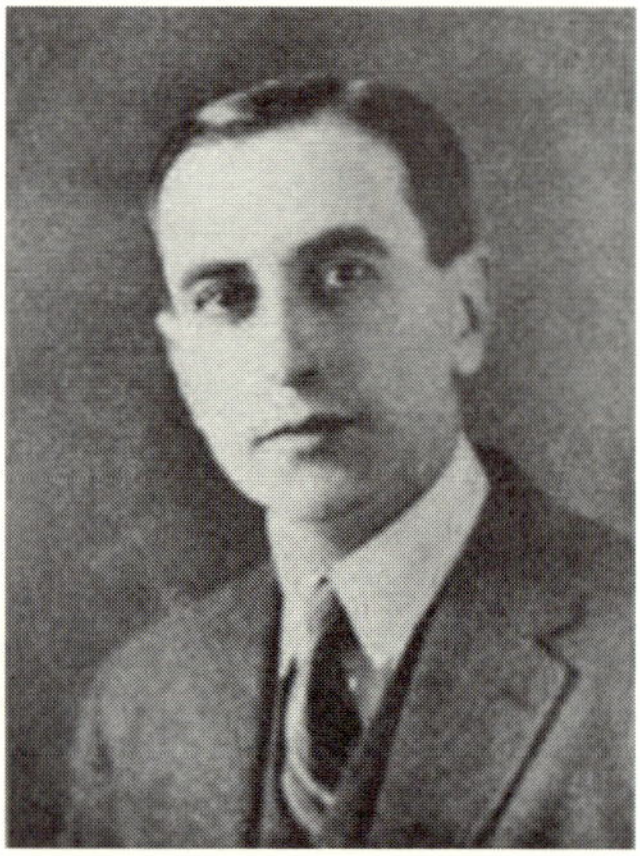

［図6］ビセンテ・ウイドブロ

［図7］ビセンテ・ウイドブロ（パブロ・ピカソ画、1921）

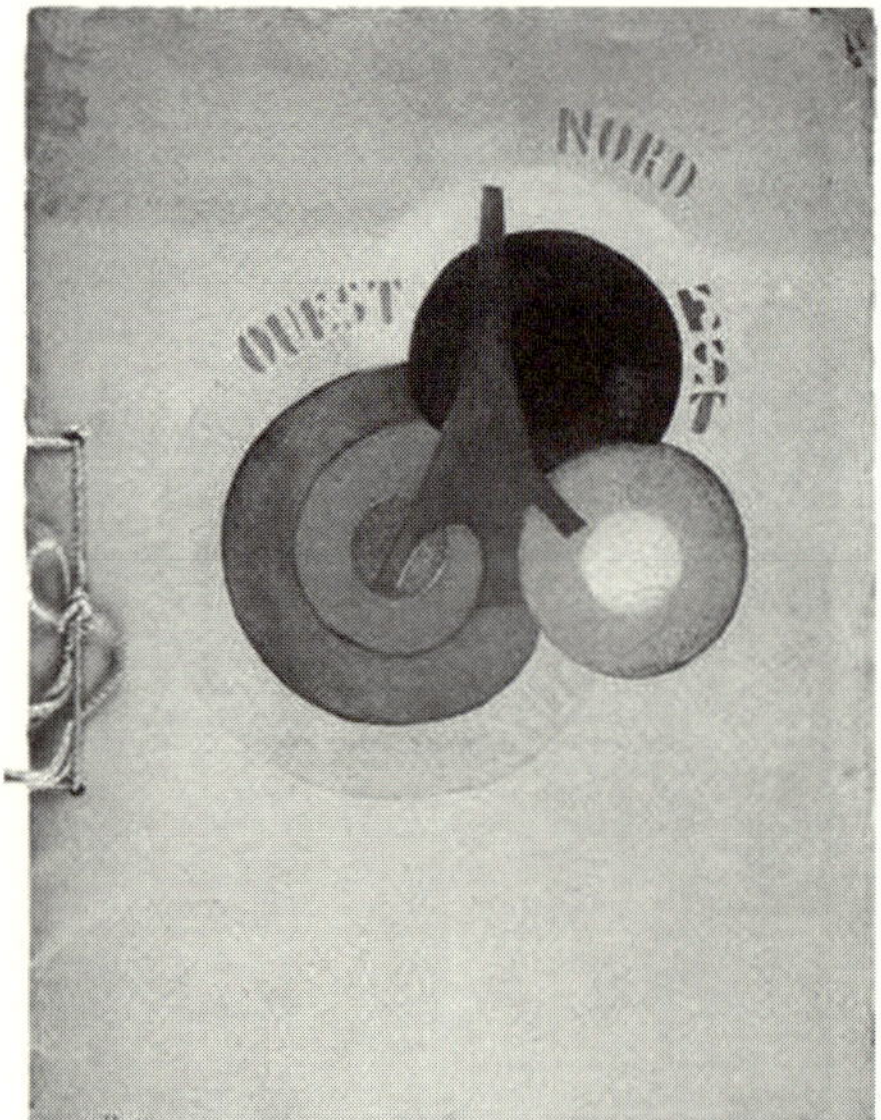

［図8］ウイドブロがマドリードで出版した詩集『エッフェル塔』の表紙（ロベール・ドローネーのデザイン、1918）

「急行列車」Exprés[*13]（全文）

王冠を作ろうか
駆け巡ってきた街の数々で

ロンドン　　マドリード　　パリ
ローマ　　ナポリ　　チューリッヒ

平原で汽笛を鳴らすのは
　　　海藻に身を包んだ蒸気機関

　　ここではだれにも会わなかった

航海したすべての河を集めて
首飾りを作ろうか

アマゾン　　セーヌ
テムズ　　ライン

翼を折りたたんだ
百隻の博識な船たち

みなしごの水夫たるぼくの歌が
岸辺に別れを告げる

モンテ・ローザの香りを吸いこみ
モン・ブランの白髪を三つ編みにして
モン・スニ山の天頂で
死にゆく太陽から
最後の煙草に火をつけるのだ

口笛が大気に穴をうがつ

これは水の戯れじゃない

前へ進め

背の曲がったアペニン山脈が

砂漠へと進んでゆく

オアシスの星たちが
ナツメヤシの果汁を恵んでくれるだろう

山岳地帯では
船の策具が風にきしむ
すべての山を眼下に
しっかり装塡された火山が
錨を上げる

あそこでぼくを待ってくれている

良いご旅行を
ま
もうほんの少し行くと
た
地球が終わる
明
日
船の下を河が過ぎゆく

人生も過ぎゆく

「おさなご」Niño[*14]（全文）

時のなかに座した
　　　　あの家
風が追い払う
　　　　雲の上を
死んだ鳥が一羽　通り過ぎていった
秋の上に鳥の羽が降る
翼のないひとりのこどもが
窓辺で眺めている

帆船が滑走する
マストの影の下
魚はおそるおそる水にひびを入れる

母の名前は忘れ去られた
旗のように
　　　　　激しく揺れる扉の奥
天井には星々の穴がうがたれ
　　　祖父は眠る
そのひげから
　　　　ひとひらの雪が舞い落ちる

「急行列車」のコスモポリタンでモダンな雰囲気、軽快な響き、実験的な活字の配置、「おさなご」の清澄な叙情性、装飾的な部分を極力排除したストイックな表現、そして、双方の詩に共通する斬新な比喩の数々……これらすべてが、スペインの若い詩人、あるいは詩人志望の青年たちにとっては衝撃だった。

さらにウイドブロは、王宮前広場に面した場所に借りたアパルトマンにこうした若者を招じ入れ、パリの芸術シーンの様子などを語りきかせる。そのなかには、当時まだ十八歳で、やがてウルトライスモで大活躍することになるギリェルモ・デ・トーレもいた。もっとも後に、彼とウイドブロとは犬猿の仲になってしまうのだが……。ともかくも、ギリェルモ・デ・トーレが、はじめてアポリネールの名を耳にしたのはウイドブロの家だったと述懐していることからも分かるように[*15]、ヨーロッパの文学の動向についてごく限られた知識と情報しか持ち合わせていなかったその頃のスペインの文学青年たちにとって、ウイドブロの自宅のサロンはヨーロッパ各国の文化の最新情報が得られる情報ステーションであり、そのサロンの主であるウイドブロは、ヨーロッパの新しい文学の息吹そのものだったのだ。余談だが、自宅に仲間や友人を招いて開くサロンは、ウイドブロにとっては、母親がサロンの主宰者であったという個人的背景からも、また、サロン文化のあるパリに住んだ経験からも、なじみぶかいものだったが、カフェでテルトゥリアを行なう伝統があるスペインにおいては、非常に珍しいことであったらしい。ウイドブロは、マドリードの文壇の保守的な人々からは冷たくあしらわれたようだ。しかしその頃、カフェ・コロニアルで毎週土曜、テルトゥリアを主宰するようになっていたカンシーノス・アセンスは（次章参照）、文芸誌に発表した評論で一九一八年を総括して、「ウイドブロのマドリード訪問こそが、文学上、今年唯一の重要事件だ。なんとなれば、彼によって国外の最先端の文学潮流がわが国にもたらされたのだから」[*16]と書いたのだった。

一九一〇年代後半、モデルニスモ詩は新鮮な勢いを失いマンネリ化していた。第一次大戦のあいだに産業化が進み変貌を遂げつつあったスペインにあって、感傷的で繊細なモデルニスモはもはや時代の感性に合わないものとなりつつあった。フアン・ラモン・ヒメネスやラモン・ゴメス・デ・ラ・セルナは独自の挑戦をしていたが、若い詩人たちには自分たちで何かを始めたい、新しい時代ならではの詩を書きたい、という気持ちが強くあった。とはいえ、どう書けばよいのか？　突破口を見出せずにいた詩人たちにとって、ウイドブロは一種の起爆剤だった。ウイドブロのもたらした情報と彼の作品の数々、そしてクレアシオニスモなる詩運動をみずから創始したという彼の話に触発されて、スペインの詩人や文学青年たちの間には、自分たちもあらたな運動を起こそうとする機運が一気に高まるのである。

＊1　マドリードの人口は、地方からの労働者の流入が主要因となって増え、十九世紀末には約五十万人だったのが、内戦の頃には倍の百万人に達していた（Centro de documentación y estudios para la historia de Madrid, *Madrid. Atlas histórico de la ciudad, 1850–1939*〈Madrid: Fundación Caja Madrid/Lunwerg Editores, 2001〉, p.398.）。

＊2　スペイン語の「モデルニスモ」という単語は、文脈に応じてさまざまな意味で用いられる。英語のモダニズムに対応する語としては、二十世紀前半の前衛的な芸術運動全体を意味するが、スペイン文学史の用語としては、十九世紀末に中南米で起こり、二十世紀初頭にかけてスペイン語圏全体で大きな影響力を持った詩の刷新運動を指す。さらに、文化史の用語としては、二十世紀初頭、バルセロナを中心とするカタルーニャ地方に起きた芸術復興運動――この運動を代表するのが、ガウディである――に言及することもある（この意味で用いられる場合は、カタルーニャ語でムダルニズマと言うことも多い）。このように「モデルニスモ」という単語はなかなか厄介なのだが、ここでは、前述のうちの二番目の意味――十九世紀末から二十世紀初頭にかけて、スペイン語圏全体に及んだ詩運動――で用いる。

＊3　イアン・ギブソン『ロルカ』内田吉彦・本田誠二訳（中央公論社、一九九七年）、六九～七〇頁。

＊4　Rubén Darío, “Sonatina,” *Prosas profanas y otros poemas*, Clásicos Castalia (Madrid: Castalia, 1987) p. 97.

＊5　グレゲリーア greguería とは、もともとは「喧騒、騒ぎ、ざわめき」などの意味を表す普通名詞。

＊6　最初にグレゲリーアを発表したのは一九一二年だったとされる。（Juan Manuel Bonet, “Ramón Gómez de la Serna : intento de cronología,” *Los ismos de Ramón Gómez de la Serna*〈Madrid: Museo Nacional Centro de Arte Reina Sofía, 2002〉p. 445）。

＊7　Antonio A. Gómez Yebra, “introducción.” En Ramón Gómez de la Serna, *Greguerías*, Clásicos Castalia (Madrid: Castalia, 1994) p. 23.

＊8　長年にわたって方々に発表され、なかには重複したものも少なくないため、正確な数を特定するのは困難だが、一万五千から二万が妥当な数だろうと言われている（Ibid.）。

＊9　Ramón Gómez de la Serna, *Greguerías*, Clásicos Castalia (Madrid: Castalia, 1994), pp. 86, 148, 131, 188, 216, 70, 224.

＊10　カフェ・デ・ポンボの詳しい住所はカレータス通り（Calle de Carretas）四番。残念ながらこのカフェは現存しない。

＊11　Vicente Huidobro, “Le créationnisme,” *Obra poética*, Colección Archivos (Madrid; Nanterre: Allca XX, 2003) p. 1329.（原文はフランス語）。

＊12 Ibid., p. 1335.「卵形の天窓」とは、ピエール・ルヴェルディの詩集の題名へのあてつけ。ウイドブロいわく、天窓は卵形と相場が決まっているから、「卵形の天窓」というのは写実の域から出ない表現。ウイドブロは、もともとはルヴェルディの主宰する『ノール＝シュッド』誌に協力したりするなど、同志の間柄だった。この場合に限らず、ウイドブロは、その極度の自尊心ゆえ、同志や友人相手に、みずからの優位性や独自性を激しく主張することがあり、それが原因で仲違いしてしまうことも稀ではなかった。

＊13 Ibid., pp. 533–534.

＊14 Ibid., p. 541.

＊15 Guillermo de Torre, *Guillaume Apollinaire* (Buenos Aires: Editorial Poseidón, 1946), pp. 18–20 (citado en Cedomil Goic, "Vicente Huidobro: Datos biográficos," ed. René de Costa, *Vicente Huidobro y el creacionismo* 〈Madrid, Taurus, 1975〉, p. 41).

＊16 Rafael Cansinos-Assens, "Un gran poeta chileno - Vicente Huidobro y el Creacionismo," *Cosmópolis*, Madrid, enero 1919, pp. 68–73.

第二章　ウルトライスモの誕生

I　ラファエル・カンシーノス・アセンス[*1]

ウルトライスモの誕生を語るにあたり、まずはこの運動の生みの親ラファエル・カンシーノス・アセンス［図1］に言及しないわけにはいかないだろう。ボルヘスが師と仰いだことで知られるこの特異な文学者は、近年、その作品のいくつかが再版されたり復刻されたりしたとはいえ、それは彼が遺した膨大な――おそらくは天文学的な――量の原稿という氷山のほんの一角に過ぎず、カンシーノス・アセンスの人物像や仕事の全貌は、いまだ歴史の闇に沈んだままである。

ラファエル・カンシーノス・アセンス（本名はラファエル・カンシーノ・アセンス）は一八八二年、スペイン南部の都市セビリヤの生まれ。少年時代に父を亡くし、生涯にわたって生活は常に苦しかった。学業は、今で言う中等教育ぐらいまでしか終えていないようだが、十代前半で早くも、十七世紀フランスの文学者・思想家フェヌロンの著作『テレマック』の翻訳を試みたかと思えば、ロマ（ジプシー）の言語で創作してみたりもしたというのだから、いかに語学の才能に恵まれていたのか想像できる。

カンシーノス・アセンスは十代半ばで母や姉たちとともにマドリードに出るが、やがて母も病死。職を転々としながら方々の文学サークルに顔を出し、みずからも創作を始める。折しもモデルニスモの最盛期であり、カンシーノス・アセンスはこの運動の影響を強く受けた作品を書く。娼館に入り浸りアブサンを痛飲するなど、デカダンスを体現したような生活を送ったこともあった。[*2] 彼はまたこの頃、みずからの本名の名字カンシーノの由来に興味を持ち、さまざまな書物を渉猟した末、自分がコンベルソ、すなわち、その昔、弾圧によりやむなくカトリックに改宗したユダヤ教徒の末裔であることをつきとめる。[*3] ちなみに、ハリウッドの往年の人気女優リタ・ヘイワース（本名マルガリータ・カンシーノ）とは、互いに直接の面識

［図1］ウルトライスモ時代のラファエル・カンシーノス・アセンス

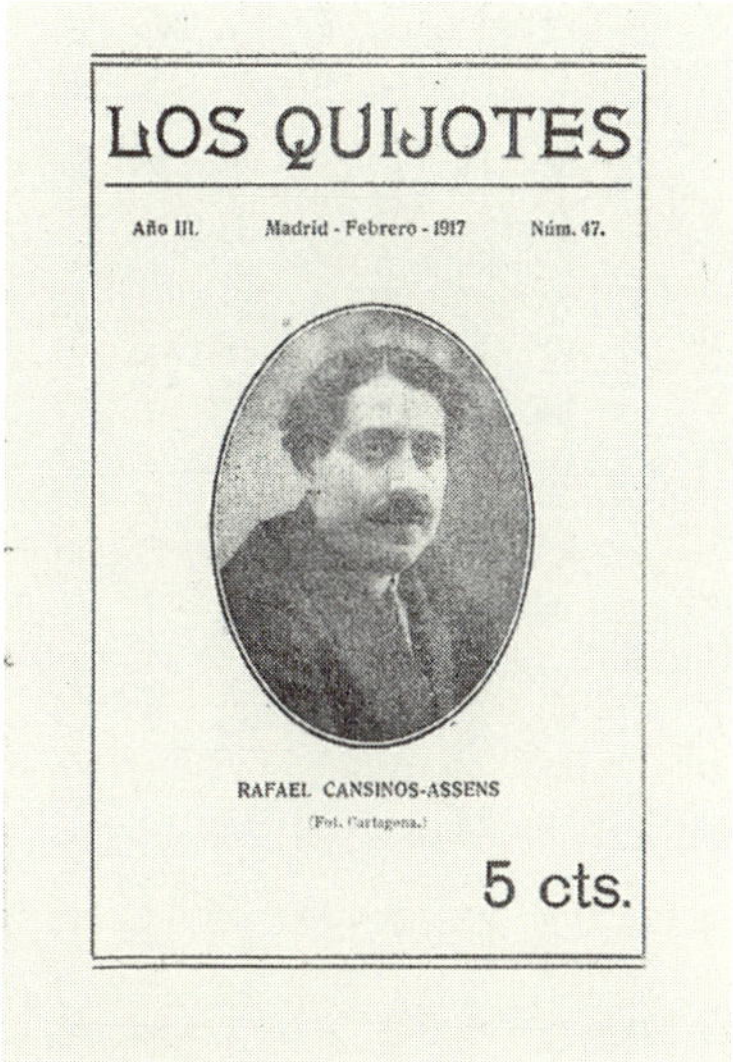

［図2］雑誌『ロス・キホーテス』第47号（1917. 2）の表紙。写真はカンシーノス・アセンス

［図3］晩年のカンシーノス・アセンス。マドリードの自宅書斎にて。スペイン内戦後は国内亡命のような境遇で貧しかった。昔なじみの編集者が彼を思いやって依頼する翻訳で糊口をしのいだという

はないものの、遠縁の親戚にあたる。カンシーノス・アセンスはこののち文筆活動を続けていく上で、ユダヤ人としてのアイデンティティを常に強く意識するだろう。

カンシーノス・アセンスは次第に、ジャーナリズム、創作、翻訳、評論と活躍の場を広げてゆき、『七本枝の燭台』*El candelabro de los siete brazos*（1914）、『神々しき挫折』*El divino fracaso*（1918）をはじめとする数多くの小説や、評論『新しい文学』*La nueva literatura*（1917）を発表。一九一〇年代の後半にはその博覧強記と多国語に精通した語学力において並ぶ者なき存在として、マドリードの文学シーンで一目置かれるようになる。その語学力を示す一例を挙げれば、一九一八年、彼は『ロス・キホーテス（キホーテたち）』*Los Quijotes* という雑誌のため[*4]〔図2〕、毎号毎号、異なる言語で書かれた文学作品をスペイン語に翻訳して紹介するのだが、その言語たるや、カタルーニャ語、フランス語、イタリア語、ドイツ語、英語はもとより、ロシア語、アラビア語、ヘブライ語、ギリシャ語、ポルトガル語、デンマーク語、ルーマニア語、ラテン語という具合なのだ。信じられない、とお思いになるかもしれない。しかし後年、糊口《ここう》をしのぐためにドストエフスキー全集、ツルゲーネフ選集、ゲーテ全集、バルザック全集の翻訳をひとりで（！）こなし（いずれもアギラール社刊）、さらには千夜一夜物語やコーランのスペイン語訳も手がけたことのあるカンシーノス・アセンスのことだ〔図3〕。辞書の助けを借りてこれだけたくさんの言語を訳したとしても不思議ではない。なお、この『ロス・キホーテス』とは、マドリードで一九一五年から一八年にかけて月二回のペースで出たほとんど同人誌のような文芸誌だが、のちにウルトライスモに参加する詩人たちの何人かが投稿していて、プレ・ウルトライスモの雑誌と位置づけることができる。また、第八十七号（1918. 10. 10）にはウイドブロのフランス語の作品が、最終号にあたる第八十八号（1918. 10. 25）にはルヴェルディやアポリネールの作品が、いずれもカンシーノス・アセンスの翻訳により紹介され、若い詩人たちに刺激を与えた。

さてそのカンシーノス・アセンスだが、正確な時期ははっきりしないものの、一九一〇年代後半、おそらくは一九一七年か一九一八年あたりから、プエルタ・デル・ソル近くのコロニアルという名のカフェでみずからテルトゥリアを主宰するようになり、やがてここからウルトライスモが生まれることになる。

それでは、ウルトライスモ誕生前夜から誕生にいたるまでを、カンシーノス・アセンスがこの運動を題材にして書いた小説から最初の三章を訳出、引用することにより、彼みずからに語ってもらうことにしよう。その小説とは、『モビミエントV.P.（V.P.運動）』*El movimiento V.P.*（1921）[*5]［図4］。モビミエントV.P.とは、ウルトライスモのこと。この小説では、これをはじめとして、人物の名前なども実名ではなく、すべて符牒となっている。ちなみにカンシーノス・アセンス自身は「齢千年の詩人」として登場する。話を先取りすることになってしまうが、実はこの後、彼はみずからの創始した運動でありながら、人間関係や芸術上の主張や趣味の違いが原因となって、ウルトライスモから急速に離反してゆく。したがって『モビミエントV.P.』には、ウルトライスモに対するカンシーノスの愛憎なかばする複雑な心情が込められているわけだが、こうした屈折した心理が、文体上は奇想天外な諷刺

［図4］『モビミエントV.P.』（1921）の表紙。
Rafael Cansinos Asséns, *El movimiento V.P.* (Madrid: Editorial Mundo Latino, 1921)

や誇張、皮肉、逆説的表現や戯画的描写となってあらわれる。『モビミエントV.P.』は、その支離滅裂ぶりによって読者をあるときは哄笑へと、あるときは苦笑へと誘う、魅力的な奇書と言えよう。だがこうした一種の滑稽文学的な外見とは裏腹に、この小説の奥底には、ウルトライスモの誕生とその変質、若い詩人たちの可能性と限界に関するカンシーノス・アセンスの鋭い洞察が光っており、この小説にウルトライスモの貴重な記録と分析としての価値をもたらしている。

ここでは、『モビミエントV.P.』最初の三章からの引用に、筆者による解説、補足をさしはさむ形で話を進める。ゴチック体が小説からの引用、明朝体が筆者による解説部分である。なお紙幅の都合上、すべてを訳出することは不可能であるし、またここではその必要もないと思うので、もとの文体をいかしつつも、適宜、省略して訳出することをお断りしておく。

第一章　新しい芸術の公現《エピファニー》

齢千年の詩人はいつものように、古びた紙と本の山に埋もれて座っていた。時間は彼の周囲で途方もなく密度を増し、まわりのものすべてが彼の影と同じぐらい古色蒼然となってしまった。しかし突如として、あるひとつの新奇な考えが頭をよぎり、黄色い時刻表に新たな時間を刻んだ。明け方の冷気よりもさらに強烈な未知の不安に、詩人は体を震わせた。そして、蛇のごとき巻き毛をかきむしりながら、こうつぶやいた。

「私はもう齢千年になる。年老いて、いつなんどき、時間が私の命にとどめをさすかもしれぬ。これまで私はあらゆるミイラの美をうたってきた。昔馴染みの娼婦と年老いた処女たちにはマドリガルを贈ったし、『昼』と『夜』のふところには私が捧げた頌歌がしまわれている。私はかつて美しかったものすべてを詩に詠んだ。しかし今、私はまったく新しいものをうたいたい。こうした古臭いものすべてと離縁し、未来の時間と結ばれたい。飛行機の翼のもと、齢を重ねることの測りしれぬ喜びを歌いたいのだ！　今日より私はかつての自分の芸術と絶縁し、詩作における新時代を宣言する！」

〈解説〉　カンシーノス・アセンスがこのような「新しい芸術」の啓示を受けたのは、おそらく一九一八年のことと推測される。その年、マドリードに滞在したチリの詩人ウイドブロのもたらした前衛文学の情報にいちはやく反応したのがカンシーノス・アセンスだった。

　当時カンシーノス・アセンスはまだ三十代なかば。「齢千年」にはほど遠いものの、モデルニスモの詩人としては、すでに長年のキャリアがあった。ミイラの美をうたい、娼婦と処女にマドリガルを贈り、「昼」と「夜」に頌歌を捧げる、等の表現はすべて、モデルニスモ詩人としての創作活動への言及だが、ほかならぬこうした経歴のカンシーノス・アセンスが、前衛文学の領袖として目覚めるのである。実は彼だけではなく、ウルトライスモで活躍する詩人たちには、モデルニスモが出発点だった人が少なからずいる。この点についてはこれから先も触れる機会があるだろう。

　カンシーノス・アセンスがみずからに冠した「齢千年」という形容は、この第一章を読む限りでは、モデルニスモの詩人として少々長い時間を過ごしすぎ、創作上の倦怠期にあるみずからの姿を、いかにもカンシーノスらしい東洋趣味のミスティフィケーションというスパイスをきかせて表現したものと思われる。しかしカンシーノスは別の章では、自分のことを「私は齢千年の詩人、先祖もなければ子孫もなく、民族もなければ祖国もない。私は年齢も出自も持たぬ詩人。先祖もなければ同時代の仲間もいない［……］私は途方もなく年老いて、しかも、途方もなく新しい詩人」[*6]と書いている。ここから推測すれば彼は、「齢千年の詩人」という表現をむしろ、「時間や空間を超越した存在」、「一時的な文学の流行や思潮にとらわれることのない真の詩人」という意味で、ある種の矜持をもって用いていると考えるほうが適切だろう。

さて、詩作における新時代を書斎で宣言したカンシーノス・アセンスは、弟子たち――「古びた青年詩人たち」――を迎えに、彼らの集うカフェへ行く。

第二章　陸橋における復活

古びた青年詩人たちは、少なくとも四十年前に齢千年の詩人が彼らを置き去りにした長椅子に座り続けていた。彼らは色褪せた長椅子にずっと座したまま、心のときめきを、繊細で子供じみた心のときめきと、死んでしまった恋人と、夜とを歌い続けていた。しかし齢千年の詩人はそれを聞いて身震いし、苛々しながらこう告げた。

「ああ、古びた青年詩人たちよ！　時代遅れの諧調でこれ以上私の耳を痛めつけないでくれ。諸君の見事なうたいっぷりは、聞いていて気恥ずかしい。まるで私の昔の声がよみがえったかのよう。昔の私のようだ……もう思い出したくもないというのに。諸君の影は、時代が変わったということを教えてはくれないのか？　昨日と今日のあいだには塹壕の深淵が横たわるのが見えないのか？　人類は時間の尺度を変化させる超高速の時計、すなわち、めくるめくような時をうたう自動車、飛行機、リボルバーを発明した。諸君、これら戦慄するような喜びのすべてをうたおうではないか」

すると古びた青年詩人たちは驚いて齢千年の詩人を見た。

「新しい芸術ですって？　ようやく古い芸術を習得したというのに。少しはわれわれを叱咤する手を休めてくれないのですか？　それにわれわれは、じゅうぶん近代的ではないでしょうか？」

しかし齢千年の詩人は、彼らのとらわれているメランコリーや不幸、古びた青春に憐憫の情をおぼえ、人差し指のリボルバーで彼らに狙いを定めながら、こう言った。

「ああ、古びた青年詩人たちよ！　のろのろした時の流れる洞窟で年老いるのはやめて、想像もしなかったような高速時計が時を刻む新しい時代へと踏み出すんだ！　街も野も、もはや諸君がうたったときとは様子が変わった。諸君の周囲ではすべてが、すべてが変わったのだ。ガラテアはもはや、テオクリトスに微笑みかけた水甕を持った少女ではなく、あらゆるスポーツをし、キュロットパンツをはいてアメリカ製のリボルバーを操る西部のカウ・ガールなのだ。グラン・ビアは、大熊座のように、マドリードの夜の心臓を踏みつぶした。夜はもはや、闇を次々と撃ち殺す光によって葬られてしまったのだ。私について来たまえ、若き諸君！　自分たちがいかに古ぼけていたのかわかるだろう」

こうして齢千年の詩人は、呪われた詩人たちを供に従えてカフェを後にし、時代遅れの夜の中、彼らを街の脇腹のひとつにかかる陸橋《ビアドゥクト》へと導いた。その陸橋からは、真昼のように活気づいた夜の空が見える。やがて、昔ながらの朝課の祈りに代わり、飛行機の轟音が沈黙を破って鳴り響いた。すると突然、時代遅れの夜は陸橋の上から身投げして自殺し、まっさらな日が、古びた青年詩人たちにリボルバーで狙いをつけながら、夜明けを迎えた。そのとき、古びた青年詩人たちは齢千年の詩人が予言した新たな時代の真実を、一瞬にして感知したのだ。彼らは新たな生を前にして、放心したように立ち尽くした。まるで復活した人間のように。

〈**解説**〉　ここに訳出した第二章で、カンシーノス・アセンスが弟子たちを迎えに行った先は、カフェ・コロニアルである。彼は毎週土曜の夜、このカフェでテルトゥリアを主宰していた［図5］。カンシーノス・

［図5］20世紀初頭のプエルタ・デル・ソル。この広場の北（写真、右側）にカンシーノス・アセンスがテルトゥリアを開くカフェ・コロニアルが、南（写真、左側）にゴメス・デ・ラ・セルナがテルトゥリアを開くカフェ・デ・ポンボがあった

アセンスはこのカフェを回想してこう語る――「すてきなカフェだった。内戦のさなかに破壊されてしまったがね。あそこには、小唄の歌手や、俳優、女優や文学者たちが集ったものだ。終日営業で、店を閉めるのは、店内清掃をする早朝のほんのわずかな時間だけ。その時間になると私たちはようやく腰を上げて家に帰った。美しい女たちや才気あふれる男たち、居心地の良い雰囲気、その照明や鏡や赤い長椅子に惹かれて、あの店へ通いつめたものさ」[*7]。カンシーノスはカリスマ的雰囲気を漂わせた存在だった。彼のテルトゥリアに集まった若い詩人や文学者たちは、この人物のどことなく東洋的で神秘的な様子、神業としか思えないような語学の才能と博覧強記、詩的イメージに富んだ会話の魅力に、すっかり心を奪われてしまった。当時マドリードに滞在していた若きホルヘ・ルイス・ボルヘスはこのテルトゥリアに参加するのだが、主宰者の人となりについてこう語る――「カン

シーノスにまつわる最も顕著なことは、彼が金銭や名声に頓着することなく、完全に文学のためだけに生きたという事実である」と。そしてテルトゥリアの模様についてはこう記す——「わたしは毎週土曜日にカフェ・コロニアルに行き、真夜中にこの文学仲間と会って、明け方まで語り合ったものだ。時には二、三十人も同志が集まることがあった。このグループはスペイン的な地方色の濃厚なもの——カンテ・ホンドや闘牛など——を蔑視していた。彼らはアメリカのジャズを称賛し、スペイン人であることよりもヨーロッパ人であることにより大きな関心を示していた。常にカンシーノスが話題を——隠喩、自由詩、伝統的な詩の形式、散文詩、形容詞、動詞——提供していた。彼はきわめて物静かな独裁者で、同時代の作家たちに対する中傷めいた発言は一切許さず、会話を高い水準に保とうと努力していた」[*8]。

彼らは土曜の夜から日曜の明け方まで語り明かし、店を出た後、しばしば、みなでカンシーノス・アセンスを自宅に送っていった。当時彼は、マドリード旧市街の西の果てに住んでいたが、この旧市街西側の外縁部を南北に走る広い道路がバイレン通り、すなわち、訳出テキスト中の「街の脇腹のひとつ」である（二四一頁の地図参照）。この「脇腹」に鉄の陸橋がかけられたのは、十九世紀後半のこと。この陸橋はその頃のマドリードの人々の目には、きわめて近代的で斬新なものとして映り、その写真は、当時の絵葉書にもなった［図6］。バイレン通りにかかる鉄の陸橋は、パリの詩人たちにとってのエッフェル塔と同様、カンシーノスと彼を慕う若い詩人たちにとってはモデルニテの象徴だったのだ。だからこそ彼らはこの陸橋の上で、新たな時代の真実を一瞬にして感知する。余談だが、ここは投身自殺の名所（？）としても知られており、それゆえ先に引用したカンシーノス・アセンスのテキストでは、時代遅れの夜が陸橋から身投げすることになっている。鉄の陸橋は、『モビミエントV.P.』のこの後の章にも、他の詩人たちの作品にも、しばしば登場することになるだろう。なおこの鉄橋は、一九三〇年代に鉄筋コンクリート製のものに架けかえられ、さらに今から十年ほど前には、自殺や転落事故防止のため透明のアクリル板が欄干の上方に取り付けられた［図7］。

カフェ・コロニアルのテルトゥリアに集う若い詩人たちのカンシーノス・アセンスへの帰依は絶対的だった。たとえばイサアク・デル・バンド・ビリャールはセビリヤ出身の詩人だが、マドリードのテルトゥリアにも参加していたらしく、その様子をこう詩にうたう――「セナークルの、聖書を想わせる清貧さのなか／われらが愛する師の神々しい声は／天上の典礼歌のように響く／なぜなら、ラファエル［カンシーノス・アセンス］を見るのは星を見ることだから／栄光と愛と金銭を侮蔑することだから／なぜならラファエルを見るのは星を見ることだから！」[*9]。また、ウルトライスモを代表する詩人となるペドロ・ガルフィアスという若い詩人は「日曜の明け方／ああ、師よ！／あなたを家に送る／パン屋が店を開け／食欲をそそる香りを漂わせる頃／ぼくはひとり家に帰る／あらたな思想の光に酔い痴れて／［……］／ぼくは思う、詩を作ろうと／むきだしの詩を／ウルトライスモの詩を」[*10]と歌う。

……しかし、ウルトライスモの詩への意欲をうたう作品がこのような出来栄えでは、正直なところ、やや不安を感じてしまうのだが……意欲はあっても、どうやらまだ手探り状態のようだ。ともかくも若い詩人たちは意気込みだけは誰にも負けず、それまでとはまったく異なる作品を作ろうと挑戦を始めた。

第三章　V.P.宣言

そのとき以来、古びた青年詩人たちの長椅子は新たな芸術のおそるべき実験室と化した。齢千年の詩人は彼らが創作に励むのを眺めていた。青年詩人たちは、陸橋の上で炸裂するのを目撃した壮麗な星の曲射

［図6］マドリードの鉄の陸橋は昔の絵葉書にも登場する。これは北西方向からの眺め。カンシーノス・アセンスの自宅はこの写真の橋の左上のあたりにあった

［図7］現在の鉄筋コンクリート製の陸橋を南西側から見上げる（筆者撮影）

砲にも匹敵する、衝撃的な単語の組み合わせを見つけようと夢中だった。齢千年の詩人は、新しければすべて良し、と考えた。そして詩人たちは破壊作業に一心に打ち込んだ。韻律と論理を破壊し、古臭い脚韻と昔ながらの霊感を斬首、解体した。古びた青年詩人たちは、いまやまったく新しいテーマをうたった。彼らは、機械学から発生した新たなミューズ——その目はボルタ灯、腕は電気ストーヴ、胸は爆弾——の美を称揚した。旧来とはまったく異なる見方をしようと物事をデフォルメした。いやむしろ、物事をもうそのように見ていたというほうが正しい。なぜなら、復活の光のあまりの眩しさに、彼らの目は眼窩から飛び出てしまったからだ。

［古びた青年詩人のうちのひとりである］「田舎詩人」は高らかに言う——「昨日までぼくは故郷の土くれの奴隷。川のせせらぎ、ゆるやかな時の流れ、濃い影を落とす松の木をうたってきた。でもぼくはようやく自由になった。未来の胸騒ぎ、摩天楼、飛行機と現代のバベルの塔をうたうんだ」。［また別の古びた青年詩人である］「呪われた詩人」は語る——「ぼくはもう呪われた詩人じゃない。ぼくの影は、もう悪臭を放つ腐った死体じゃない。縁起でもないカラスとの付合いも、幽霊に会うのもやめたし、もう不吉な風がぼくの耳元で鳴ることもない。ぼくは人生から祝福された人間なんだ。だって詩人なんだから。運命や占星術をもてあそんでやるさ」。

詩人たちはこのようにして復活を喜びあい、呪われた存在であるのをやめてしまった。しかし、彼らがそれほどまでに陽気になったのを見た人々は眉をひそめた。「詩人たちが陽気に振舞ったりして、許されるのかい？　これまで詩人とはいえば、不死の桂冠を得る代償として、悲しみの烙印を押されていたのではなかったか？　詩人でしかも陽気だなど、あまりじゃないか。これらの詩人たちときたらまったくの恥知らずで、陽気すぎる」。

老詩人たちはこのように憤慨したが、齢千年の詩人はこうした非難に上機嫌で、言った――「諸君！　世間から理解されなくなったからには、いよいよ君たちも立派な青年詩人だ！　諸君は新しい言葉を話し、未来人への道を歩みはじめた。あれら老詩人たちの顰蹙を買っていることがなによりの証拠だ」

　そこで古びた青年詩人たちは、熱狂してこう答えた――「そうです！　ぼくたちが本当に若いのだということを知らしめるため、老詩人たちを死罪にしてやりましょう。石で撲殺するというのは？」

「いや、そのやり方はあまりに古代的」

「では、電気椅子？」

「いや、まずは諸君の生き方を詩にしてみたまえ」

「なるほど。でもまずは、ぼくたちの若返りのニュースを新聞各紙に発表しなくては。そうだ、マニフェストを発表して、みんなで署名しよう。それを読んだとたん、老詩人たちはみな、自分たちが年寄りだと知って死んでしまうだろう」

「これこそが真に詩的な死刑執行だ。大変結構」と齢千年の詩人は言った。

　詩人たちは最初、新しい詩について長大な論考を著そうと思ったが、そうすると長すぎて、編集者たちに勝手に要約されてしまう危険があると考えた。

「簡潔なマニフェストを作成しよう。ぼくたちは若い詩人で、ぼくたち以外に若い詩人はいないということだけをまずは表明しようじゃないか」

〈解説〉「田舎詩人」のモデルは、豊かな自然に恵まれたスペイン北西部、ガリシア地方出身のハビエル・ボベダとされる。[*11]「呪われた詩人」には特定のモデルはおらず、ウルトライスモの詩人の多くに共通する要素を取り入れて創られた人物である。いずれにせよ、「田舎詩人」や「呪われた詩人」の会話から明らかなように、これらの詩人は、それまでは自然の美を称える詩や陰鬱で幻想的な詩を作るモデルニスモの詩人だったのだ。しかし彼らは作風をがらりと転じて、ウルトライスモに身を投じる。前にも述べたように、ウルトライスモの詩人に多いパターンである。そして彼らは、それまでの現実逃避的な態度とは打って変わり、時代の最先端の機械文明や都会生活を謳歌する詩を、諧謔味あふれる表現を多用して綴る。人々が「これらの詩人たちは、陽気すぎる」とあきれるゆえんである。機械文明や都会生活といったテーマやユーモアの要素については後の章で詳しく述べることにしよう。

さて、ここまでは小説『モビミエント V.P.』を道案内として、ウルトライスモ誕生に至る様子を辿ってきたが、いよいよマニフェストの起草という段階になった。次節ではこの小説から離れて、運動の誕生について語ろう。

Ⅱ　ウルトライスモ宣言

一九一八年十二月、カンシーノス・アセンスは『パルラメンタリオ』*El Parlamentario* 紙に掲載されたインタビューで、過去の文学を断罪し、文学における革命の必要性を主張する。このインタビューがウルトライスモ旗揚げの呼び水となり、その内容を受けて宣言が発表されることになるので、まずはインタビューの一部を抜粋して紹介する。インタビュアーは『モビミエント V.P.』に「田舎詩人」という名で登場したハビエル・ボベダ。

「ロマン主義を超えねばならない」と、ラファエル・カンシーノス・アセンスは常に語っている。「今世紀的にならねばならない」と。［……］

「ラファエル、あなたはスペインの政治的・知的将来について、どうお考えですか？」

彼はすぐさま答えた。

「私の意見では……」

さて、以下が、彼の述べたことをそのまま書き留めたものである。

「私が思うには、我が国の知的将来は、ひとえに超ロマン主義的な詩にかかっています。それ以外のものはすべて、古い、古い、古いのです。それはもう、地面に届くほどの白い髭をたくわえた年寄りなのです。詩はレトリックから、その中でも特に雄弁術から完全に解き放たれなければなりません。戦争［第一次大戦のこと］は我が国の文学にまったく何の影響も及ぼしませんでした。われわれは、一九〇〇年と同じ状況にいるのです。当時新しかったモデルニスモ――これは文学好きでない人々からは受け入れられませんでした――が、今でもあいかわらず新しいとされているのです。

しかも、われわれは進歩するどころか、後退していくようにすら思われます。大家たちは、どんどんロマン主義的になっていくのですから。さらに悲しいことには、新人たちもその真似をしているのです。

救う道は、すべてを受け入れることにあります。来るものすべてを、新しいものすべてを受け入れることにあるのです。［……］これこそが芸術家の革命的生き方です。こうした新しい美学は常に反逆的で異端的で、体制と宗教を攻撃するものです。保守主義者たちはこの美学に異を唱えますが、この美学は普遍的な兄弟愛を可能にし、国境を消し去り、そしてわれわれの心を芸術に憧れる純粋な共同体の中でひとつにしてくれるのです。この夢と比べたら、もっとも進歩した共和国といえども、なんの価値があるでしょうか[*12]」

先に進む前に、インタビュー最初の行について説明しておきたい。「ロマン主義を超えねばならない」と言うとき、カンシーノス・アセンスはロマン主義＝モデルニスモというつもりで話している。モデルニスモは、散文的な社会に幻滅し、自分が置かれた場所や状況からの空間的・時間的逃避を夢想したという点などにおいて、ロマン主義の流れを汲むからだ。またインタビューなかばで「一九〇〇年と同じ状況、云々」という表現が出てくるが、カンシーノス・アセンスならびにウルトライスモに参加した詩人たちは、すぐ次に引用するマニフェストに出てくるように、モデルニスモを指すときに〈一九〇〇年主義〉novecentismo という言い方をすることが多かったことを付言しておく。一九〇〇年主義という用語はこんにちのスペイン文学史では、一般に、まさにカンシーノス・アセンスやゴメス・デ・ラ・セルナらの世代を指すのだが、カンシーノス・アセンス自身はモデルニスモ（とりわけマンネリ化して衰退がはじまったモデルニスモ）を否定的なニュアンスで指すときにこの用語を使った。

さて、カンシーノス・アセンスを慕う若い詩人たちは、このインタビューに刺激されて、マニフェストを起草し、新聞、雑誌各社に送りつけた。筆者が現物を確認したもののなかで、掲載の日付がいちばん古いものは、マドリードで発行されていた月刊誌『セルバンテス』*Cervantes* 一九一九年一月号である。以下にこの宣言の全文を訳出しよう[*13]。

ウルトラ

下に名前を連ねる者、すなわち創作の道を志し、将来認められるに足るだけの才能があると信じる若者たちは、さる十二月、『パルラメンタリオ』紙上にてX・ボベダがインタビューを行なった際、カンシーノス・アセンスが示した方向に沿って、最近の文学の進歩——一九〇〇年主義——に代わるような新たな文学を希求する意思を表明する。

われわれは、この運動の偉大な人物たちによって書かれた作品に敬意を表しつつも、これら先人の到達点をさらに越えたいと熱望し、「ウルトライスモ」の必要性をここに宣言し、スペインの文学青年すべての参加を呼びかけるものである。

さらにこの文学の刷新事業に、新聞や文芸雑誌も注意を払うよう呼びかける。

われわれの文学は刷新されなければならない。超越《ウルトラ》を成し遂げなければならない。こんにち科学的・政治的思想がそれを成し遂げようとしているように。

われわれのモットーは超越《ウルトラ》である。刷新への意欲を示していれば、どのような傾向のものでも分け隔てなく、われわれの信条の仲間となることができる。しばらくすれば、これらの傾向には中核となるものができ、定義されるようになるであろう。今のところはこの刷新への叫びを放ち、超越《ウルトラ》という名前を冠した雑誌の発行を予告するだけで十分だ。この雑誌には、新しいものだけが受け入れられる。

若者よ、ひっこみ思案などきっぱりと捨てて、先人を乗り越える意思を高らかに述べようではないか。

——ハビエル・ボベダ、セサル・A・コメット、ギリェルモ・デ・トーレ、フェルナンド・イグ

レシアス、ペドロ・イグレシアス・カバリェーロ、ペドロ・ガルフィアス、J・リバス・パネーダス、J・デ・アローカ

『モビミエントV.P.』にも書かれているように、まさに簡潔そのもの、物足りないほどに簡潔な宣言である。

奇妙なことに、宣言の署名者のなかにカンシーノス・アセンスの名はない。『モビミエントV.P.』の記述によれば、カンシーノスは、「どうも心にとがめるところがある。なにしろ私は古い時代の生き残りのような存在で、実際のところ、諸君たちとおなじぐらい現代的なのかどうか、自分でも分からぬからだ」[*14]と語り、「思慮深さゆえ」に、宣言への署名を遠慮したとのことだ。その一方で、署名者がすべて、その後のウルトライスモを背負って立つ詩人というわけでもない。ここでは、その後の運動を支えていく人物の名前として、ギリェルモ・デ・トーレ、ペドロ・ガルフィアス、ホセ・リバス・パネーダスを覚えておこう。

「ウルトライスモ（超越主義）」とはインパクトのある絶妙のネーミングだと思うが、先のインタビューとこの宣言文を比べてみれば、この名前は狭義には、当時のスペイン文壇で支配的だったロマン主義的感性（≒モデルニスモ）の超越を意味していたと思われる。もちろん、過去の文学の遺産や伝統の超越という、もっと大きな意味を持っていたことも間違いない。さらには、大航海時代に大西洋の彼方を目指して航海に乗り出したスペイン帝国の標語がPLVS VLTRA（さらに彼方へ）であったことを思い起こせば、「ウルトラ」という名前には、「いまだ知られざる詩の世界への船出」という気持ちも込められていたのではな

いだろうか。

＊1　この人物の筆名の名字に関しては、彼の子息が運営しているWebサイト（www.cansinos.org）の表記Cansinos Assensに倣い、本書の本文中ではカンシーノス・アセンスと表記する。なお、この人物の本名は＊3でも説明するようにラファエル・カンシーノ・アセンス Rafael Cansino Assensだが、筆名の名字の部分の原綴に関しては公式Webサイトの表記以外にも、Cansino d'Assens, Cansino Asséns, Cansinos Asséns, Cansinos-Assens, Cansinos-Asséns など、いろいろある。書誌事項に関する箇所においては、それぞれの書物に記された綴りを尊重した。なお、この章で述べるカンシーノス・アセンスの伝記事項に関しては、基本的に、上記Webサイトの記述を参考にした。

＊2　こうしたスペイン版ボヘミアンを、アンパ hampa と呼ぶ。

＊3　カンシーノス・アセンスは、自分の祖先がもともとは北部アストゥリアス地方から南部アンダルシア地方に移住してきたことを知る。彼は、単語末尾のSの音を発音しないという南部方言の発音上の特徴により、Cansinosの末尾のsが脱落して、カンシーノという名字が定着したものと解釈し、彼の考えによれば本来の形であるはずのCansinosを筆名として用いることにした。

＊4　『ロス・キホーテス』*Los Quijotes* は、一九一五年に創刊された。誌名の由来は、翌一九一六年にセルバンテス没後三百年を控えていたことによる。一九一八年に八十八号で廃刊となるまで半月ごとに発行された。エミリオ・ガルシア・リネーラという印刷業者兼出版者が作っていたほとんど同人誌的雑誌であり、この点は、同じくセルバンテス没後三百年を機に創刊された雑誌ではあっても、第三章で扱う『セルバンテス』が有力出版社から発行され、豪華な執筆陣を揃えていたのとは大きく異なる。

＊5　使用テキストは、Rafael Cansinos-Assens, *El movimiento V.P.*, Prólogo de Juan Manuel Bonet, Madrid: Viamonte, 1998.

＊6 Rafael Cansinos-Assens, *El movimiento V.P.*, p. 147.

＊7 Gloria Videla, *El ultraísmo: Estudios sobre movimientos poéticos de vanguardia en España*, 2ª ed., Biblioteca Románica Hispánica (Madrid: Gredos, 1971) p. 31.（カンシーノス・アセンスが、この本の筆者であるグローリア・ビデラに直接語った話より）。

＊8 ホルヘ・ルイス・ボルヘス「自伝風エッセー」同『ボルヘスとわたし』牛島信明訳（新潮社、一九七四年）、一六九頁。

＊9 Isaac del Vando-Villar, "El diván del ensueño," *Grecia*, 17, Sevilla, 30 mayo 1919, p. 10.

＊10 Pedro Garfias, "A Rafael Cansinos-Asséns," *Grecia*, 12, Sevilla, 1 abril 1919, p. 8.

＊11 Juan Manuel Bonet, "Prólogo." En Rafael Cansinos-Assens, *El movimiento V.P.*, p. 28.

＊12 Xavier Bóveda, "Los intelectuales dicen. Rafael Cansinos-Asséns," *El Parlamentario*, diciembre de 1918, citado en Gloria Videla, *op. cit.*, pp. 32–34.

＊13 *Cervantes*, Madrid, enero 1919, pp. 2-3. この宣言文は『セルバンテス』誌のほかに、セビリヤで発行されていた雑誌『グレシア』や、マドリードで発行されていた雑誌『コスモポリス』にも掲載された。

＊14 Rafael Cansinos-Assens, *El movimiento V. P.*, pp. 70–71.

第三章　ウルトライスモの進展

ウルトライスモの詩人たちの主な活躍の場は文芸誌で、彼らは首都マドリードならびに地方で発行される文芸誌に自作を発表した。詩人たちの多くは単独で詩集を出版する機会に恵まれず、文芸雑誌が主たる作品発表の場であったので、これらの雑誌はこの運動について調べる上で最も重要な資料と言える。さらに詩人たちは自作を発表するのみならず、翻訳詩を掲載して外国の文学を紹介し、〈ウルトライスモの夕べ〉と名づけたパフォーマンスについての報告を載せ、マニフェスト的な文章を発表したりもした。この章においては、ウルトライスモを代表する雑誌として、マドリードの『セルバンテス』*Cervantes*、セビリヤの『グレシア』*Grecia*、マドリードの『ウルトラ』*Ultra* の三誌を取り上げ、それぞれの雑誌について順番に述べながら、ウルトライスモがどう進展し、どのような活動を行なったのかを辿ることにする。

なおこれから先、ウルトライスモの運動のことを単に「ウルトラ」と呼ぶこともあることをお断りしておく（スペイン語の発音としては、「ウ」を強く読む）。この運動に参加した詩人たち自身、しばしばこういう名称を用いた。また、ウルトライスモに参加した詩人のことを「ウルトライスタ」ultraísta と呼ぶ。これは男女同形の単語で、男性であっても女性であっても「ウルトライスタ」である。

I 『セルバンテス』*Cervantes*

【書誌事項】　刊行時期　一九一六年八月〜一九二〇年十二月
（一九一七年十月〜一九一八年三月は休刊）
刊行形態　月刊
出版地　マドリード

形状　縦、約十八センチ×横、約十二センチ
総ページ数は、多いときで二百ページ強、
少ないときで百二十ページ強。

『セルバンテス』は、ウルトライスモ誕生期において、この運動を推進する上で重要な役割を果たすことになるのだが、そもそもの出発点はまったく別のところにある。タイトルからしてなんとも古典的だが、この命名は、創刊が一九一六年——すなわち、セルバンテスの没後三百年忌——であることを考えれば納得がいくだろう。現に、最初の数号にはセルバンテス関係の評論が見受けられる。とはいえ、純粋な文芸雑誌ではなく、創刊後しばらくの間は創作や文芸批評も掲載すれば、政治評論や社会時評にも力を入れるという、実に守備範囲の広い総合雑誌だった。創刊時の編集者は、スペイン・モデルニスモを代表する詩人フランシスコ・ビリャエスペサ、メキシコの文学者でメキシコ国立図書館の館長を務めたこともあるルイス・G・ウルビーナ（当時はスペイン在住）、アルゼンチンの社会学者ホセ・インヘニエロスという三人の大物。雑誌副題に「イベリアとアメリカの月刊雑誌」Revista Mensual Ibero-Americana[*1]とあるとおり（この場合のアメリカとは合衆国ではなくアメリカ大陸、特にラテンアメリカのこと）、新旧両大陸をカバーする豪華な陣容である。

まず、一九一六年の創刊から一九一八年末まで、すなわちウルトライスモが始まる前までの内容について、文学関係のテキストと政治・社会関係のテキストとに分けて、簡単に述べよう。スペイン文学の世界で一九一六年といえば、まだモデルニスモが影響力を保っていた時期なので、この雑誌に掲載された創作もそうした傾向のものが圧倒的に多い。編集者のビリャエスペサ自身も、最初の頃は毎回、自作を発表し

ている。このころ発表される詩作品は、いずれも韻を踏んだ折り目正しい定型詩だ。その年の二月に他界したルベン・ダリーオの未発表のテキストなども見受けられる。他にも、寄稿者としてアントニオ・マチャード、ミゲル・デ・ウナムノ、バリェ＝インクラン、ピオ・バロッハなど、二十世紀初頭のスペインを代表する詩人や作家、さらには批評界の大御所フリオ・セハドールや、メキシコのモデルニスモを代表するアマード・ネルボが名を連ねており、この雑誌が大変に格の高いものであったことを示している［図1］。

一方、政治・社会関係の記事に関しても、ウルグアイの高名な思想家ホセ・エンリケ・ロド、メキシコの政治家イシドロ・ファベーラ、スペインの細胞組織学者で一九〇六年にノーベル医学賞を受賞したラモン・イ・カハルなど、そうそうたる執筆陣である。内容は、第一次大戦の悲惨さを告発するもの、スペインにおける政治や教育の改革の必要性を訴えるもの、ラテンアメリカ諸国がアメリカ合衆国にどう対処すべきかを論じたもの、あるいは、新旧両大陸のスペイン語圏の人々の結束を訴えるもの、などが目を引く。一八九八年の米西戦争での敗北以後、アメリカ合衆国の脅威を痛感したスペインとラテンアメリカ諸国の間では、〈イベリア民族〉としての意識が高まり、互いの団結や相互交流が重要な関心事となっていた。だからこそ、この雑誌の副題も「イベリアとアメリカの雑誌」となっており、双方の知識人が協力して編集にあたっていたのだ。また、一九一七年にロシア革命が起きると、早速この話題も取り上げられた。

いかなる理由によるのか分からないが、一九一七年十月から翌年三月までは休刊。そして再度発行されるようになってからこの雑誌の性格が変わり始める。一九一八年末までは過渡期で、編集者の交替などもあったようだ。この頃から名声を確立した文筆家の原稿の占める割合が急激に減少し、かわって若手の無

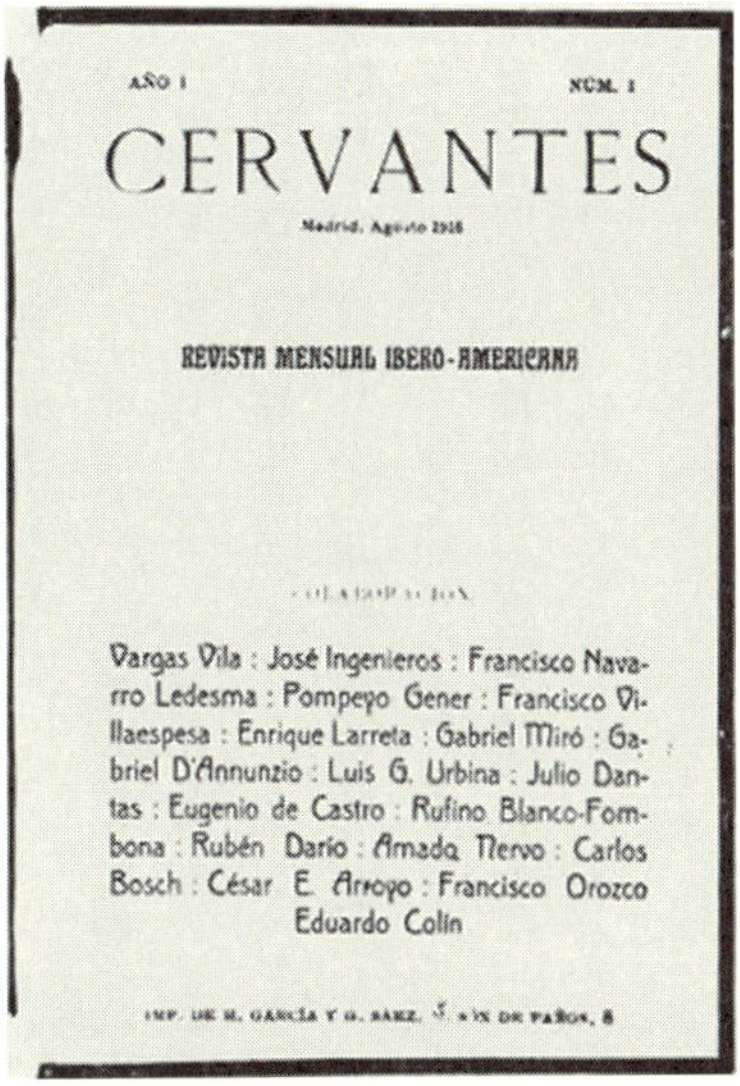
AÑO I　　NUM. I

CERVANTES

Madrid, Agosto 1916

REVISTA MENSUAL IBERO-AMERICANA

COLABORACIÓN

Vargas Vila : José Ingenieros : Francisco Navarro Ledesma : Pompeyo Gener : Francisco Villaespesa : Enrique Larreta : Gabriel Miró : Gabriel D'Annunzio : Luis G. Urbina : Julio Dantas : Eugenio de Castro : Rufino Blanco-Fombona : Rubén Darío : Amado Nervo : Carlos Bosch : César E. Arroyo : Francisco Orozco
Eduardo Colín

IMP. DE M. GARCÍA Y G. SÁEZ, MESÓN DE PAÑOS, 8

［図1］『セルバンテス』創刊号（1916. 8）

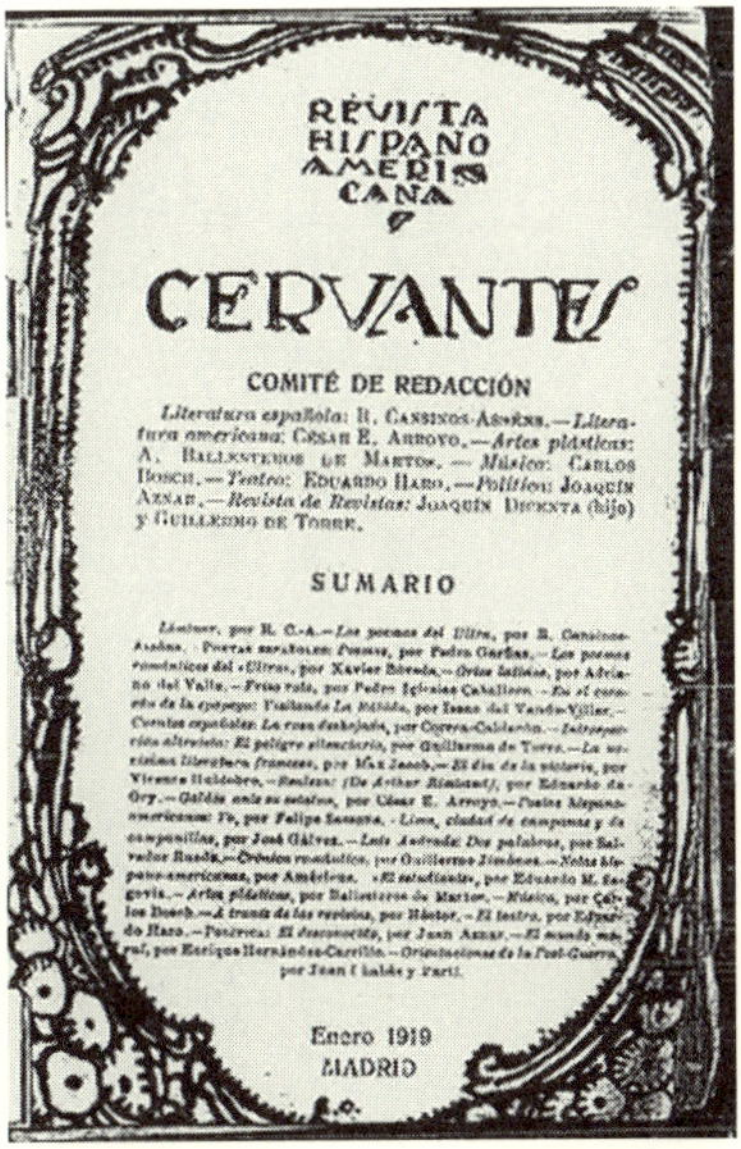
REVISTA HISPANO AMERICANA

CERVANTES

COMITÉ DE REDACCIÓN

Literatura española: R. Cansinos-Asséns.—*Literatura americana:* César E. Arroyo.—*Artes plásticas:* A. Ballesteros de Martos.—*Música:* Carlos Bosch.—*Teatro:* Eduardo Haro.—*Política:* Joaquín Aznar.—*Revista de Revistas:* Joaquín Dicenta (hijo) y Guillermo de Torre.

SUMARIO

[illegible]

Enero 1919
MADRID

［図2］『セルバンテス』1919年1月号。この号にウルトライスモ宣言が掲載された。表紙のデザインはいまだにモデルニスモ調だ

名詩人たちの創作が多くなる。

そして一九一九年一月。この雑誌は決定的な転換点を迎える。「編集部――スペイン文学担当」として、ラファエル・カンシーノス・アセンスの名が登場するのである。役職名こそただの一編集員のようだが、実質的には、彼が編集長としてリーダーシップを握ったことは、間違いない。カンシーノス・アセンスの辣腕により、この号から雑誌の性格は一変する。政治・社会関係の記事はほとんど姿を消し、『セルバンテス』は、スペインならびにラテンアメリカの新人の作品と、ヨーロッパの他国の文学の最新動向を紹介する先鋭的な文学雑誌へと変貌を遂げるのだ［図2］。

この号の巻頭言において、カンシーノス・アセンスはこう述べる。

今、後を継ぐ小生の方針は、斬新で真摯で個人的なものすべてにたいする絶対的な崇拝である。雑誌『セルバンテス』の誌面は、これまでも若者たちの手によって造形され、あらゆる鋳型へと流し込まれてきたのだが、これより以降は、新たな霊感に対してさらに一層、柔軟で順応力ゆたかなものとなろう。定まった形に安住しないウルトライスモがめざすのは、つねに新たな形を探求し、美学のあらゆる分野において、従来の限界と傾向を乗り越えることだ。当誌の誌面はこうしたウルトライスモの意図を受け入れる。そして、精神の物差しにおいてとびきり若々しい者たちの参加こそが、この芸術の館においては何よりも歓迎されるであろう。[*2]

この就任挨拶の言葉に続けて、前章ですでに紹介したウルトライスモ宣言が掲載されるのである［図3］。宣言に続くページでは、カンシーノス・アセンスみずからが「ウルトラの詩」と題する作品を発表。

次なる「スペインの詩人たち」というコーナーでは、ペドロ・ガルフィアス、ハビエル・ボベダ、アドリアノ・デル・バリエ、イサアク・デル・バンド・ビリャール、ギリェルモ・デ・トーレなど、これから先、ウルトライスモの中核を成す詩人たちが勢揃い。さらに他国の文学としては、マックス・ジャコブとビセンテ・ウイドブロのフランス語の作品が、カンシーノスのスペイン語訳により、紹介されている。

興味深いのは、ウルトライスモの誕生を告げるこの号に、以上述べてきたような文学作品と並んで、ファン・チャバスの「戦後の指針」Orientaciones de la Post-Guerra と題する評論も掲載されていることだ。後にすぐれた文芸評論などを著すファン・チャバスも、当時はまだ十代の若者。この評論は、前年の暮近く、第一次大戦が終わる頃に書かれたと推測される。ウルトライスモが産声を上げるのとほぼ同時であり、チャバスはここで、モデルニスモの隆盛の後、停滞状況にある自国の文学への不満と刷新への期待を表明したかったのだろう。彼は「このたびの戦争は、人類の歴史において新たな時代を画するものだ」と筆を起こし、やがてこう述べる。

すべては変わる。社会学も、政治も、科学も。では、では芸術は？

実のところ芸術の将来を変えるようなことはほとんど起こらなかった。芸術も、人間活動の他の諸局面の未来を決定した戦争の影響を受けて、当然、進化しなければならな

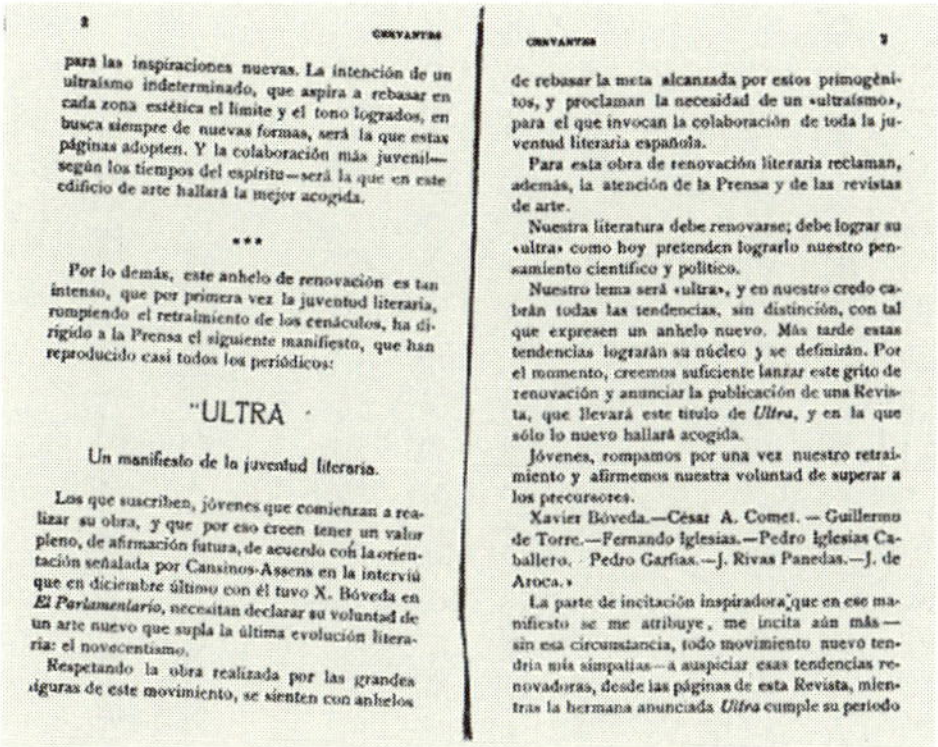

2 CERVANTES

para las inspiraciones nuevas. La intención de un ultraísmo indeterminado, que aspira a rebasar en cada zona estética el límite y el tono logrados, en busca siempre de nuevas formas, será la que estas páginas adopten. Y la colaboración más juvenil—según los tiempos del espíritu—será la que en este edificio de arte hallará la mejor acogida.

***

Por lo demás, este anhelo de renovación es tan intenso, que por primera vez la juventud literaria, rompiendo el retraimiento de los cenáculos, ha dirigido a la Prensa el siguiente manifiesto, que han reproducido casi todos los periódicos:

"ULTRA

Un manifiesto de la juventud literaria.

Los que suscriben, jóvenes que comienzan a realizar su obra, y que por eso creen tener un valor pleno, de afirmación futura, de acuerdo con la orientación señalada por Cansinos-Assens en la interviú que en diciembre último con él tuvo X. Bóveda en *El Parlamentario*, necesitan declarar su voluntad de un arte nuevo que supla la última evolución literaria: el novecentismo.

Respetando la obra realizada por las grandes figuras de este movimiento, se sienten con anhelos

CERVANTES 3

de rebasar la meta alcanzada por estos primogénitos, y proclaman la necesidad de un «ultraísmo», para el que invocan la colaboración de toda la juventud literaria española.

Para esta obra de renovación literaria reclaman, además, la atención de la Prensa y de las revistas de arte.

Nuestra literatura debe renovarse; debe lograr su «ultra» como hoy pretenden lograrlo nuestro pensamiento científico y político.

Nuestro lema será «ultra», y en nuestro credo cabrán todas las tendencias, sin distinción, con tal que expresen un anhelo nuevo. Más tarde estas tendencias lograrán su núcleo y se definirán. Por el momento, creemos suficiente lanzar este grito de renovación y anunciar la publicación de una Revista, que llevará este título de *Ultra*, y en la que sólo lo nuevo hallará acogida.

Jóvenes, rompamos por una vez nuestro retraimiento y afirmemos nuestra voluntad de superar a los precursores.

Xavier Bóveda.—César A. Comet. — Guillermo de Torre.—Fernando Iglesias.—Pedro Iglesias Caballero. Pedro Garfias.—J. Rivas Panedas.—J. de Aroca.»

La parte de incitación inspiradora que en ese manifiesto se me atribuye, me incita aún más—sin esa circunstancia, todo movimiento nuevo tendría mis simpatías—a auspiciar esas tendencias renovadoras, desde las páginas de esta Revista, mientras la hermana anunciada *Ultra* cumple su período

［図3］『セルバンテス』1919年1月号に掲載されたウルトライスモ宣言

いのに。

「進化」の卓越性は否定不可能だ。「進化」は歴史的・生物学的に不可避な必然性に基づいているのだが、この必然性こそ、「進化」の法則というものなのだ。[*3]

フアン・チャバスが待望した「芸術における進化」こそ、ウルトライスモだった。ウルトライスモ宣言とフアン・チャバスの評論とが同時に『セルバンテス』に掲載された一九一九年一月、パリ講和会議が開催され、第一次大戦は公式に終結する。ウルトライスモはすなわち、第一次大戦の時期に胚胎し、そして大戦終結とともに産声を上げたのだった。

さて、宣言が出され、詩人たちは意欲満々であったとは言え、実際の創作の内容はすぐにはそれに伴わなかった。前述の「スペインの詩人たち」というコーナーに掲載された作品にしても、ペドロ・ガルフィアスの詩は、雪の純白に恋人の純潔を重ね合わせてうたった、まったくのモデルニスモ調。また、ハビエル・ボベダの場合、自分の詩を「ウルトラのロマン主義的詩」などと命名している。前章で述べたように、ウルトライスモはロマン主義（の延長としてのモデルニスモ）の超越を目指して生まれたはずで、これではまったく運動の趣旨を理解していないとしか言いようがない。

『セルバンテス』がこの前衛運動の雑誌として本格的に始動するのは、宣言発表から半年ほど後、その年のなかばのことだ。一九一九年五月号には、セビリヤで『グレシア』の仲間たちが開いた第一回〈ウルトラの祭典〉（六七頁）について、ペドロ・ガルフィアスが報告記事を寄せる。「ぼくは諸君に年寄り連中への憎悪と闘いを説く。かわりに諸君に求めるのは、唯一、純粋さだ。［……］われわれの時代の到来だ！　熱狂に身を震わせて叫ぼう。われわれには勝利する権利がある。われわれは若くて、燃える額に新風をもたらすのだから[*4]」と情熱的なガルフィアスの文からは、運動初期の熱気がストレートに伝わってくる。

そしてついに一九一九年六月号で『セルバンテス』は大きく進化する。これまで「スペインの詩人たち」というアンソロジーのコーナーであったのが、「ウルトラの詩人たち」に改名。「ウルトラは絶え間なき進化へ向かう力、文学上の永遠の青春への希求、どのような新しい形や考えも受け入れるという前もっての意思表明であり、時代とともにつねに前進し続けるという決意だ[*5]」というカンシーノス・アセンスの力強いマニフェスト的な言葉に続いて掲載された詩の数々は、刷新への意欲がいよいよ作品として形をとりはじめたことを感じさせる。このコーナーは数号続いた後、「スペインとアメリカの詩人たち」と名を変え、ラテンアメリカの詩人たちの作品も積極的に取り上げ、両大陸のスペイン語による前衛運動を媒介する役割を果たす。『セルバンテス』に作品を発表したラテンアメリカの詩人の国籍は、エクアドル、ウルグアイ、チリ、アルゼンチン、ベネズエラ、パナマ、ペルー、メキシコ、ニカラグア、コロンビア、グアテマラ、キューバ、プエルトリコ、ホンジュラスなどにわたる。大西洋の両岸を結ぶ交通手段が大西洋横断汽船しかなかったあの時代にあって、詩人たちがこれだけ活発に行き来し情報交換していたというのは驚きだ。そして『セルバンテス』は、もうこの頃にはかつてのような豪華執筆陣が健筆をふるう総合文化雑誌ではなくなっていたが、ウルトライスモの名のもとにスペイン語圏各地の新人の詩人たちが集うことによって、この雑誌の副題どおり、スペインとアメリカを結ぶ雑誌であり続けたのだった。

『セルバンテス』はまた、ヨーロッパの他国の詩作品の紹介にも熱心だった。一九一九年五月号では、「詩の最前線——抒情詩選」と題して、『ノール＝シュッド』誌や『リテラチュール』Littérature 誌から、ポール・ヴァレリー、ピエール・ルヴェルディ、ブレーズ・サンドラール、マックス・ジャコブ、トリスタン・ツァラたちの作品を紹介。さらに、同年八月号には、「ダダのアンソロジー」（ツァラとフランシス・ピカビア）、十二月号には「イギリス詩選」（デ・ラ・メア、シーグフリード・サスーンなど）が掲載される。翻訳はいずれもカンシーノス・アセンス。これらのコーナーで紹介された訳詩は、ウイドブロの作品などと並んで[*6]スペインの若い詩人たちに大きな刺激を与え、新たなる文学の地平へと、彼らを駆り立てたのだった。

こうしてウルトライスモ誕生から初期にかけて牽引車の役割を果たした『セルバンテス』だが、一九二〇年に入ると毎号のページ数も以前よりずっと少なくて百二十ページ強にとどまり、目に見えて失速してゆく。前年から続いていた「スペインとアメリカの詩人たち」のコーナーも縮小され、掲載される詩も、ウルトライスモが束の間の幻影であったのかと思わせるような、旧態然とした内容・形式のものばかり。唯一、この年の『セルバンテス』で注目すべきは十月号だろう。まずは、フランスの雑誌記事からの翻訳として、「アインシュタイン教授と、宇宙に関する新理論」El Profesor Einstein y su nueva teoría del universoという記事。相対性理論を紹介した記事だ。何世紀にもわたる既成概念を根本からくつがえす理論が、科学のみならず、スペインの文学の世界でも反響を呼んだというのが興味深い。また、この号には、ホアキン・デ・ラ・エスコスーラという人物がギリェルモ・デ・トーレ論を書いているが、彼によれば、ウルトライスタという語を最初に用いたのは、ギリェルモ・デ・トーレであり、ウルトラの創始者の名は、本来ならば彼に帰するべきであると言う。カンシーノス・アセンスがまだ文学セクションの責任者をつとめている雑誌において、このような内容の記事が掲載されるとは、カンシーノス・アセンスのカリスマ的求心力に翳りが生じ始めたのだろうか。さらに、この十月号で特筆すべきは、「表現主義詩選」として、ドイツ表現主義の詩の翻訳が解説つきで載せられていることだ。訳と解説はホルヘ・ルイス・ボルヘス。当時住んでいたマリョルカ島からの寄稿と思われる（ボルヘスのスペイン滞在については人名小辞典を参照）。カンシーノス・アセンスを別とすれば、ウルトライスモの詩人たちは、フランス語や英語ならまだともかくドイツ語は駄目だったので、ボルヘスによるドイツ文学紹介は貴重な情報だった。

こうしてわずか数年の間に大きく変貌を遂げた『セルバンテス』だが、一九二〇年十二月、総号数四十七をもってその歴史に幕を閉じた。

Ⅱ 『グレシア』*Grecia*

【書誌事項】
刊行時期　一九一八年十月〜一九二〇年十一月
刊行形態　半月ごと　もしくは　十日ごと
出版地　創刊〜一九二〇年三月　セビリヤ
　　一九二〇年六月〜終刊　マドリード
形状　縦、約二十四センチ×横、約十七センチ
　　総ページ数は十六ページ。
　　他に広告のみの誌面が数ページ。

『グレシア』はセビリヤで創刊される。スペイン南部アンダルシア地方の中心都市であるセビリヤは、

スペイン・ルネッサンスを代表する詩人のひとりであるフェルナンド・デ・エレーラ、スペイン・ロマン主義最高の抒情詩人グスターボ・アドルフォ・ベッケル、一八九八年世代の偉大なアントニオ・マチャードと、常に文学史を飾る詩人を世に送り出してきたが、スペイン前衛運動でも重要な役割を果たすことになる。なるほどウルトライスモが誕生したのは首都マドリードであったが、すぐさまこの運動に共鳴し、その強力な推進力となったのは、セビリヤにゆかりのある若い詩人たちだったのだ。

編集長は創刊から終刊に至るまで一貫してイサアク・デル・バンド・ビリャール。また、ほぼ毎号にセビリヤ出身であるカンシーノス・アセンスの作品が掲載され、彼の影響の大きさが随所に感じられる。『セルバンテス』がラテンアメリカとの結びつきを強調、重視した国際派の雑誌であったのに対し、『グレシア』は地元密着型であり、たとえば誌面に掲載される広告も、地元セビリヤの個人商店（カフェ、洋品店、食料品店など）のものがほとんどだ。また『セルバンテス』が、少なくとも創刊当初は格の高さを誇り、執筆陣にスペイン語圏の著名知識人を揃えていたのに対し、『グレシア』は同人誌的な色合いが濃く、まったく無名の新人などにも発表の場が与えられていた。さらに、前者が総合誌として政治、経済など社会科学的な内容も扱ったのに対して、後者は純粋な文芸雑誌だった。しかし、こうした違いゆえにこそ、ウルトライスモの急先鋒として情報を発信し、機関誌としての役割を担うようになったのは、『セルバンテス』よりもむしろ、『グレシア』であった。さらにもう一点、『セルバンテス』との重要な違いは、『グレシア』においては視覚的要素も重要だったということだ。視覚上の実験を行なった詩も多く掲載されたし、『セルバンテス』にはまったくなかった図版も、多く掲載された。『グレシア』誌面によって、ウルトライスモは文学と造形美術（特に絵画）の双方にまたがる総合的な前衛運動へ一歩踏み出したと言えるだろう。この点については第五章でも触れるつもりだ。

グレシアとは、スペイン語でギリシャのこと。ウルトライスモの雑誌にギリシャとは不釣合いな印象だが、実はこの雑誌も『セルバンテス』と同様、出発点ではモデルニスモの雑誌だったのだ。創刊時の表紙デザインは、ギリシャ神殿に女神の立像をあしらったものだし、扉には、やはりギリシャ風のレリーフのイラストとともに、ルベン・ダリーオの「未来を知りえぬ苦悩のなかで／出迎えん／象牙の櫂《かい》を持てる／かぐわしき小船を」という詩句が掲げられている。もちろん中心となったのもモデルニスモの詩人たちだった［図4］。

ウルトライスモとは直接関係のないことだが、創刊号にはガルシア・ロルカのエッセイ「カルトゥジオ修道士の逍遥──装飾について」Divagaciones de un cartujo ─ La ornamentación が掲載されている。これは、ゴシック様式やロマネスク様式の墓の装飾をめぐるエッセイだ。この頃のロルカは、故郷のグラナダで処女作『印象と風景』*Impresiones y paisajes* を、父親の経済的援助を受けて出版したばかり。翌一九一九年春、彼はマドリードへ上京し、やがて〈学生館〉*7 にてブニュエルやダリらと親交を結び、活躍することとなるだろう。

第五号（1918. 12. 15）には、「ウルトラの詩」という小見出しをつけたカンシーノス・アセンスの詩が数篇、早くも掲載され、この頃からウルトライスモの胎動が始まっていたことを感じさせるが、一九一八年末から一九一九年初頭の掲載詩を実際に読んでみれば、ウルトラ、ウルトラと連呼し、詩句のところどころに、飛行機やアンテナという単語を挿入する工夫にとどまるのみで、伝統的なシンタックスを用いた長文の詩句がだらだらと連なる作品が多く、新たな詩言語や詩形の創造にはまだほど遠い。

一九一九年五月二日には、セビリヤの文芸協会《アテネオ》で〈ウルトラの祭典〉が開催される。祭典とは言っても朗読会のようなもので、参加者は、アドリアノ・デル・バリェ、ペドロ・ガルフィアス、ミゲル・ロメロ・マルティネス、イサアク・デル・バンド・ビリャールら（巻末の人名小辞典二二六頁の写真参照）。彼らは、アポリネールやマリネッティの作品や自作の詩を朗読し、マニフェスト的な文章を読み上げておおいに気焔を上げた。

この〈祭典〉でゴンサレス・オルメディーリャが読み上げた一文を紹介しておこう。

> 戦争は現代文明の花咲く沼地に踏み込み、激しい衝撃と、昨日まで有効だった精神的価値の清算をもたらし、破壊と浄化を意味する赤い人差し指で、人類の思想の辿るべき新たな道を指し示した。芸術、政治、法律、そして当の科学も、これまで順調に流れてきた水路をせきとめ、極地探検家のごとき粘りによって、一歩一歩、新たな道を切り拓いてゆかねばならない。地球の軸がきしむ音がした。想像だにしなかった地中から突き上げる力が、この天体の両極を宇宙に放り投げたのだ。［……］
>
> そしてすべてが変化するときに、神からの言葉の電信を受信するために人類の上に聳え立つ「天の避雷針」である詩人たるわれわれは、過去の修辞学の茂みのなかに足をとられ、新たな関心事や、戦争後の世界の展望がもたらす手付かずのテーマに無関心のまま、昔ながらのものを眺め、模倣することに恍惚としたままでよいのであろうか。［……］
>
> ルベン・ダリーオが、もはやそこより帰り来ることのできない地へと行ってしまったからには、われわれはモデルニスモの壮麗な宮殿を封印すべきであろう。七つの鍵どころではなく、七千もの鍵で！[*8] モデルニスモは最盛期を迎え、円熟期を過ぎ、そして最期を遂げてしまったのだから。われわれは、詩のあらたな無線電信局を打ち立てなければならないのだ。[*9]

マニフェスト的な内容を持つ一文だが、およそ半年前のウルトライスモ宣言が、これといった特徴のない文体で書かれていたのに対し、ゴンサレス・オルメディーリャのこの文章は、自然科学系の専門用語や機械工業関係の単語を無節操に取り込み、比喩的表現を多用するという特徴を示していて興味深い。詩人たちは手探りながら、自分たちらしい表現方法を少しずつ見つけつつあった。

変化の兆しは雑誌の表紙にも如実にあらわれる。第十四号（1919. 4. 30）以降、『グレシア』はそれまでの半月ごとの刊行から十日ごとの刊行となり、表紙も、創刊当時の女神像から壺の絵に変わり、相変わらずのギリシャ調ではあるものの、モデルニスモ色は薄くなる［図5］。そしてさらにひと月後、第十七号（1919. 5. 30）となると、壺の絵の隣に、唐突に、自動車のオイル缶が並置されるのである［図6］。ギリシャという意味の雑誌タイトルと、前衛的な内容との橋渡しをするための苦肉の策であろう。このちぐはぐな、しかしどことなく愛嬌のある表紙デザインは、後に『グレシア』がマドリードに出版地を移すまで続く。第二十号（1919. 6. 30）は、編集長イサアク・デル・バンド・ビリャールの「ウルトライスモ宣言」を掲載。ここでバンド・ビリャールは、前節で引用したペドロ・ガルフィアスの文によく似た表現で宣言する――「われわれは勝利するだろう。若くて強いのだから。われわれは、彼方の世界の進化への憧れを表現するのだ。去勢された一九〇〇年主義者たちを前にして、われわれはウルトラの黙示録の美神を裸にする。奴らには、未来の処女膜を破ることなど、できるはずがないのだから」[*10]。

ギリシャ風の壺のかたわらにオイル缶が登場するのと相前後して、セビリヤのウルトライスタたちは前衛詩を次々と発表するようになる。ちょうど同じ頃、マドリードの『セルバンテス』誌上でもウルトライスモの活動が本格化していた。マドリード在住のギリェルモ・デ・トーレ、北部サンタンデール在住のヘラルド・ディエゴ、ビルバオのフアン・ラレアなど、優れた才能を持つ各地の新人が相次いで仲間に加わ

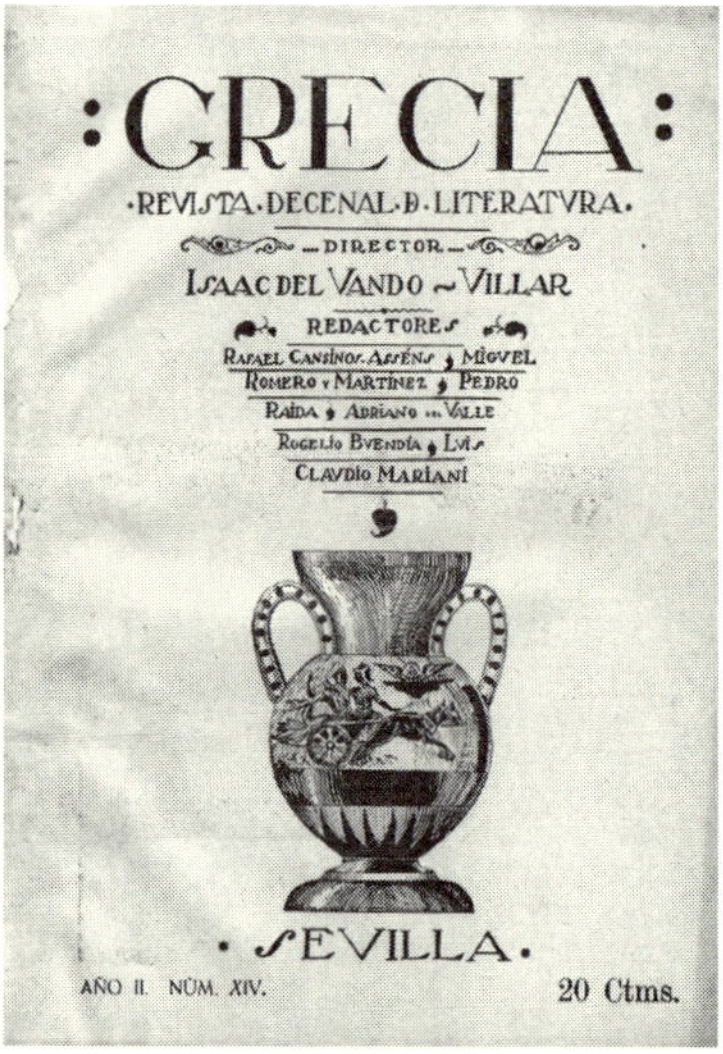

［図4］左上：『グレシア』創刊号（1918. 10. 12）
［図5］右上：『グレシア』第14号（1919. 4. 30）
［図6］右下：『グレシア』第17号（1919. 5. 30）この号の表紙からギリシャ風の壺の右下に自動車のオイル缶が並置されるようになる

り、積極的に寄稿。ポール・モラン、ツァラ、ルヴェルディの詩やブレーズ・サンドラールの評論の翻訳なども掲載される。[*11] これら外からの刺激に反応して、一九一九年半ばには『グレシア』に掲載される詩が刷新されるのだ。第二十二号（1919. 7. 20）からはファン・ラスという詩人が登場するが、実はこれはカンシーノス・アセンスの別名。セビリヤの詩人たちの崇拝と敬愛を一身に受けていたカンシーノス・アセンスだが、この故郷の街に足を運ぶことは滅多になく、マドリードからの原稿による参加にとどまり、しかも奇妙なことにいつまでもモデルニスモ的趣の作品を発表し続けていた。これ以降、彼は本名ではモデルニスモ的散文を、ファン・ラスという筆名ではウルトライスモの詩を、という具合にふたつの名前を使い分け、作品を発表するようになる。

一九一九年の秋、創刊一周年を迎える頃には、視覚上の効果を狙った大胆な詩が次々と試みられるようになり、縦横無尽に組まれたさまざまな字体の活字や記号が誌面に躍る。先にも言及したことだが、視覚上の実験という点では、『セルバンテス』よりも『グレシア』の方がずっと先を行っていた。

この年の大晦日に出た第三十七号には、当時セビリヤに滞在していたホルヘ・ルイス・ボルヘスの長詩「海の賛歌」Himno del mar が載る。ボルヘスの詩人としてのデビューである。一九一九年の冬といえば、セビリヤのウルトライスモがいちばん輝きを放っていた時期だ。当時まだ二十歳の青年ボルヘスはすぐに『グレシア』の仲間たちと知合いになり、彼らとともに文学談義や夜遊びに興じた。若書の詩「海の賛歌」は、『グレシア』執筆陣の中心人物のひとり、アドリアノ・デル・バリェに捧げられたもの。「ぼくは吼える波のように大きなリズムの海の賛歌を書きたいと思った／太陽が深紅の旗のように、その水の中にひるがえるときの海／焦がれて待ちわびた処女の浜辺の　黄金色した胸にくちづける海……」[*12] と、高揚した詩句がおよそ六十行にわたって続く。さらにボルヘスは翌年、第三十九号（1920. 1. 31）では、「現代的美学の余白に」Al margen de la moderna estética と題する詩論を発表。

人間にとって、ましてやこの地球すべての傲慢さと不敵さを背負う若者にとって、新しい詩、新しい小説とはひとつのアトランティス、内なる素晴らしい冒険である。〔……〕今日、スペンサー[*13]が提唱したような宇宙の動的概念が勝利をおさめ、われわれは人生をもはや、何か決定されたものとしてではなく、自在に変化する生成と捉えている。〔……〕ウルトライスモは、ようやく自由になった、文学における進化論の表現なのだ。この隠喩の突然の開花は〔……〕一秒一秒ごとに焼き尽くされ、湧き出て、生まれ変わる人生の永遠の若さを表現しようとする詩人の努力を表している。〔……〕われわれは人生を発見したい。新たな眼差しで見つめたい。〔……〕われわれは追憶の蜜の甘さに酔いしれたりはしない。あらゆる物事を、花開いたばかりの状態で見つめたいのだ。[*14]

若さや新鮮さに最大の価値を付与する態度は、ウルトライスモの詩人たち全員に共有されていたものであり、「新たな眼差しで見る」、「物事を花開いたばかりの状態で見る」という表現も、彼らがみずからの態度を表す際に好んで用いたものである。また、「ウルトライスモは文学における進化論の表現だ」という一文が、先に紹介したファン・チャバスの評論の延長線上にあることは、明らかだろう。

セビリヤで詩人たちの注目を集めたのはボルヘスだけではない。彼の妹のノラはかねてから絵や版画を学んでいたが、表現主義とキュビスムの影響を受けた斬新な画風は、すぐさまセビリヤのウルトライスタたちの称賛するところとなる。ノラの木版画は『グレシア』のページを美しく飾り、この雑誌の視覚的価値を高めるのにおおいに貢献した。編集長のバンド・ビリャールやアドリアノ・デル・バリェがそろってノラに詩を捧げていることなどから、彼女は『グレシア』仲間のミューズ的な存在であったことがうかがえる。ノラは後に、ウルトライスモの若き詩人で、評論家としても活躍するギリェルモ・デ・トーレと結婚する。

さて、『グレシア』のセビリヤでの刊行は第四十二号（1920. 3. 20）で終わり、しばらく休刊期間を置いた後、その年の六月一日からはマドリードで刊行されることとなる。これを機に表紙も変わり、以降は毎号、ウルトライスモに関係のある画家たちの作品が表紙を飾る。たとえば、第四十四号（1920. 6. 15）の表紙はノラ・ボルヘスの木版画《陸橋》だが、これはもちろん、カンシーノス・アセンスの自宅近くの陸橋のことだろう［図7］。また、扉に関しても、ギリシャ風レリーフのイラストは残されるものの、創刊以来一貫して掲げられてきたルベン・ダリーオの詩句は姿を消す。誌面のデザインにおいてもモデルニスモ色はほぼ一掃されたのだ。

　マドリードに移ってからは、ラモン・ゴメス・デ・ラ・セルナも執筆者として加わる。『グレシア』同人たちよりかなり年長で、すでに文壇

［図7］『グレシア』第 44 号（1920. 6. 15）。表紙絵はノラ・ボルヘスの木版画《陸橋》

での名声を確立していたバリェ＝インクランのような大物がウルトライスモ的な詩を寄せているのも興味を惹く。ボルヘスと『グレシア』の関係も続く。偶然にも『グレシア』の移転よりひと足早く家族とマドリードに移り住んでいたボルヘスは、詩を発表したり、ドイツ表現主義を紹介する翻訳や評論を書いたりする。カンシーノス・アセンスのテルトゥリアに参加したのもこの頃のことだろう。第四十八号（1920. 9. 1）においては、兄ホルへ・ルイスの詩「ロシア」Rusia に、ノラが木版画でイラストを提供するという形で、兄妹が共演した。

しかしマドリードで発行を続けるのは、経済的に厳しかった。先に述べたように、『グレシア』はセビリヤの地元商店の広告を多く掲載していたが、マドリードに移ってからは広告主を探すのに苦労したようで、おそらくは広告収入の減少が、雑誌の発行を続ける上で障害のひとつになったであろうと推測される。次第に雑誌発行の間隔があくようになり、創刊から二年を過ぎた一九二〇年十一月一日、第五十号をもって編集長バンド・ビリャールは「印刷にともなう諸般の困難な事情ゆえ」刊行を中断すると述べる。実際には、刊行が再開されることはなく、これが最終号となった。

「セビリヤに捧げられた特別号」と表紙に大書された最終号の巻頭を飾るのは、カンシーノス・アセンスのエッセイ「セビリヤの郷愁」La nostalgia de Sevilla。「二度とあいまみえることのかなわぬ別れた恋人のように［……］私はお前を思い出す、ああ、若き頃に去った街よ」[*15]という、セビリヤに呼びかける一文で始まるこのエッセイは、「郷愁」というタイトルも、「涙」、「ため息」、「夢」という単語を多用している点も、全体を覆うメランコリックな調子も、まったくのモデルニスモではないか。ウルトライスモの生みの親となり、若い詩人たちに前衛文学への熱い思いを焚きつけたカンシーノス・アセンスだが、この運動に対する彼の態度は常に曖昧だった。この頃には、若い詩人たち、特にギリェルモ・デ・トーレとの確執などもあり、彼は徐々にウルトライスモから距離を置き始めていたものと思われる。

こうして一九二〇年十一月には『グレシア』、翌月には『セルバンテス』と、ウルトライスモの誕生から進展をになった雑誌が相次いで廃刊となるが、その後を受けて翌一九二一年、首都マドリードで『ウルトラ』が創刊されるのだ。

Ⅲ 『ウルトラ』*Ultra*

【書誌事項】
刊行時期　一九二一年一月～一九二二年三月
刊行形態　半月ごと　もしくは　十日ごと
出版地　マドリード
形状　縦三十三・五センチ × 横七十六センチの大判の紙を三つ折に畳んだ形態
→縦三十三・五センチ × 横二十五・三センチ。

『セルバンテス』、『グレシア』の後を受けて創刊された雑誌は、その名もずばり『ウルトラ』*Ultra*。ただし、表紙には Ultra ではなく **VLTRA** というロゴが使われている。これは **VLTRA** という鋭角的な字面がウルトライスモのイメージにふさわしかったからだろう。『ウルトラ』はこの前衛運動の成熟期を代表する雑誌である。特筆すべきは、そのデザインの美しさ。大判の紙を三つ折にした形状で、毎号の表紙は、ノラ・ボルヘス、ラファエル・バラーダス、ヴラジスラフ・ヤールら、この前衛運動と深い関わりのある画家たちによる美しい木版画で飾られた〔図8・9・10〕。表紙だけではなく、誌面にもこれらの画家たちの挿絵や木版画が彩りを添えている。当初は十日ごとに刊行されたが、第十九号（1921. 12. 1）からは半月ごとのペースになった。価格三十センティモのこの美しい雑誌は、街角のキオスクで販売されたと言う。この前衛文学の雑誌は、一部の文芸サークルのみで流通したのではなく、意外にも、キオスクという市井の人々の日常生活の場に姿をあらわし、「年寄り連中だけではなく、およそ文学とは縁のない世界の人たちにもスキャンダルを巻き起こした」[*16]。編集形態も先行誌とは異なり、編集長を置かずに匿名の編集委員会が運営するという形をとった。ただ、実際にはリバス兄弟（ウンベルト・リバスとホセ・リバス・パネーダス）が中心だったらしい。

創刊記念の意味合いをこめて、マドリードのナイトサロン、パリシアーナでは一九二一年一月二十八日に〈ウルトライスモの夕べ〉が開催された。その前日に発売された創刊号（1921. 1. 27）に掲載された予告によれば、会場全体の装飾は、ロベールとソニアのドローネー夫妻が担当。深夜零時に始まった夕べでは、まずウンベルト・リバスが開会の言葉を述べ、続いてホセ・リバス・パネーダス、セサル・A・コメット、ペドロ・ガルフィアス、ヘラルド・ディエゴ、ラッソ・デ・ラ・ベガ、ホルヘ・ルイス・ボルヘスらが自作の詩を朗読。それだけではなく、現代音楽や現代絵画に関する講演会や絵画の展示もあり、最後はマウリシオ・バカリッセが総括の言葉を述べて閉会、という予定とのこと。『ウルトラ』第二号（1921. 2. 10）にこの夕べの様子が編集部により報告されている。それによれば、彼らの詩は、侃々諤々の議論を巻き起こしたらしい。これらの反応に対して編集部は、「人々はわれわれを否定し、攻撃し、非難するが、われわれは今もこれからも、あらゆる議論のもとであり続けるだろう。なぜならば、われわれは眼や耳の不自由な者をも、放ってはおかない覚悟だからだ。〔……〕〔われわれの詩は〕われわれを理解しないという栄

［図8］左上：『ウルトラ』創刊号（1921. 1. 27）。
表紙絵はノラ・ボルヘスの木版画
［図9］右上：『ウルトラ』第18号（1921. 11. 10）。
表紙絵はヴラジスラフ・ヤールの木版画
［図10］右下：『ウルトラ』第19号（1921. 12. 1）。
表紙絵はラファエル・バラーダスの木版画

誉を担う愚鈍な輩どもを激怒させるに足る、比類なき美点を備えていた。この運動は今日のメンタリティを越えており、こうした無理解こそ、われわれのもっとも誇りとするところである」と息巻き、ウルトライスモを誹謗する批評については、「そんなのはわれわれを溺れさせようとするタコだ。だがわれわれは見事な泳ぎの腕前で岸に泳ぎ着いてみせよう」[*17]と、強気の姿勢。

『ウルトラ』の内容の中心となったのはもちろん、詩や散文などの創作作品だ。そのほかにも、国内外の文学の最新動向の報告、外国の前衛文学の翻訳紹介、新刊案内などが掲載された点は、『セルバンテス』、『グレシア』などと同様。紹介される外国の前衛文学は、やはりフランス文学が多かったが、新刊案内では、チェコ、ハンガリー、ポーランドなど、東欧諸国の雑誌なども取り上げられており、ウルトライスモのネットワークの拡がりを見て取ることができる。なかにはタデウシュ・パイペルのように、ポーランドから寄稿した詩人もいる。また、内容で目新しい点としては、小さな工夫だが、誌面余白の埋草として、ウルトライスモとは何たるか、何を目指すものなのかが、一、二行の標語のような体裁で記された。ちなみに、いくつかを挙げてみると——「文学は絶滅した。ウルトライスモが殺したから」（第四号〈1921. 3. 1〉）。「ウルトライスモとは、世界を裏表ひっくり返し、汚れていない裏側から独創性をつかみとること」（第九号〈1921. 4. 30〉）。「『ウルトラ』はもっとも高いヴォルテージを帯びたマドリードの導線」（第十二号〈1921. 5. 30〉）。「創る、創る、創ること。新しい芸術に必要なのは額だ。背中はいらない」（第十三号〈1921. 6. 10〉）、などなどだ。これらは標語であると同時に、「ヴォルテージを帯びたマドリードの導線」のような表現などは、極小の詩としても読むことができそうだ。

さて、創刊から終刊まで目を通してみると、人間関係の変化に気づく。まずは、ギリェルモ・デ・トーレがこの運動の推進役として確固たる地位を固めたこと。しかしそれは皮肉なことに、カンシーノス・アセンスがこの運動から身を引いたことでもあった。ウルトライスモの父とも呼ぶべきこの人物は、創刊からしばらくは寄稿を続けた。しかし、ファン・ラスの筆名で発表した二篇の詩以外は、いずれもモデルニスモに逆戻りしたような作品ばかりで、この雑誌の性質に馴染まないものであることは瞭然だ。カンシーノス・アセンスは第十号（1921. 5. 10）に寄稿したのを最後に、二度と登場しない。彼がウルトライスモに対する愛着と皮肉と痛罵がないまぜになった『モビミエントV.P.』を上梓したのは、まさにこの年のことだった。カンシーノス・アセンスがウルトライスモから距離を置くようになった理由はもうひとつある。おそらくはこちらの理由のほうが重要らしい。実は彼と同様にテルトゥリアの主宰者であり、互いにライヴァル意識を持っていたラモン・ゴメス・デ・ラ・セルナがウルトライスモに接近し、その強烈な個性で若い詩人たちを惹きつけ、彼らへの影響力を強めていったのだ。それまでこの運動にさほど積極的に関わってこなかったゴメス・デ・ラ・セルナだが、『ウルトラ』にはほとんど毎号のように執筆し、グレゲリーアやブラック・ユーモアただよう掌篇を発表した。若いウルトライスタたちも、この頃にはカンシーノス・アセンスではなくゴメス・デ・ラ・セルナのテルトゥリアを好む者が多かったと伝えられる。事実、これまで頻繁に見受けられたカンシーノス・アセンスを礼賛する詩は、『ウルトラ』では皆無である。こうした力関係の変化は誌面からも明らかだ。創刊号（1921. 1. 27）冒頭にはカンシーノス・アセンスとゴメス・デ・ラ・セルナ両者の作品がともに掲載され等しく扱われているのに対し、第二十号（1921. 12. 15）冒頭は、オルテガ・イ・ガセットによるゴメス・デ・ラ・セルナ主宰のテルトゥリアを礼賛する長文の記事なのだ。カンシーノス・アセンスは、みずからの手を離れたウルトライスモを複雑な思いで眺めながら、自分の世界にひっそりと戻り、隠者のように引きこもったのだった。

世代交代は、注目すべき新しい才能の登場という面にもあらわれた。代表的なのは、ルイス・ブニュエルとロサ・チャセルである。のちにシュルレアリスム映画の巨匠となるルイス・ブニュエルは、当時マドリードの〈学生館〉（＊7）に住み、画家ダリや詩人ガルシア・ロルカと親交を結び、文学に親しんだ。彼は第二十三号（1922. 2. 1）に、現在のところ確認されている彼の最初の文芸作品である短編「言語道断の裏切り」Una traición incalificable を発表。傑作の執筆に刻苦する自分と、窓から侵入して原稿を蹴散らそうとする暴風の攻防を、風を擬人化してユーモラスに描いた。また、同じ号で、二十世紀スペイン最高の女性作家のひとりであり、難解な作風で知られるロサ・チャセルもデビュー。「街々」Las ciudades という短篇は、旅人と、旅人が訪れる街との関係を、男女の間柄になぞらえて描いたものだ。ロサ・チャセルは生涯を通じて、小説言語の新たな可能性を求めて実験的な技法を試み続け、その功績によって、一九八七年にスペイン語圏で最高の文学賞であるセルバンテス賞を授与されることになるのだが、こうした彼女の原点はウルトライスモにあったのである。

もちろん、『セルバンテス』や『グレシア』時代から引き続いて作品を提供し続けた詩人たちも少なからずいた。先述のギリェルモ・デ・トーレやリバス兄弟のほかに、フランス語とスペイン語の両方で詩作をしたラッソ・デ・ラ・ベガ、最初のウルトライスモ宣言の署名者でもあるセサル・A・コメット、クレアシオニスモとウルトライスモ双方に関わったヘラルド・ディエゴなどだ。また、驚くべきことはホルヘ・ルイス・ボルヘスの活躍ぶりで、ほぼ毎号に登場。ボルヘス兄妹とその両親は、『ウルトラ』創刊当初は、マドリード滞在を終えてふたたびマリョルカ島に移っていたのだが、彼は地中海の島からわざわざ上京してウルトラの仲間たちの集まりに顔を出すこともあったらしい。ボルヘス一家は一九二一年三月にはアルゼンチンに帰国。彼は祖国でアルゼンチン・ウルトライスモの活動を始めるが、その一方でマドリードへも原稿を送り続け、『ウルトラ』は彼のことを海外特派員として遇した。ただ、こうした詩人たちの活躍の一方で、セビリヤを拠点としていた『グレシア』の仲間たち――アドリアノ・デル・バリェ、イサアク・デル・バンド・ビリャールなど――の登場回数はごく限られたものとなってしまった。

『ウルトラ』の誌面からは、この前衛運動が一定の成熟に達したことが伺える。紙面の版組みは美しく、創作作品の出来や傾向には大きな破綻や逸脱がない。題材の選択や、それを処理する際の技法に、ある程度統一された様式のようなものが現れ、詩人たちもかつてのような手探りではなく、むしろどちらかというと手馴れた様子で作品を書いているように思われる。しかし、これが前衛運動であることを思い出すならば、まさにこの手馴れた様子にこそ、成熟と同時に、運動の沈滞と減衰の兆候を感じ取るべきであろう。『ウルトラ』は創刊から一年余り後、一九二二年三月十五日付の第二十四号をもって姿を消す。その後も、ウルトライスモの詩人たちは三々五々集まっては、雑誌を作ったが、ここに紹介してきたような三誌のような規模と話題と継続性を持ったものはもう現れることはなかった。

＊1　文献によってはRevista Mensual Iberoamericanaという綴りになっていることもあるが、これは誤りで、正しくはRevista Mensual Ibero-Americana。なお、本文中で後に述べるように、『セルバンテス』は一九一七年十月から一九一八年三月まで休刊するが、復刊する一九一八年四月号から副題はRevista Hispano-Americanaに変更となる。最初の副題中にあるIberoの部分がイベリア、すなわちポルトガルも包む地域に言及しているのに対し、変更後の副題中にあるHispanoはイスパニア、すなわちスペインに言及している。

＊2　R. C. -A., "Liminar," *Cervantes*, Madrid, enero 1919, pp. 1 y 2.

＊3　Juan Chabás, "Orientaciones de la Post-Guerra," *Cervantes*, Madrid, enero 1919, pp. 154-155.

＊4　Pedro Garfias, "La fiesta del 《Ultra》," *Cervantes*, Madrid, mayo 1919, p. 79.

＊5　R. C. -A., "Los poetas del Ultra. Antología," *Cervantes*, Madrid, junio 1919, p. 84.

＊6　ウイドブロの作品は、一九一九年一月号、七月号、八月号、九月号に掲載された。このうち、もともとスペイン語で書かれていた『赤道儀』*Ecuatorial*（七月号掲載）以外はフランス語で書かれたもので、カンシーノス・アセンスがスペイン語に翻訳した。

＊7　〈学生館〉とは、スペインの教育の近代化を目標に掲げる組織である自由教育学院が、イギリスの大学の学生寮を参考にして、一九一〇年にマドリードに開設した施設のこと。一九一五年、マドリード北部の「ポプラの丘」と呼ばれる地に本館が完成し、一九三六年、内戦によって閉鎖に追い込まれるまで、スペインを代表する優れた人材を養成、輩出した。学生館においては、学際的な交流が奨励され、自由で開放的な雰囲気の中、寮生たちは学問に打ち込み、スポーツや芸術を楽しんだ。また、内外から著名人（キュリー夫人、アインシュタイン、ストラヴィンスキー、ル・コルビュジエ、ベルグソンなど）を招いて講演会やコンサートも行なわれた。学生館から巣立っていった人間として、たとえば、画家ダリ、詩人ガルシア・ロルカ、映画監督ブニュエル、後にノーベル医学生理学賞を受賞するセベロ・オチョアなど。

＊8　思想家・法学者ホアキン・コスタが、一八九八年の米西戦争敗北時に、スペインは過去の栄光を忘れて再生すべきだと唱えて言った言葉「シッドの墓に七つの鍵を」をもじったもの。

＊9　Juan González Olmedilla, "Mosaico leído por Juan González Olmedilla en la Fiesta del Ultra," *Grecia*, 18, Sevilla, 10 junio 1919, pp. 1-2.

＊10　Isaac del Vando-Villar, "Manifiesto ultraísta," *Grecia*, 20, Sevilla, 30 jnio 1919, p. 9.

＊11　翻訳の多くはカンシーノス・アセンスとギリェルモ・デ・トーレによる。

＊12　Jorge Luis Borges, "Himno del mar," *Grecia*, 37, Sevilla, 31 diciembre 1919, p. 3.

＊13　社会進化論を唱えたイギリスの哲学者・社会学者ハーバート・スペンサー（一八二〇年～一九〇三年）のこと。

＊14　Jorge Luis Borges, "Al margen de la moderna estética," *Grecia*, 39, Sevilla, 31 enero 1920, p. 15.

＊15　Rafael Cansinos Assens, "La nostalgia de Sevilla," *Grecia*, 50, Madrid, 1 noviembre 1920, p. 1.

＊16　Rafael Alberti, *La arboleda perdida*, Primero y Segundo libros (1902-1931), Biblioteca Alberti (Madrid: Alianza, 1998) p. 160.『失われた木立』*La arboleda perdida* は、二十世紀スペインを代表する詩人ラファエル・アルベルティ（一九〇二年～一九九九年）の回想録。病気療養中だったアルベルティは、文学を志す気持ちが芽生えはじめた頃で、ひとりで詩作の真似事をしていた。その彼が、当時のマドリードの文学シーンを回想する場面で、引用部分、『ウルトラ』に関する言及がある。彼はこの後、処女詩集『陸の船人』*Marinero en tierra*（一九二五年）で国民文学賞を受賞、親友ガルシア・ロルカとともに、一九二七年世代の詩人として活躍することになる。

＊17　"Nuestra velada," *Ultra*, núm. 2, Madrid, 10 febrero 1921. なお、『ウルトラ』は本文中で書誌事項として記したように、大判の紙を三つ折にした形態をとっているため、ページ番号が打たれていない。したがって『ウルトラ』からの引用については、号数、刊行年月日の記述のみで、ページ数は記さない。

第四章　ウルトライスモの詩のテーマ

この章においては、ウルトライスモの詩人たちが好んで取り上げたテーマをおおまかに分類し、詩人たちはなにゆえに、また、どういう意図をこめて、それらのテーマを取り上げたのかについて述べる。と同時に、実際の作品の紹介も兼ねたいと思うので、場合によっては多少長くなることもあるが、適宜、詩を訳して引用してゆく。

I　破壊と新生

ちょうどウルトライスモが生まれようとしていた一九一八年暮れ、第一次大戦は終わりを迎えつつあった。大戦の間、戦争のニュースは中立国であるスペインにも刻々ともたらされた。雑誌や新聞は戦争の惨禍を伝え、人々はかつてない大量の死傷者をもたらす近代戦争の悲惨さに暗澹たる思いを抱いた。しかしその戦争もそろそろ出口が見えてきたようだ。戦争は多くの国々に社会や政治システムの激変をもたらした。いや、変化は社会や政治だけではなく、文学や芸術にも及んだ。スペインと同様、中立国であったスイスでは、ダダが生まれた。ところがスペインでは？　この国では社会に大きな変化はなく、旧態然としたまま。たしかに、中立国であったため漁夫の利で一時的に景気は良くなり、科学進歩の産物とやらを見聞きする機会も増えた。しかし創作される文学の実態はといえば、いまだに「金の巻き毛と白百合のごとき手をした姫君」[*1]などとうたわれている有様。カンシーノス・アセンスがちょうどその頃のインタビューで「戦争は我が国の文学にまったく何の影響も及ぼしませんでした。われわれは一九〇〇年と同じ状況にいるのです」と不満を漏らしたのも、無理はない。さらに一九一九年一月の『セルバンテス』誌では、前章でも引用したように、ファン・チャバスが「芸術も、人間活動の他の諸局面の未来を決定した戦争の影響を受けて、当然、進化しなければならない」と、苛立ちを隠せない様子。このように、諸外国と自国のギャップに焦燥感を覚え、文学の停滞に不満を募らせる詩人たちにとって、ともかくもまず成すべきことは、文学的遺産を罵倒し、破壊し、過去と断絶することであった。

ぼくは欲する、
芸術の前衛を成す君ら強き者たちとともに、
〔中略〕
言葉の造形に
新たな息吹をもたらす
ケーブルとならんことを。
パルナッソス山の空気を入れ替え、硬直を解くことを。
アカデミー妃殿下の持病と戦い、
外来語や新語を用いることを。
ペダンチックな連中の宦官根性を憎み
へっぽこ詩人たちのミメーシス重視とオナニー趣味を憎むことを。
一九〇〇年主義の灰を吹き飛ばし、
マリネッティとともに自動車を歌うことを。

ここに引用したのは、ミゲル・ロメロ・マルティネスの作品「ウルトライスモ的スケルツォ」Scherzo ultraísta[*2]の一部分で、一九一九年五月二日に『グレシア』誌の催しとして開催された〈ウルトラの祭典〉の席上、朗読されたもの。詩としてはまったく稚拙で、文学の革新を唱える内容とは裏腹に、なんら目新しいところのない文体で書かれているのは情けない限りだが、こうした欠点は、気持ちばかりが先走って実践が伴わなかったウルトライスモの初期には、なにもこの詩人に限ったことではない。それよりもこの詩には、ウルトライスモの詩人たちが何を相手に戦いを挑もうとしていたのかが具体的に表現されているところに注目したい。詩人たちが破壊しようとしたもの、それは、パルナッソス山（＝詩歌の伝統）、アカデミー妃殿下の持病（＝権威主義）、ミメーシス、一九〇〇年主義（＝五〇頁でも述べたように、この文脈においてはモデルニスモのこと）であった。

血気盛んな詩人たちの決意表明は攻撃的な表現となってあらわれる。『グレシア』編集長のイサアク・デル・バンド・ビリャールは、自分たちの文学運動を「われわれの積年の陰険な敵である過去に対して企てた、英雄的十字軍[*3]」と呼び、ギリェルモ・デ・トーレは「勇敢なウルトライスモの大軍が、勝利の声も高らかに成し遂げる武勲[*4]」と呼んだ。またペドロ・ガルフィアスは『セルバンテス』誌の記事で「諸君に、年寄りどもに対する憎悪と戦闘を説く。［……］団結の絆を強くして、あらゆる古きものと戦おう。陣を組んで、四方に、鋭い槍先と怒りに燃えた顔を向けるのだ。容赦なく、非情で、残虐であれ[*5]」とアジを飛ばす。ここで気づくのは、彼らが自分たちの活動を一様に戦争に譬《たと》えていることだ。こうした表現は、そもそも、「前衛（アヴァンギャルド）」というのが軍隊用語であることを思えば、取り立てて指摘するほどの特徴や独創ではないかもしれない。しかしウルトライスモの詩人たちが戦争の比喩を多用するとき、そこには、ヨーロッパの他の多くの国と異なり、中立国として戦争に参加しなかった国に生きる若者独特の、ある種の戦争待望論のような感情（より正確には、戦争がもたらすかもしれない、社会全般のリセットを待望する気持ちとでも言おうか）、もしくは、参戦しなかったことによって、かえって取り残されてしまったような焦燥感を、感じ取ることができるのではないだろうか。ヨーロッパ諸国に激動をもたらした戦争の荒波は、結局、スペインには打ち寄せることなく終わってしまい、文学もたいして変化していない。となれば、自分たちがせめて文学の世界で奮戦して古臭いものを一掃してしまわなければ……若い詩人たちは、こう考えたのかもしれない。

ダダの場合、同じ中立国で生まれた前衛運動であっても、その立役者となった芸術家の多くは参戦国から戦争を拒否してスイスに逃れてきた若者たちだった。それだけに彼らの心の底には、西洋近代の社会システムや文化の規範、伝統に対する根本的な不信感や拒絶意識があり、それが彼らの偶像破壊思想をより一層切実で、徹底的なものとしていた。しかし、ウルトライスモを始めた若者たちは、みな、世界大戦の悲惨さとは直接関係のないスペインの若者たちばかりだ。彼らの大半は、スペイン以外の国に行ったことすらなかった。こうした彼らの破壊願望が、主として自国の保守的な社会や文化に向けられたとしても、それは無理からぬことだろう。

さて、ウルトライスタたちの変革を切望する気持ちは、ロシア革命への関心や共感となってもあらわれた。ミゲル・ロメロ・マルティネスは先に引用した詩「ウルトライスモ的スケルツォ」の続きで、「[ぼくは欲する、] 文学の世界においてボリシェヴィキとなることを！」と叫ぶ。『ウルトラ』第十五号（1921. 6. 30）の余白には、「『ウルトラ』はボリシェヴィキの美学的サーチライト」という標語が載る。一九一七年十一月、すなわちウルトライスモ誕生の一年まえに起きたロシアの十一月革命（ロシア暦に従えば、十月革命）はスペインでも大きな波紋を投げかけた。その社会的影響がいちばん激しい形であらわれるのは南部のアンダルシア地方で、一九一八年以降の三年間、その地方の貧しい農民たちは無政府主義的な共産主義に傾き、さまざまな抗議行動や暴動を起こすに至る。この時期を、スペイン史では〈ボリシェヴィキの三年間〉と呼ぶが、これがまさにウルトライスモの活発な活動期とも重なるところが興味深い。ただ、ウルトライスタたちの大半はまだこの時点では革命に深くコミットする意思があったわけではないだろう。*6 むしろ彼らは、先に引用した「文学の世界においてボリシェヴィキになる」という詩句に読み取れるように、ボリシェヴィキのことを、既存の価値と権力を破壊し新たな思想や価値観に基づいた世界を構築するという、文学の世界での自分たちの使命を、ひとあし先に政治の世界で実現させたと考えて、一種の憧れを抱いたものと思われる。

［図1］ホルヘ・ルイス・ボルヘスの詩「ロシア」Rusia とノラ・ボルヘスの挿画（『グレシア』第48号〈1920. 9. 1〉）

ウルトライスモの作品でロシア革命を取り上げたものは少なくない。後にフランコ軍事政権側の知識人として活躍することになるエウヘニオ・モンテスでさえ、この時期にはボリシェヴィキをたたえる詩を書いた。*7 ここではホルヘ・ルイス・ボルヘスが一九二〇年に書いた、その名もずばり、「ロシア」Rusia という詩を紹介しよう。この詩が『グレシア』第四十八号（1920. 9. 1）に発表されたときには、妹のノラの木版画による挿絵も添えられており、ウルトライスモにおける文学と造形美術の交感の一例としても興味をひく〔図1〕。なお、図版に見られるように、『グレシア』では改行なしで活字が組まれているが、日本語訳に際しては、ボルヘスの手稿どおりの詩行の配列にした。

「ロシア」Rusia（全文）

ホルヘ・ルイス・ボルヘス

ステップ地帯のさなか　前哨の塹壕は
熱狂の槍旗を掲げた　敵陣に切り込む船
眼中で真昼が炸裂する
沈黙の隊旗のもと　群集が行く
西の空に磔にされた太陽は
クレムリンの塔の
　叫喚のなか　分裂を繰り返す
海は泳いでやって来るだろう
大陸のあらゆる草原を胴に巻きつけた
　あの軍隊のもとに
虹でできた野生の角笛で
　彼らの武勲を叫ぼう

その切っ先で未来を運ぶ
銃剣たち*8

さらにもう一篇、ボルヘスがロシア革命をうたった詩を紹介する。

「ボリシェヴィキのいさおし」Gesta maximalista（全文）
ホルヘ・ルイス・ボルヘス

丸めた背から
ライフルが投げ出された　陸橋のように
広場の傷痕を縫い合わせるバリケードが
剝きだしの神経を震わせる
空は怒号と銃声のたてがみをつけ
体内の至点が頭蓋骨を焼き尽くした
長く地上のくびきにつながれた
群集の飛行機　大聖堂は舫《もやい》を断ち切ろうとする
噴水――銃剣の
みずみずしい帆柱の列　軍隊が通り過ぎる
千一のファルスをかかげた燭台

壊れた鳥が軍旗を吹き飛ばす
　熱狂的な猛り狂った人ごみの頭上[*9]

なお余談だが、この詩はボリシェヴィキをうたったものであると同時に、ラファエル・カンシーノス・アセンスへのオマージュともなっている。詩の中の表現「陸橋のように」は、もちろん、カンシーノス・アセンスへの言及（四一頁）。「千一のファルスをかかげた燭台」も、カンシーノス・アセンスが一九一六年に発表した小説『七本枝の燭台』と、この人物が耽読していた『千夜一夜物語』の両方を暗示している。

さて、破壊が重要なテーマであるならば、破壊の後にあらわれる、新たに生まれ変わった世界、これもまた同様に重要なテーマであり、ウルトライスタたちは理想と期待をこめてこのテーマを取り上げた。そして、新生した世界の象徴として好んでうたわれたのが、朝の風景だった。

「始動」Inauguración（部分訳）

ギリェルモ・デ・トーレ

風景は起き上がり
　朝の伸びをする

プロジェクターの時計が
色彩の矢をつがえ
太鼓で光の連打を奏でる

裸で
　丘の青い背の上
朝は鏡を磨く
　　木々の指は
　夜の最後の帆を引き裂く

地平線のレールの上を
　白い信号が回転すると
　　今日という日の通行許可が下りる

［中略］

すべてがひとつに結びつく

歯車の光を受けて
明るい太陽の始動が燃え上がる[*10]

新生した世界の象徴として朝をうたうことは、自分たちとともに新しい時代の文学が始まるという自負、あるいは自分たちの手で新しい文学を創ってゆこうという決意の表明であった。そして詩人たちはみずからの才能でそれを実現できると信じていたがゆえ、単純なまでに楽天的で前向きだった。七八頁で引用した、『ウルトラ』誌余白の標語「創る、創る、創ること。新しい芸術に必要なのは額だ。背中はいらない」は、彼らの前向きの姿勢を如実に示している。

さらにまた、生まれたばかりの世界をうたうということは、ウルトライスモの中核を成していた思想とも切り離すことができない。すでに述べたように、ウルトライスモの誕生に大きな影響を与えたのは、チリ出身の詩人ビセンテ・ウイドブロだ。彼は詩言語によって、現実にはどこにも存在しないまったく新たな世界を創造することを目指した。詩言語によるまったく新しい世界の創造……これがウルトライスモの詩論においては、たとえば次のようになる。一九二一年にボルヘスが、滞在先のマリョルカ島の雑誌『バレアーレス』*Baleares* に、その土地で知り合った文学仲間たちと共同で発表したマニフェストからその一部を引用しよう――「[ウルトライスモの美学の]意思は創造することである。それは世界に向かって予期せざる局面を開くことだ。ウルトラの美学が詩人ひとりひとりに求めるのは、事物に対する、過去の手垢にまみれていないむきだしの視線だ。世界が曙光とともに眼前に立ち現れてくるのを体験しているかのような、香り立つ視線なのだ[*11]」。すなわち、ウルトライスタたちにとって朝のイメージは、斬新な詩言語の力によって顕示された「予期せざる局面」あるいは「曙光とともに眼前に立ち現れてくる」世界の象徴にほかならなかった。

II　機械文明、科学の進歩

近代化の遅れていたスペインで、ウルトライスモは初めて機械文明や科学の進歩を詩にうたった。ウルトライスモの時代、それはスペインにおいて機械文明が急速に発達した時代でもある。先にも述べたとおり、第一次大戦でスペインは中立国だった。その結果、戦争の特需によってスペインの経済状態は一時的に好転する。通商関係は主として石炭・鉄・金融面で大幅な伸びを見せ、貿易収支は一九一五年から一九一九年にかけて膨大な黒字を記録した。[*12]

戦争の恩恵はまもなく一般の人々の目に見える形で現れてくる。好景気に後押しされて、新たなテクノロジー導入の動きが活発になったのだ。いくつかの例を挙げよう。一九一五年にはマドリードに初のネオン広告が登場し、これをひとめ見ようとする人たちで黒山の人だかりとなった。一九一九年には、スペインにしては異例なことだが順調に進んだ工事の結果、マドリードに地下鉄が開通、地方から上京する人々は競って地下鉄乗車の体験をした。街角のガス灯は、次第に電灯に取り替えられた。[*13] スペイン国内で年間に新規登録される自動車の台数は、大戦が始まる前の一九一三年には二千台にも満たなかったのに、大戦後の一九二〇年には一気に一万二千台に増える。[*14] また、飛行機に関しては、一九一〇年、スペインではじめての飛行が、マドリードと近郊のアルカラ・デ・エナーレスの間で試みられる。一九二一年には初の飛行定期便がセビリヤ―モロッコ間に就航、その後マドリードとスペイン各地を結ぶ定期便が次第に運行されるようになるなど、便利さとスピードを体現したものが続々と登場し、巷の話題をさらう。それは誰もが、自分自身の見聞をつうじて科学技術の長足の進歩を体感できる時代だった。

機械文明の礼賛という点において、ウルトライスモの詩人たちは完全にマリネッティの信徒である。未来主義は、マリネッティの宣言文をラモン・ゴメス・デ・ラ・セルナが紹介したことなどによって、スペインの詩人たちにはいちばん身近に感じられる前衛運動だった。ギリェルモ・デ・トーレは、マリネッティのかの有名な「自動車はサモトラケのニケの像よりも美しい」という言葉にならって、「自動車の響きは十一音節詩よりも美しい」[*15]と言う。詩人たちは、競うようにして機械文明のもたらした産物を詩の題材として取り上げた。以下にいくつか、それらの事物を、詩の一部分とともに列挙しておこう。

――地下鉄

〝鉄の鳥のアンチテーゼたる芋虫［……］黒い水の河に／プエルタ・デル・ソルの喧騒が／潜ってゆく〟（ホセ・リバス・パネーダス「詩的年代記」Crónica lírica）[*16]。

――電話

〝リーン、リーン、リーーーン！［……］魂が電線をとおって／美しい都会の端から端へと伝わる。／音、電気、魂。／エジソン、光、神。〟（ペドロ・オルメド・スリータ「電話」El teléfono）[*17]。

――市電

〝銃を肩に　市電が／大通りをパトロールする〟（ホルヘ・ルイス・ボルヘス「市電」Tranvías）[*18]。

〝ロ・ロ・ロ・ロ・ロ…／ブレーキが噛み付く／ロ・ロ・ロ・ロ・ロ／下り坂の／市電の車輪。／カーブになって／車体が軋む／イイイイイ〟（ハビエル・ボベダ「市電」Tranvía）[*19]。

——飛行機

〝天空のプールを泳ぐ／トビウオたちは／鳥より見事に／宙返りを繰返す〟（ラファエル・ラッソ・デ・ラ・ベガ「飛行機」Aviones）[*20]。

——自動車

〝ォウ、ォウ、ォウ／ゆっくりと自動車が過ぎる／ォウ、ォウ、ォウ／自動車は歌い続ける／エンジンが／はしゃいで／伴奏する。／トルルルル〟（ハビエル・ボベダ「自動車が走る」Un automóvil pasa）[*21]。

テクノロジーは人間の身体にまでも及んだ。ウルトライスモの詩のなかには、医療技術に題材を得たものがいくつかある。たとえば、本業は医師だったロヘリオ・ブエンディアは結核の疑いでレントゲン撮影される患者の様子を（「エックス線」Rayos X）[*22]、あるいは、ドレナージによる気胸の治療を（「気胸」Neumotórax）[*23]、またヘラルド・ディエゴは、白内障の手術を（「手術」Quirurgia〈sic.〉）[*24]、それぞれ題材にして詩を詠んだ。

こうしたウルトライスモの詩人たちの中でも、機械への思いをとりわけ熱くうたったのは、前述の「自動車の響きは十一音節詩よりも美しい」という言葉を残したギリェルモ・デ・トーレだ。たとえば、彼の一九一八年から一九二二年までの作品を集めた詩集は、タイトルからして『プロペラ』*Hélices* なのだが、その目次をのぞいてみると、そこに並んだ詩の題たるや、「サーキット」Circuito、「信号機」Semáforo、

「受話器」Auriculares、「サーチライト」Reflector、「電弧」Arco voltáico、「機関車」Locomotora、「ハンドルを握って」Al volante、「映画館にて」En el cinema 等々、まるで当時の最新テクノロジーの見本市。この詩集はいくつかのセクションから成るが、なかでも、「サーチライト」、「電弧」、「機関車」、「ハンドルを握って」を収めたセクションにつけられた題はずばり、〈現代の美〉Bellezas de hoy である。ここでは、機械への愛をうたいあげた彼の作品の代表として、この詩集から「飛行機のマドリガル」全文を訳出しよう。

「飛行機のマドリガル」Madrigal aéreo（全文）

ギリェルモ・デ・トーレ

振動のパノラマ
　機械のギャラリー
　　発電機。
プロペラの王冠が
　神々しく飾るのは
来たるべき未来の女
きみの心臓の羅針盤が指すのはどの半球？
燐光のサーキットが
　きみのイオンの瞳にきらめく。

飛び去る雲の上で
　　きみの軽やかな身体はつぎつぎ変貌する
　パースペクティヴの移動につれて。
きみの腕の正弦曲線ケーブルが
　　立方体の胸でほどける
モーターが思いに沈むきみの虹彩をのぞきこむ。
きみの輝ける知のプシケは
飛行機の形の蝶となり
ほの暗いめしべの上に飛び移る
そして幾何学的オブセッションにとりつかれて
　　きみは恍惚と思い起こす
　　　みずからの神聖なる三角形を
　　　　二等分する肉体の垂直線を。
ああ　きみの心臓の鼓動が
　　明けの明星に伝わる
　　エロチックな相互浸透作用により！
アンテナの上の新床
　　機械じかけのアンドロギュヌス
ああ　来たるべき未来の女！

前兆に激しく身を震わせながら
ぼくはきみをかき抱いた
星々のプロペラのリズムにあわせて囁きながら。[*25]

ここに引用してきたような詩が書かれるほんの四、五年前までは、モデルニスモがスペインの詩壇を支配しており、白鳥、憂いに満ちた姫君、百合の花などが盛んにうたわれたことを思えば、なんという変わりようだろう。今や白鳥にかわって主役に躍り出たのは鋼鉄の鳥、すなわち飛行機であり、プロペラの巻き起こす突風やエンジンの立てる爆音がいっさいの感傷を吹き飛ばす。モデルニスモの詩人たちは、ルベン・ダリーオが「私は人生と、自らが生を受けた時代を嫌悪する」[*26]と述べたように、現実から逃れて異国やはるかな昔への想いを馳せた。それとは対照的に、ウルトライスモはひたすら自分たちの時代を肯定し、歌った。いやむしろ実際の自分たちの時代というよりも、機械文明が自分たちを導いていってくれるであろう近未来への憧れを募らせたといったほうが良いだろう。

こうしたウルトライスタたちの詩は、機械文明やテクノロジーに対する憧れや好奇心にあふれており、彼らの素直で素朴な機械文明礼賛は、現代のわれわれにとってまばゆいほどだ。二十世紀初頭はスペイン社会全体がまだ遅れていたからこそ、機械文明はよりいっそう新鮮だった。また、この章の前半との関連で述べるならば、これら機械文明を歌った詩には、詩人たちがボリシェヴィキの詩のなかに織り込んだ暴力的なまでのエネルギーへの憧れや、あるいは朝をテーマとした詩で表現した新しい世界を待望する気持ちと共通するものがある。詩人たちには、こうした機械や最先端のテクノロジーが、スペイン社会の古臭さを破壊し、払拭してくれる存在として感じられたのであろう。それゆえ、スペインの前衛詩人たちは、ひたすら機械文明と、そうしたテクノロジーの産物のあふれる都会への愛をうたったのである。近代文明の弊害や大都市における人間疎外告発を真っ向から扱う詩は、スペインにおいては、一九二九年、ガルシア・ロルカがニューヨークに行き、世界恐慌ですさんだ大都会を前に慄然として『ニューヨークの詩人』*Poeta en Nueva York* を詠むのを待たねばならないだろう。しかしながら、一九二〇年前後のスペインで、詩人たちは、新しい時代をもたらしてくれる期待とともに、機械文明を歓迎し、テクノロジーのおかげで利便性と快楽にあふれる理想化された都会生活をうたったのだった。都市文学としてのウルトライスモについては、後の第六章で詳しく取り上げることにする。

*1 Isaac del Vando-Villar, "El triunfo del ultraísmo," *Grecia*, 29, Sevilla, 12 octubre 1919, p. 2. ウルトライスモの詩人イサアク・デル・バンド・ビリャールがモデルニスモの詩を念頭において揶揄して言った表現。

*2 Miguel Romero Martínez, "Scherzo ultraísta," *Grecia*, 13, Sevilla 15 abril 1919, p. 2. なおスペインにおいて文学上の用語として vanguardia という単語が用いられたのは、この詩がはじめてだそうだ (Gustave Siebenmann, "Le mot et le concept d'avant-garde. Espagnol." En *Les Avant-Gardes Littéraires au XXe siècle*, ed. Jean Weisgerber ⟨Budapest: Akadémiai Kaidó, 1986⟩, p. 61)

*3 Isaac del Vando Villar, "La transmigración de *Grecia*," *Grecia*, 42, Sevilla, 20 marzo 1920, p. 9.

*4 Guillermo de Torre, "El movimiento ultraísta español," *Cosmópolis*, 23, Madrid, noviembre 1920, p. 476.

*5 Pedro Garfias, "La fiesta del Ultra," *Cervantes*, Madrid, mayo 1919, p. 79.

*6 この後、一九三〇年代となり、スペイン社会で諸勢力間の緊張が高まると、かつてウルトライスモに参加した詩人の中から

も、政治に深くコミットする者たちが現れる。たとえば、ルシーア・サンチェス・サオルニルはアナキスト系のＣＮＴ（全国労働連合）、ペドロ・ガルフィアスはスペイン共産党（ＰＣＥ）の一員として、ともに共和国政府のために奮闘した。一方、同じウルトライスモの詩人でも、アドリアノ・デル・バリェやエウヘニオ・モンテスは、親フランコの立場をとった。

＊7　Eugenio Montes, "Gavilla lírica," *Grecia*, 41, Sevilla, 29 febrero 1920, p. 12.

＊8　Jorge Luis Borges, "Rusia," *Grecia*, 48, Madrid, 1 septiembre 1920, p. 7. 本文にも書いたように、訳出に際しては、Jorge Luis Borges, *Textos recobrados, 1919–1929*, ed. Sara Luisa del Carril (Buenos Aires: Emecé Editores, 1997), p. 56. を参考にして、ボルヘスの手稿どおりの詩行の配列にした。

＊9　Jorge Luis Borges, "Gesta maximalista," *Ultra*, 3, Madrid, 20 febrero 1921.

＊10　Guillermo de Torre, "Inauguración," *Hélices* (Madrid: Editorial Mundo Latino, 1923; reprint, Málaga: Centro Cultural de la Generación del 27, 2000), pp. 67–68.

＊11　Jorge Luis Borges, "Manifiesto del Ultra," *Baleares*, 131, Palma de Mallorca, 15 febrero 1921. Citado en Borges, *Textos recobrados, 1919–1929*, p. 86.

＊12　立石博高編『スペイン・ポルトガル史』（山川出版社、二〇〇〇年）、二六一～二六二頁。

＊13　この部分は主に Federico Bravo Morata, *Historia de Madrid*. vol. 4, 5ª edición, Madrid: Fenicia, 1985. による。

＊14　Amparo Almarcha, y otros, *Estadísticas básicas de España, 1900–1970* (Madrid: Confederación española de cajas de ahorros, 1975), pp. 253–254.

＊15　Guillermo de Torre, "Diagrama mental," *Ultra*, 18, Madrid, 10 noviembre 1921.

＊16　José Rivas Panedas, "Crónica lírica," *Grecia*, 30, Sevilla, 20 octubre 1919, pp. 6–7.

＊17　Pedro Olmedo Zurita, "El teléfono," *Cervantes*, Madrid, julio 1919, pp. 119–120.

＊18　Jorge Luis Borges, "Tranvías," *Ultra*, 6, Madrid, 30 marzo 1921.

＊19　Xavier Bóveda, "Tranvía," *Grecia*, 13, Sevilla, 15 abril 1919, p. 7.

＊20　Rafael Lasso de la Vega, "Aviones," *Grecia*, 27, Sevilla, 20 septiembre 1919, p. 7.

＊21　Xavier Bóveda, "Un automóvil pasa," *Grecia*, 13, Sevilla, 15 abril 1919, p. 7.

＊22 Rogelio Buendía, "Rayos X," *Grecia*, 40, Sevilla, 20 febrero 1920, p. 12.

＊23 Rogelio Buendía, "Neumotórax," *Grecia*, 46, Madrid, 15 julio 1920, p. 8.

＊24 Gerardo Diego, "Quirurgia," *Grecia*, 22, Sevilla, 20 julio 1919, p. 14.

＊25 Guillermo de Torre, "Madrigal aéreo," *Grecia*, 35, Sevilla, 10 diciembre 1919, p. 11. なお、訳で太文字になっているのは、原文で大文字の箇所。

＊26 Rubén Darío, "Palabras liminares para *Prosas Profanas*," *Páginas escogidas*, Letras Hispánicas (Madrid: Cátedra, 1993), p. 58.

第五章　ウルトライスモの詩の技法

前章においては詩のテーマを扱ったので、この章においては技法や形式上の特徴に注目してみたい。ウルトライスモの詩の代表的、特徴的な技法について実例をまじえながら紹介し、あわせて詩人たち自身による理論的考察についてもいくつか紹介、解説してゆく。

I 〈イメージ〉あるいは〈メタファー〉

ウルトライスモの詩人たちは詩論の構築には無関心だった。そうしたなか例外的に彼らが力を注いだのが〈イメージ〉あるいは〈メタファー〉をめぐる考察だ（スペイン語ではそれぞれ〈イマヘン〉imagen と〈メタフォラ〉metáfora だが、これは英語の〈イメージ〉image と〈メタファー〉metaphor、フランス語の image〈イマージュ〉と〈メタフォル〉métaphore に相当する。一応ここでは〈イメージ〉と〈メタファー〉と訳しておく）。創作上、イメージないしはメタファーは非常に重要な位置を占めたので、ファン・ラモン・ヒメネスは「ウルトライスモとは、イメージのためのイメージである」[*1]と述べたほどだし、また、オルテガ・イ・ガセットは一九二五年に発表した評論『芸術の非人間化』において彼特有の言い回しで、「詩は今日、メタファーの高等数学と化している」[*2]と語った。

ウルトライスモと関係のある詩人としては例外的に学者肌であったヘラルド・ディエゴは、もっとも早くイメージ論に着手した。一九一九年十月号の『セルバンテス』に掲載された「クレアシオニスモの可能性」において彼はイメージをいくつかのランクに分類して論じている。なお、「クレアシオニスモの可能性」と題されてはいるが、この時点では詩人たち自身がクレアシオニスモとウルトライスモをそれほど厳密に区別して考えていなかったため、これをウルトライスモの詩論として考えてもさしつかえない。以下に彼のイメージ論を、少し長いので要約して紹介する。

クレアシオニスモは薄汚れた修辞学の混沌を浄化し、そこから唯一の手立てであり最重要で完全無欠な細胞としてイメージを抽出することにより、決定的な一歩を踏み出した。〈単純なイメージ〉は探求しつくされており、効果を上げる範囲も非常に限られている。〈二重のイメージ〉は同時にふたつの事物を表象する。正確さは減退し、暗示力が大きくなる。〈三重、四重……のイメージ〉の創造者は、描写するのではなく構築し、想起させるのではなく暗示する。詩はそれ自体で独立した存在となり、詩が目的とするのはその詩自身にほかならない。しかし、論理的で納得のいく解釈の可能性が残されている以上、まだイメージは知的な謎解きの領域に留まっている。イメージは決定的な解放を目指さなければならない。そしてそれこそまさに、〈多重のイメージ〉なのだ。これは何も説明しない。散文には翻訳不可だ。まさに言葉のもっとも純粋な意味における「詩」であり、これはまた、まさしく「音楽」でもある。音楽はそれ自体なにも意味せず、鑑賞するわれわれの感情に応じて意味するところも変わるが、〈多重のイメージ〉によって文学でも同じようなことを成し遂げることができるのだ。[*3]

文末で、言葉のもっとも純粋な意味における「詩」こそが「音楽」である、と述べるくだりは、音楽の才能にも恵まれ、みずから優れたピアノの弾き手であったヘラルド・ディエゴらしい。

一方、ウルトライスモの旗手としていちばん精力的に活動したギリェルモ・デ・トーレは、これまたいかにも彼らしく、テクノロジーの用語や新語、造語を無節操かつ過剰に用いた難解な（時に意味不明な）表現で、こう述べる。

> こんにちの最先端の詩人たちは最新構造用のモジュールの探求家であり、主には、地底の研究室で永遠の要素――すなわちイメージ――の実験をしている。イメージこそは最重要な原形質であり、新しい詩的有機体の細胞物質だ。イメージは、暗示の回路に電流を送り込む発動機、錬金術の沈殿物に色をつける試薬、そして、核理論的には、クレアシオニスモ詩の方程式の値を決める固定係数なのだ。
>
> 　解放され、統合され、風のごとくかろやかで、逸話と感傷と筋書きの内臓をすべて捨て去り、修辞学の積年の落ち葉と語用論の洗練された目的をすっかり切り落とした驚嘆すべき詩においては、純粋で、自律的で、放射的な多重イメージが、有無を言わさぬ詩的な力をともなって、聳《そび》え立つ。現実を反映しただけの想像可能な領域をはるか超えた先にあるイメージ。エピソードという重荷を捨て、遠心力を帯びた、真性のイメージ。客観的現実とは訣別したイメージ*4［以下略］。

また、ギリェルモ・デ・トーレは上に引いたのとは別のテキストにおいて、ウルトライスモの目指したイメージを「二重、三重、多重のイメージ。希少な多弁花のごとく、驚くべき暗示能力を発揮し、もとの意味をいくつもの新たな視点に展開する」*5とも述べている。

ディエゴとギリェルモ・デ・トーレ、ともに多重イメージ《イマヘン・ムルティプレ》を最高位に位置するものとして捉えていることにおいては共通する。ただ、ディエゴが、多重イメージのもたらす開かれた解釈の可能性に比重を置いて述べているのに対して、ギリェルモ・デ・トーレは、多重イメージによる、現実世界に依拠しない詩世界の創造にも注目している。こうしたギリェルモ・デ・トーレのイメージ論には、二二頁で述べたような、詩言語の力で「外界から独立し、いかなる現実とも切り離された、斬新な事実を提示する」というウイドブロの考え方との共通点を見出すことができる。もっとも、皮肉なことに、ともに前衛文学の牽引役としてプライドの高かったウイドブロとギリェルモ・デ・トーレは、みずからの先進性と独創性を主張しあって譲らず、しだいに険悪な仲となってゆくのだが。

ところで、さきほど引用したヘラルド・ディエゴのイメージ論が発表されたのとちょうど同じ『セルバンテス』一九一九年十月号には、カンシーノス・アセンスによるマラルメの『骰子一擲』*Un coup de dés jamais nábolira le hasard* の翻訳も掲載された。カンシーノス・アセンスは、その翻訳に添えた紹介文において、イメージを最重要視し、それに大きな詩的喚起力を付与したのはマラルメであると述べ、さらに、こうした詩的イメージの創造という点で、ウイドブロとルヴェルディがマラルメの真の弟子であるとも書いている。[*6] ここでカンシーノス・アセンスが名前を挙げたルヴェルディ。彼の有名なイメージ論――「イメージは多かれ少なかれ隔たったふたつの現実を近づけることから生まれる。近づけられるふたつの現実の関係が遠くて的確であればあるほど、イメージはより強いものとなるだろう」[*7]――が掲載されたのは、パリの『ノール＝シュッド』誌の一九一八年三月号だ。とすると、ヘラルド・ディエゴやカンシーノス・アセンスはすでにこのルヴェルディのイメージ論を知っていた可能性があるが、ふたりともそれには直接触れていない。また、ルヴェルディのイメージ論で重要な点である、イメージによって結びつけられる対象間の距離や関係についても言及はない。この問題点について言及しているのは、ウルトライスタたちのなかではボルヘスで、彼は「メタファー――すなわち、ふたつの精神的ポイントをほとんど常に最短距離で結びつける言葉の弧」という表現をしている。[*8]

ではここで、イメージあるいはメタファーを多用した例として、何篇かの詩を紹介しよう。まずは、ヘラルド・ディエゴ自身の作品をひとつ。命を削る行為としての創作をうたったもの。

「チェス」Ajedrez（全文）

ヘラルド・ディエゴ

今日ぼくは悟った
ぼくの詩はすべて
　　　　墓碑銘にすぎないのだと
原稿用紙一枚一枚の下には
いつもぼくの骨がすこし埋められている
そしてぼくの心では
　　　　ピアノの鍵盤が虫歯になった
　　誰のせいか知らないが
　　時計からは
　　生きた振り子のかわりに

錨が重く垂れていた
　　　　　　　　　　だがそれでも
　　　パラシュートからはまだ
歌が降ってくる

いつかはこうなるのだ

死と　　　　　　　　　生が
ぼくを　　　　　　　　チェスで
もて　　　　　　　　　あそぶ[*9]

なおこのディエゴの詩では、詩行が独特の配置となっていることにお気づきだろうが、これに関してはこの章のⅢで言及する。

次は、都会の夕暮れをうたったガルフィアスの作品。

「ノクターン」Nocturno（全文）

ペドロ・ガルフィアス

翼のない飛行機。

球体は榴弾を受けて炎上する。
地の精《ノーム》たちが
首に紙切れを結んだ青い鳩を放つ……
あの男たちはどの足跡の階段を下りてくるのか?
近眼のサーチライトがあくびをしながら
鼻を空に突っ込む。
丸屋根らはおしゃべりを始め
挨拶をかわすが
ひとり欠けているのに気づく……
　地上では
歩兵たちが機銃掃射された空に
　おびえている[*10]。

これらの詩行から浮かび上がってくる情景は、不気味な夕焼け、次第に夜のとばりが降りてくる様子、照明に照らされた夜の空などだろうが、あたかもＳＦ映画の一シーンを目にしているような、不思議な印象を受ける。

さらに続いてボルヘス、一九二一年初頭の作品。九三頁で述べたように、ウルトライスモに多い、朝をテーマにした詩だ。

「朝」Mañana（全文）

ホルヘ・ルイス・ボルヘス

旗がとりどりの色をうたいあげた
　風は両の手で掲げた一本の竹
世界は明るい木のように育つ
　　プロペラのように夢見心地で
太陽が屋上で起床ラッパを吹く
太陽が拍車で鏡を砕く
一枚のカードのように　僕の影は
　　うつ伏せにハイウェイに倒れた
頭上では
　　　空が飛んでいる
　鳥たちが彷徨える夜のように空を横切る
朝がさわやかに僕の背に降り立つ。[*11]

もっとも早い段階からウルトライスモの研究に着手したグローリア・ビデラはその著書において、この詩の五〜六行目を多重イメージの好例として引用し、この二行には、「夜明け時の凍った水溜りは鏡のようだ。上る太陽が氷をとかす。氷を砕く太陽の光は拍車のようだ」という内容が凝縮されていると解釈する。[*12] しかし、このように説明してしまうと、このイメージにはディエゴの言うような解釈の無限の可能性があるわけでもなければ、デ・トーレが目指すような現実と訣別した世界が表現されているわけでもなくなってしまう。むしろここでのイメージは、現実世界の事象を、これまでになくモダンで斬新に、かつ凝縮された簡潔な形で表現するための技法だと思われるのだが、実はウルトライスモの詩作品においては、このタイプのものがとても多い。そして私見では、こうしたイメージあるいはメタファーがもっとも効果的に用いられているのは、都会の情景を描いた作品に多く見受けられると思う。

たとえば一例として、雨の夜をうたったファン・ラレアの詩。タイトルはさきほどのガルフィアスの詩同様、こちらの詩もまた「ノクターン」。

「ノクターン」Nocturnos（全文）

ファン・ラレア

夜が傘を開いた
雨だ
雨の鳥たちが
水溜りの麦の穂をついばむ
木々は
一本足で眠る
乱舞、乱舞
一台の車が

十一音節詩の地獄の喧騒を打ち砕く
ひとりの男が悪い考えのように横切る
水滴の羽虫が
光の巣にむらがる
炎上する羽
乱舞
雨だ[*13]

ここでは都会の雨の夜、音を立てて走り去る車、雨粒に反射する街の光などが表現されている。前の章で、ウルトライスモが好んだ詩のテーマとして「朝の風景」を挙げた。だが実はウルトライスモには夕暮れから夜にかけての都市の様子をうたった作品も多い。自動車が行き交い、電灯とネオン広告に照らされた都会の夜は、それまでのスペイン詩には存在しなかった新しいテーマだ。それを表現するために、詩人たちは過去の手垢にまみれていない技法を必要とし、斬新なイメージを追求したのだった。

とはいえ実を言うと、これらの詩のいくつかには、どこか物足りない点を感じるのも確かだ。ウイドブロは「小鳥が虹に巣をかける」という例を挙げ、詩言語によって、現実にはどこにも存在しない世界を創造することが可能だと主張した。「小鳥が虹に巣をかける」という表現自体は、正直なところ、いささか陳腐な一文のような印象もあり、ウイドブロほどの詩人ならばもっと好例を挙げてくれれば良いのにと思わなくもないが、詩言語による世界の創造という考え方は、すぐれて二十世紀的だ。一方、ウルトライスモの少なからぬ作品において、イメージは現実世界を描写する上での文体上の工夫の域を出ていないように思われる。イメージやメタファーの重要性を力説しつつも、ウルトライスタたちは、その先への一歩を踏み出せなかったという感を抱かずにはいられない。

さらに、イメージに最重要の価値を置く態度は危険性も伴っていたことを指摘しておこう。というのも、斬新なイメージを追い求めるあまり、詩を作る行為が単に奇抜なイメージを考え出し機知を競い合うだけのゲームのようなものに成り果ててしまう危うさと背中合わせだったのだ。ウルトライスモ的イメージを熱心に追求した当のギリェルモ・デ・トーレ自身、この運動の熱狂がややさめた頃には、「イメージを途方もなく過大評価したせいで、イメージの開拓者たちは身動きならない、息の詰まるような単調さへと行き着き、その先には袋小路があるのみだった」[*14]と述べている。

さて、最後にボルヘスによる詩論を、次のⅡへの橋渡しを兼ねて紹介しておこう。彼はウルトライスモのめざすべき詩について簡潔に、整然とまとめ、アルゼンチンに帰国した後、ブエノスアイレスで発行されていた重要な文芸雑誌『ノソートロス（われら）』*Nosotros* の一九二一年九月号に、「ウルトライスモ」Ultraismo と題した一文を発表する。中心となる部分を訳出しよう。

単純化するならば、ウルトライスモの目下の態度は次の原則に要約することが可能だ。

一、詩を、その根本的な要素たるメタファーに還元すること。
二、つなぎのフレーズ、連結辞や無駄な形容詞を排除すること。
三、装飾的な語句、告白調、状況説明、長広舌、もったいぶった言い回しを廃止すること。
四、ふたつ、もしくはそれ以上のイメージをひとつに融合すること。そうすればイメージが暗示する力を強めることができる。

つまり、ウルトライスモの詩は一連のメタファーから成る。そしてメタファーのひとつひとつが固有の暗示力を備え、人生の断片についての斬新なヴィジョンを凝縮して提示するのだ。[*15]

Ⅱ　軽やかさ・スピード感の追求

軽やかさ・スピード感はウルトライスモにおいてはあらゆる面で追求すべき絶対的価値だったと思う。詩における軽やかさ・スピード感は形式、技法、内容のすべてに関わることだが、ここでは主にこの章と関連のあるような技法的側面に注目して論じよう。ウルトライスモが直接的にはモデルニスモ詩への反発、反動として誕生したことは、すでに述べた。前節末で引用したボルヘスの詩論中の「無駄な形容詞、装飾的な語句、長広舌を廃止すること」云々も、モデルニスモ的な詩を念頭に置いてのことだと推察される。ならば、ウルトライスタたちが反発したモデルニスモ詩とはどのようなものだったのか、振り返ってみるのも悪くない。比較のため、モデルニスモの大詩人、ルベン・ダリーオの作品をここで紹介してみる（誤解しないでほしいのだが、あくまでも比較の対象として引用するのであり、ウルトライスモと比べてルベン・ダリーオの作品が劣っているという意味ではまったくない）。彼の詩集『青』*Azul*（1888）におさめられた詩「金星《ヴィーナス》」Venus の最初の四行はどうだろう。「静かな夜、私は苦い郷愁に苦しみ／平穏を求めて、涼しく静まりかえった庭へと下りた。／暗い夜空には、麗しき金星《ヴィーナス》が震えながら輝いていた／まるで黒檀に嵌め込まれた神々しい黄金のジャスミンのように」。[*16]一読して、名詞を形容する語の多いことに気がつくだろう。「静かな」、「苦い」、「涼しい」、「静まりかえった」、「暗い」、「麗しい」、「神々しい」、「黄金の」と、四行に八つもある。こうして名詞を修飾する語を多用することにより、綿密で繊細な描写をしているのだ。それとは対照的に、前の節で訳出したボルヘス、ガルフィアスやファン・ラレアの詩は、形容詞（句）の使用においてきわめてストイックだ。あえてたとえるならば、ルベン・ダリーオの詩句のひとつひとつが、繊細な装飾に彩られたアール・ヌーヴォーの調度品のようであるのに対し、ウルトライスモの詩人たちの詩文は、コンクリートの打ち放しの壁面のような印象を与える。これらの詩においては、名詞を形容する語をできるだけ廃することにより、詩行は筋肉質でスピーディな印象となる。

今一度、比較の対象としてルベン・ダリーオの詩を紹介する。今度は詩集『生命と希望の歌』*Cantos de vida y esperanza*（1905）から。

「ノクターン」Nocturno（部分訳）

ルベン・ダリーオ

夜の心臓の音を聴いたことのある者たち
かたくなな不眠の夜に
ドアの閉まる音や、遠くの車の音
漠たる響き、かすかな物音を耳にしたことのある者たちには……

神秘的な沈黙のその瞬間
忘れ去られた者たちが牢獄から出る時

死者の時、休息の時
おまえたちにはこの苦悩に満ちた詩句の意味が分かるだろう……

グラスに水をそそぐように　私はそそいだ
遠い過去の思い出と忌まわしい不幸の苦しみを
花々に酔いしれたこの魂の悲しい郷愁と
宴にもふさぐこの心の悲しみを。*17

［以下省略］

偶然にも詩のタイトル「ノクターン」は、この章のIで訳出したガルフィアスやファン・ラレアと同じだ。しかし文体は、なんと異なることだろう。ルベン・ダリーオの作品において、最初の二連（八行）は、文法的にはたったひとつの長文から成る。そして第三連は、先に引用した「金星」の詩と同様、名詞を修飾する語が多用されている。これに対してウルトライスモでは、ボルヘスの文を借りるならば「つなぎのフレーズ、連結辞や無駄な形容詞を排除する」ことによって、詩行はより短く、より簡潔になり、複雑なシンタックスの束縛から解き放たれる。きちんと主語や述語動詞をそなえた文の形をとらず、名詞（句）が並列的に置かれるだけになることすらある。もっとも、ウルトライスモの詩といえども、最初から簡潔で軽快なものだったわけではない。たとえば、アドリアノ・デル・バリェの「ロケット礼賛」La apoteosis del cohete（『グレシア』第九号〈1919. 2. 15〉）はウルトライスモ（と詩人自身は意図して書いた詩）のなかではもっとも初期のものに属するだろうが、七十行強。ミゲル・ロメロ・マルティネスの「ウルトライスモ的スケルツォ」（『グレシア』第十三号〈1919. 4. 15〉）（八七頁で一部を訳出）にいたっては、いくら劇詩の形をとっているとはいえ、百四十行近く。さらには、ボルヘス自身の「海の賛歌」（『グレシア』第三十七号〈1919. 12. 31〉）ですら、六十行以上あるのだ（しかも各行がおそろしく長い！）。だが運動が進展するにつれて、詩は次第にコンパクトなものとなり、やがて詩人たちの活動の場が『ウルトラ』に移る頃には、ウルトライスモとしての詩の形が整ってゆく。

簡潔な表現をめざした一例としてラファエル・ラッソ・デ・ラ・ベガが『ウルトラ』に発表した詩を挙げる。

「落日」Poniente（全文）

ラファエル・ラッソ・デ・ラ・ベガ

街は数知れぬ色彩にくだける

大通りはなんと美しい衣装をまとうのだろう！
人々の往来の上空にはなんと不思議なステンドグラス！
煙にかすむ木立
　　　　銀の噴水
鉄床《かなどこ》に聳え立つ黄金のビル
　　　　騒音の波に揺られて

ブールヴァールは上ってゆく
地平線では
ツインタワーが
夕暮れを支えている[*18]

続いて、ホセ・デ・シリア・イ・エスカランテが同じく『ウルトラ』に発表した詩も紹介しよう。

「砂浜」Arena（全文）

ホセ・デ・シリア・イ・エスカランテ

波
少女たちの夢の枕
波
船乗りたちが
眠れない夜のための
まなざしの寝床
波
花咲く地平線の背
太陽が

浜辺に花開く
季節の果物のように[*19]

ここに引用したふたつの詩にはもう句読点もない。シンタックスもごく単純だ。詩を構成する各パーツは拘束を解かれ、身軽になり、それにつれて配置の自由も生まれてくる。こうして視覚詩に可能性が開かれるわけだが、これについては次のⅢで述べることにしよう。

簡潔さを追求した結果、何人かの詩人たちが辿りついた究極の形が、俳句だった。スペイン語詩の世界に日本の超短詞をひろめたのは、メキシコの詩人ホセ・ファン・タブラーダだ。横道にそれるが、ここで少しタブラーダについても話をしておこう。タブラーダは一八七一年生まれ。フランスのゴンクール兄弟らの作品をとおしてジャポニズムに心惹かれたタブラーダは一九〇〇年に日本を訪問。さらにその後、パリでフランス語訳された日本の詩歌に触れる。そして一九一九年にはスペイン語による初の俳句集として『ある日……』*Un día......*を出版。ここで彼は俳句を〈統合詩〉Poema sintético という呼び方をしている［図1］。その年八月の『セルバンテス』誌で、タブラーダはカンシーノス・アセンス、ウイドブロと並ぶ

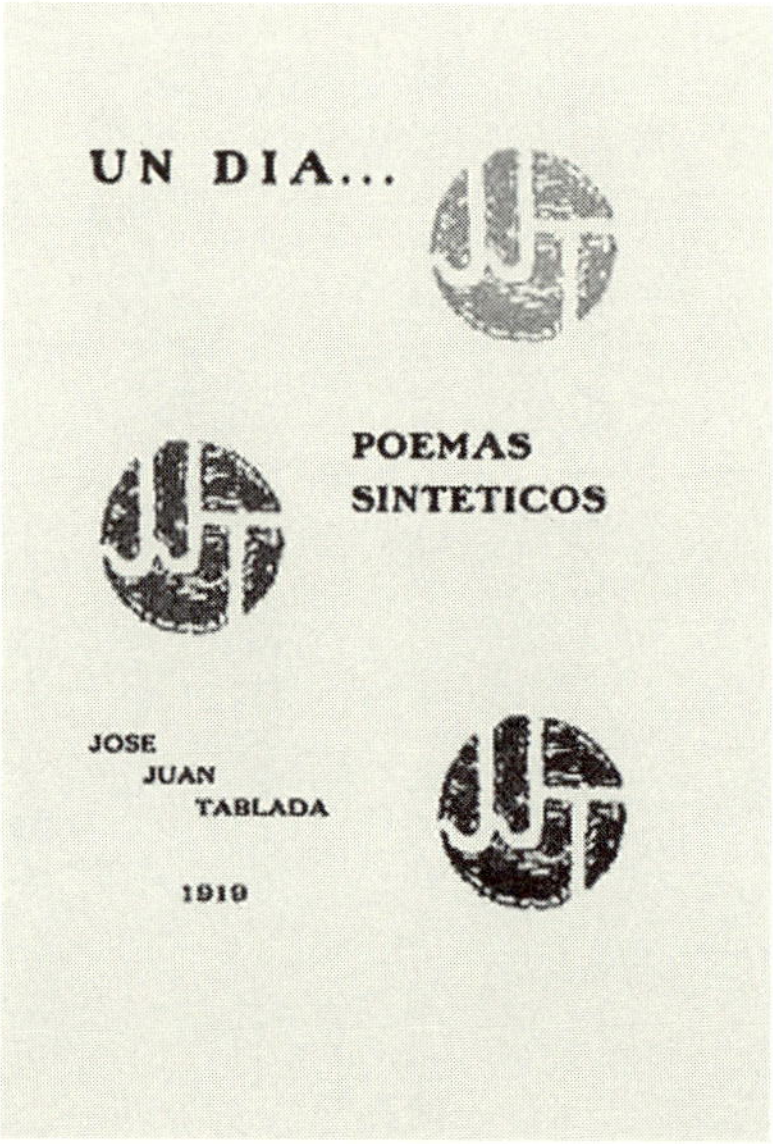

［図1］タブラーダの詩集『ある日……』（1919）の表紙

「新芸術の旗手」として取り上げられ、詩集『ある日……』に収められた作品のいくつかもさっそく紹介された。[*20] その後もタブラーダは、一九二二年にふたたび俳句を集めた詩集『花壺』*El jarro de flores*を上梓する。彼の俳句は、スペイン語と日本語の言語的違いゆえ、当然のことながら「五、七、五」の形にはなっていないが、簡潔な三行詩の形態をとり、イメージの力を借りて事物の印象やその時々の心象を、余計なものを極限まで削ぎ落とした詩句によって暗示する表現方法は、スペインのウルトライスタたちや、母国メキシコの詩人たちに直接、間接に影響を与えた。ここではウルトライスモで試みられた俳句の例として、作曲家、音楽学者でもあり詩人でもあったアドルフォ・サラサールの俳諧を二篇、紹介する。

指のあいだから
ああ、過ぎ去った春よ！……
　星の香り！

思い出の貝殻
微笑よ　行かないでおくれ！
——水に溶けた——[*21]

続いてギリェルモ・デ・トーレによる作品も紹介しよう。

月――
それは夜のレールに設置された
天体の信号機

太陽――
背伸びした真昼がかける
片眼鏡

慌て者の市電が
ワイシャツ姿で
都会の朝を叩き起こす[*22]

これらギリェルモ・デ・トーレのもののような諧謔味のある俳句には、ラモン・ゴメス・デ・ラ・セルナのグレゲリーアの影響を見ることができる。トーレ自身は認めたくないだろうが、客観的に見て彼の俳句は、まさにラモン・ゴメス・デ・ラ・セルナがみずから「メタファー+ユーモア」と定義したグレゲリーアの流れを汲むものだと言えるだろう。

Ⅲ　視覚上の効果

ウルトライスモ詩全般に共通するもうひとつの技法上の特徴は、視覚上の効果を重視し、詩行の配列や活字の大きさなど、タイポグラフィ上の工夫を凝らした詩形にある。一一〇頁で紹介したヘラルド・ディエゴの「チェス」では、最後の三行で、行のなかほどに設けられた空白部分が、死と生が対峙するチェスのテーブルをイメージさせるようになっていたし、一二一頁で引用したシリア・イ・エスカランテの詩「砂浜」も、控えめながら詩行の配置を変則的にして、波の動きを模した視覚的効果を狙っている。単純なシンタックスの採用やつなぎ辞の廃止などによって、ウルトライスモの詩では、構成する各部分が拘束を解かれて自由になった。そこから配置の自由も生まれ、視覚詩の可能性が大きく開かれるのだ。視覚詩のなかには、いくつもの断片が説明的に関連付けられることなく並列的に配置されている作品もあり、それらはキュビスム絵画の手法を思わせる。

ある研究書によれば、欧米の文学史上、視覚詩がもっとも盛んに創作されたのは、象徴派が終わってからシュルレアリスムが始まるまでの間の時期だという。[*23] スペインでは、モデルニスモがだいたい象徴主義に相当し、ウルトライスモはまさに視覚詩の時代に相当する。象徴主義が詩文の音楽性に重きを置いたのに対し、前衛詩は作品の造形性にこだわった。いわば、聴覚から視覚へのシフト変換が起きたのだ。[*24] ただし、スペインにおいて視覚詩に力を注いだのはウルトラの詩人たちだけではない。彼らにわずかに先んじて、カタルーニャの前衛詩人たちが実に美しい造形的な詩作品を創っていた。

視覚詩といえば真っ先にアポリネールのカリグラムを思い浮かべるが、カタルーニャは地理的にフランスに近いこともあり、フランスの美術や文学の動向に敏感だった。また、長い歴史的な経緯ゆえ、マドリ

［図2］ジュノイのカリグラム「スパイラル上のサッカリンとメンソール」（1917）

ニジンスキーの《牧神の午後》

ードの中央政府に背を向け、フランスへの親近感を強めていたということもある。カタルーニャの視覚詩の代表例として、ジュゼップ・マリア・ジュノイによる一九一七年の「スパイラル状のサッカリンとメンソール」Sacarina i mentol en espiralを紹介しておこう［図2］。これはバレエ・リュスの大スター、ニジンスキーを描いた詩。ニジンスキーの踊る姿（おそらくは《牧神の午後》）がそのまま、詩行で再現されている。ジュノイは詩人であると同時に画家でもあったので、この作品は実にシンプルかつ洗練された造形美をそなえている。またジュノイと並んでカタルーニャの前衛詩を代表する詩人であるジュアン・サルバット＝パパセイットもカリグラム的な作品をいくつも手がけた。カタルーニャの前衛詩はたいへん興味深いが、ウルトライスモとは別であるし、ジュノイの作品もサルバット＝パパセイットの作品もカタルーニャ語で創作されたものなので、ここではこれ以上詳しく取り上げない。

さて、ウルトライスモに話を戻すと、詩人たちに直接的な影響を与えたのは、ビセンテ・ウイドブロである。たとえば彼が一九一八年にマドリードで出版した四つの詩集（二三頁）はいずれもグラフィックな詩句配列になっているし、また、同じ年、カンシーノス・アセンスは雑誌『ロス・キホーテス』（三六頁）にウイドブロの『四角い地平線』所収の詩をフランス語からスペイン語に訳して紹介しているが、これも当時のスペインにはなかった実験的な詩句配列なのだ。ウイドブロのこれらの詩はウルトライスモの詩人たちにとって、いちばん身近な視覚詩の作例であったと言える。なお、ウイドブロはそれ以降も詩と絵画の融合をめざして実験的な試みを推し進め、親交のあった画家ドローネーの協力を得て「絵画詩」とも呼べるような作品を創作、一九二二年にはパリで一連の「絵画詩」の展覧会も開いた［図3］。また、ウルトライスタたちが視覚詩についての情報を得る上では、カンシーノス・アセンスやギリェルモ・デ・トーレらが、主に同時代のフランス詩を訳しては文芸誌で紹介したことも、大いに参考になった。

ウルトライスタたちはあっという間に視覚詩の魅力に夢中になったようだ。そしてきっかけはウイドブロの作品だったにせよ、彼らは次第に自分たちなりの作風のようなものを見つけてゆく。こう言っては失礼だが、詩の内容自体がさしたるものでない場合でも、彼らの作った視覚詩には愉快な遊び心と実験精神があふれ、大きな特徴と魅力になっている。一例として、フェデリコ・デ・イリバルネという詩人の「屋上からの夜明けの眺め」Amanecer desde el tejado という作品はどうだろう［図4］。続いて、ウルトライスモの代表的な視覚詩としてよくアンソロジーなどにも取り上げられるふたつの作品を紹介しよう。ひとつめは、ファン・ラレアの「池」Estanque［図5］。ウルトライスモの視覚詩としてはもっとも初期のものに属する。この詩では、池に浮かぶ二羽の白鳥をうたっているが、各行をそれぞれ上下反転させて繰り返すことにより、水面に映る影を想起させるようになっている。また、下から二行目の2a2は、「二羽ず

［図3］ウイドブロが 1922 年、パリで発表した絵画詩「ピアノ」（テキストはフランス語）。制作にあたっては画家のロベール・ドローネーが協力した

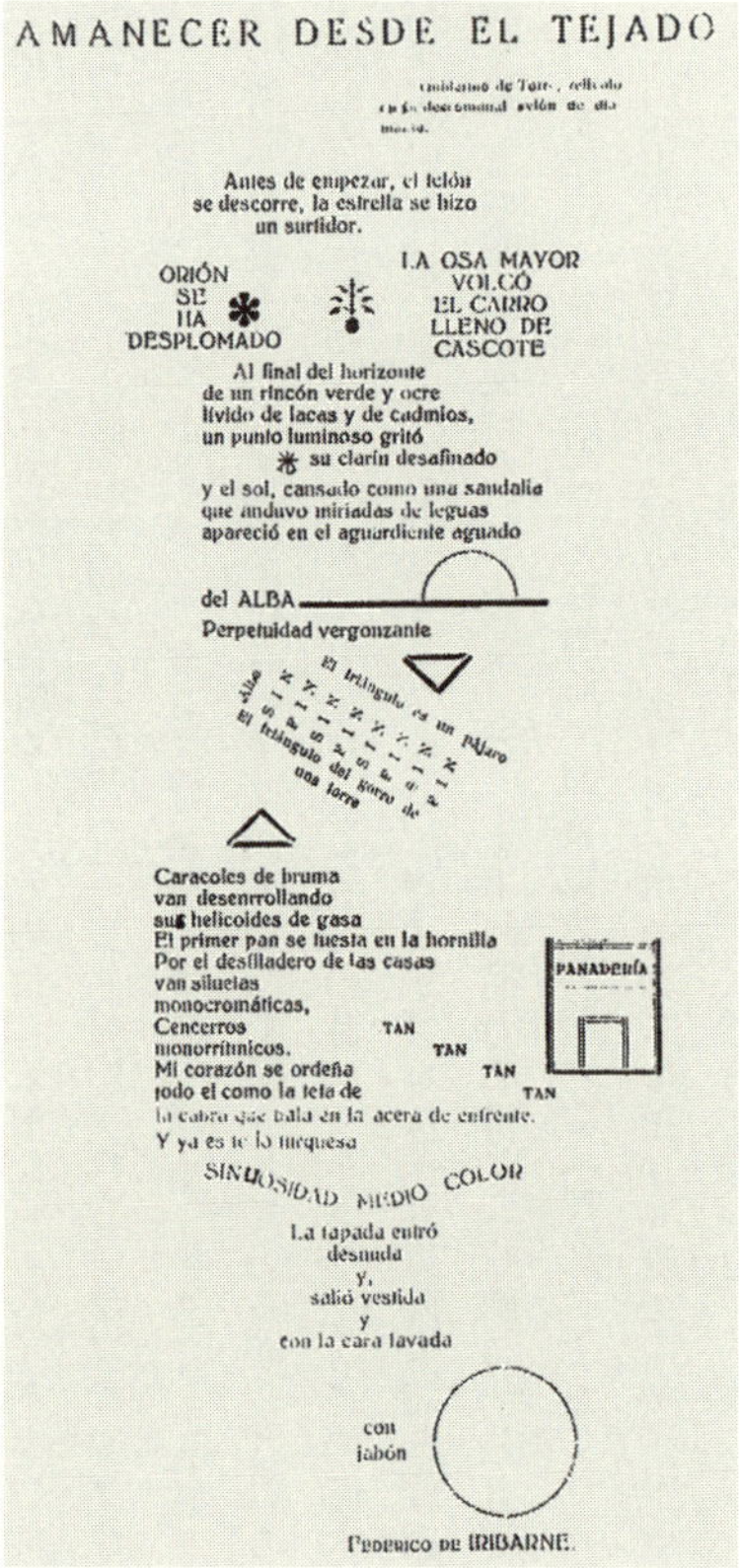

［図4］フェデリコ・デ・イリバルネ「屋上からの夜明けの眺め」（『グレシア』第三三号〈1919.11.20〉）

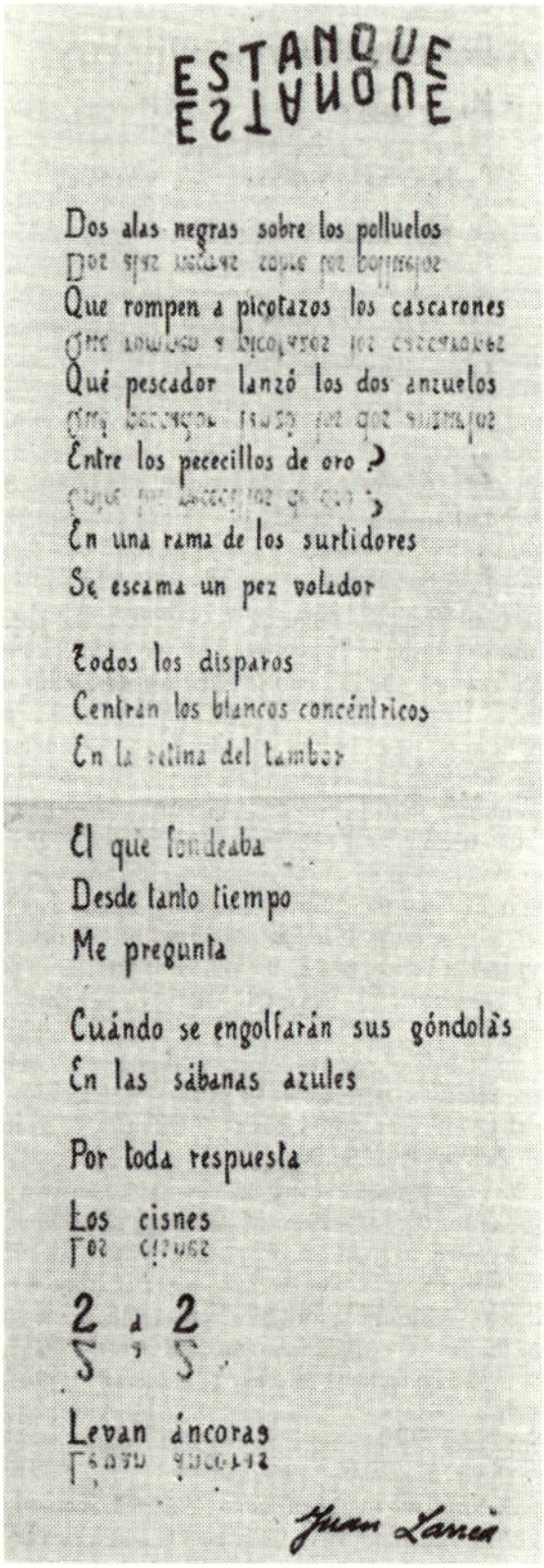

［図5］ファン・ラレア「池」（『セルバンテス』一九一九年六月号）

つ」という意味であると同時に、2という数字の形が白鳥の姿そのものも表している。もうひとつは、『グレシア』編集長イサアク・デル・バンド・ビリャールの作品「ひと晩の地獄」En el Infierno de una Noche〔図6〕。十字架をかたどった詩形なので宗教的な内容なのかと思いきや、なんのことはない、高級クラブでのひと晩の散財をコミカルにうたいあげたものなのだ。

ウルトライスモを代表する三つの雑誌『セルバンテス』、『グレシア』、『ウルトラ』のうち、視覚詩のもっとも実り豊かな実験場となったのが『グレシア』である。ウルトライスモの運動が本格的になる一九一九年後半から一年近くの間、『グレシア』の誌面は視覚詩の百花繚乱という様相を呈する。三誌のうち、どうして大胆な視覚詩が『グレシア』に集中しているのかについて、これはまったくわたしの推測だが、『グレシア』の最初の発行地セビリヤの印刷所が大変優秀かつ献身的だったのではないかと思う。当時のスペインにおいて、十日に一度発行される文芸誌のために縦横無尽に活字を組んで誌面を作るのは容易なことではなかったはずだ。『グレシア』の表紙のユニークな美しさについては第三章Ⅱでも述べたが、この雑誌においては、掲載される広告さえもが視覚詩のような趣をたたえている。たとえば、ペドロ・ライダという詩人はどうやら本業が電気工事店だったようで、『グレシア』誌面に広告を載せているのだが、その広告でさえ、まるで視覚詩のようではないか〔図7〕。一方、マドリードで発行されていた『セルバンテス』と『ウルトラ』では視覚的な冒険はほとんど行なわれていない。もともと活字ばかりの硬派の読み物だった『セルバンテス』はまだともかく、『ウルトラ』などは、表紙やイラストに美しい木版画を多用するなど視覚的要素にこだわった雑誌でありながら、詩行に関しては横組みのみで、斜めや曲線に活字を組んだ例は皆無なのだ。さらに『グレシア』ですら、一九二〇年六月に発行地をマドリードに移してからは、ほとんど横組みだけの詩行になってしまったという事実からも、やはりセビリヤの印刷所の貢献が

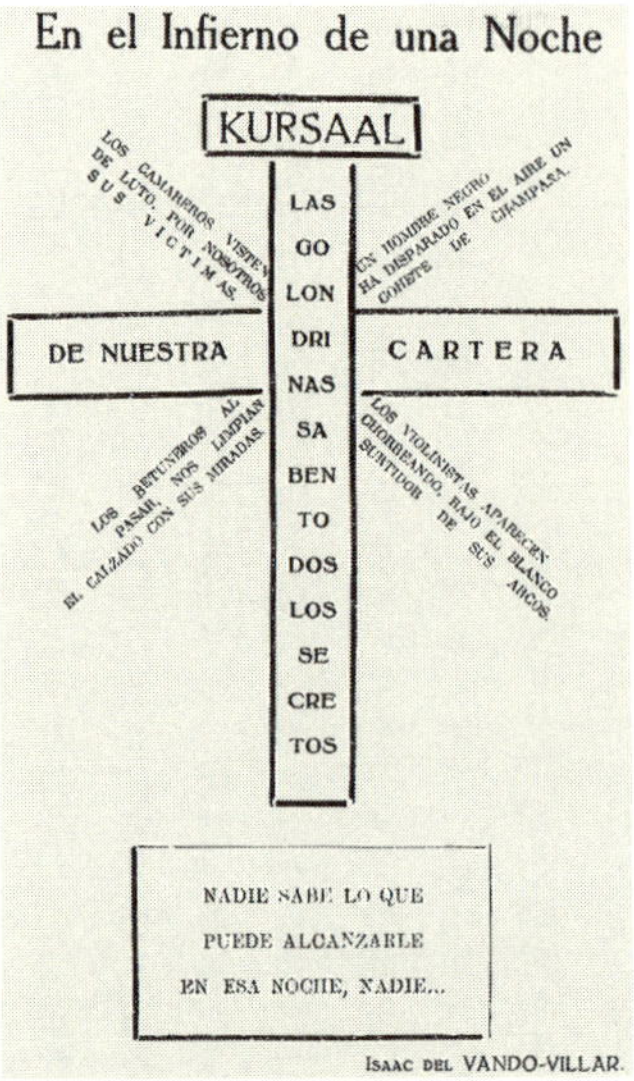

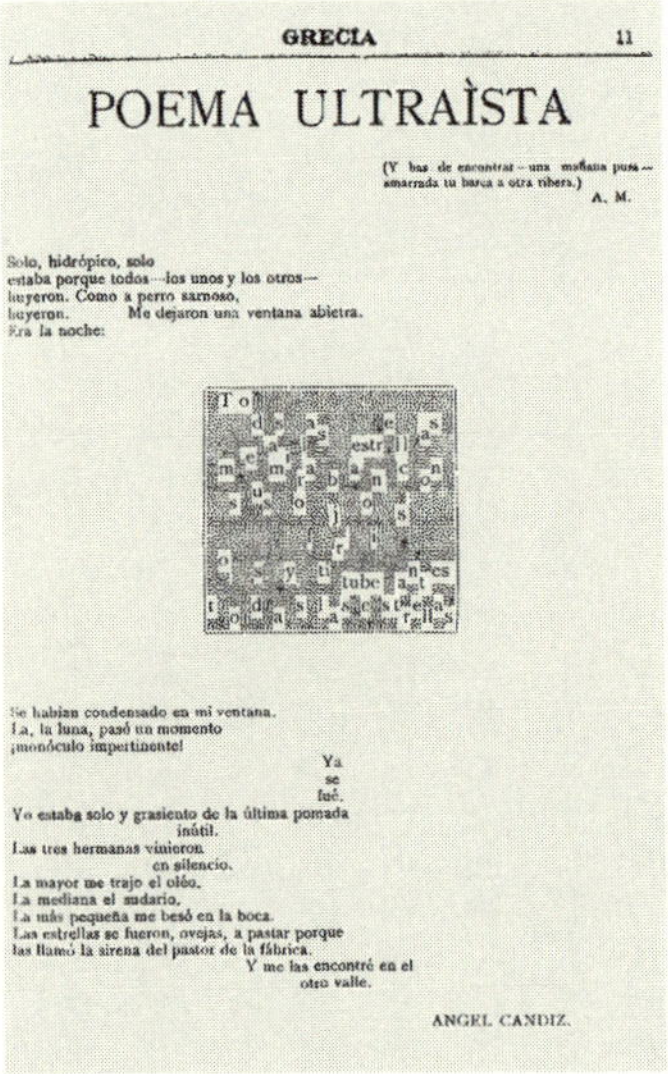
GRECIA 11

POEMA ULTRAÌSTA

(Y has de encontrar —una mañana pura—
amarrada tu barca a otra ribera.)
A. M.

Solo, hidrópico, solo
estaba porque todos —los unos y los otros—
huyeron. Como a perro sarnoso,
huyeron. Me dejaron una ventana abietra.
Era la noche:

Se habian condensado en mi ventana.
La, la luna, pasó un momento
¡monóculo impertinente!
Ya
se
fué.
Yo estaba solo y grasiento de la última pomada
inútil.
Las tres hermanas vinieron
en silencio.
La mayor me trajo el oléo.
La mediana el sudario.
La más pequeña me besó en la boca.
Las estrellas se fueron, ovejas, a pastar porque
las llamó la sirena del pastor de la fábrica.
Y me las encontré en el
otro valle.

ANGEL CANDIZ.

［図6］左上：イサアク・デル・バンド・ビリャール「ひと晩の地獄」（『グレシア』第31号〈1919. 10. 30〉）
［図7］右上：ペドロ・ライダの電気工事店の広告（『グレシア』第18号〈1919. 6. 10〉の裏表紙）
［図8］右下：ダマソ・アロンソがアンヘル・カンディスというペンネームで発表した詩（『グレシア』第41号〈1920. 2. 29〉）

大きかったのではないかと思わざるをえない。

余談だが、『グレシア』に掲載された視覚詩と言えば、第四十一号（1920. 2. 29）に掲載された作品をご覧いただきたい［図8］。この作品の作者アンヘル・カンディスとは、「無垢な天使」という意味を連想させる名前だが、驚いたことにこれは若き日のダマソ・アロンソのペンネームなのだ。後にスペイン王立言語アカデミー会長となり、スペイン文学界の重鎮として名を馳せるダマソ・アロンソだが、若かりし頃はふざけてこのようなペンネームを用いて実験詩を作ったこともあったのだ。

さて、ウルトライスタたちと造形美術との接点は、視覚詩の創作にとどまらない。[*25] 第三章でも述べたように、雑誌『ウルトラ』には、彼らとつながりがあり、美意識を共有するノラ・ボルヘスやラファエル・バラーダスといった画家たちが協力し、すぐれた表紙絵や挿絵を提供し、雑誌それ自体がひとつの造形的な作品としても通用するほどの仕上がりとなった。また、ソニア・ドローネーやヴラジスラフ・ヤールといった画家はマドリード市内にウルトライスモ風装飾をうたったインテリア・ショップをかまえて成功したらしい。どこまで達成されえたのかはともかく、ウルトライスタたちがこのように、文学と造形美術との融合をめざし、ウルトライスモ的な感性や美意識を生活全体に適用しようという意気込みを持っていたことは高く評価されるべきだろう。そして、文学と造形美術との融合は、彼らのあとに登場する、画家ダリ、映画監督ブニュエル、詩人ガルシア・ロルカらの一九二七年世代によってより豊かな実りを結ぶようになるのである。

＊1　Milagros Arizmendi, "Introducción". En Gerardo Diego, *Manual de espumas/Versos humanos*, ed. Milagros Arizmendi, Letras Hispánicas (Madrid: Cátedra, 1986), p. 20.

＊2　ホセ・オルテガ・イ・ガセット「芸術の非人間化」、『オルテガ著作集三』神吉敬三訳（白水社、一九七六年）、六八頁。オルテガはウルトライスモに限定した文脈でこう述べているわけではないが、『芸術の非人間化』が一九二五年に出版されたことを考えれば、ここでオルテガの述べる「詩」の対象にウルトライスモが含まれていることは間違いない。

＊3　Gerardo Diego, "Posibilidades creacionistas," *Cervantes*, Madrid, octubre 1919, pp. 25–27.

＊4　Guillermo de Torre, "Interpretaciones críticas de nueva estética: Alquimia y mayéutica de la imagen creacionista," *Cosmópolis*, 21, Madrid, septiembre 1920, pp. 89–90.

＊5　Guillermo de Torre, *Literaturas europeas de Vanguardia* (Madrid: Caro Raggio, 1925; reprint, Sevilla: Renacimiento, 2001), p. 86.

＊6　Rafael Cansinos Assens, "Un interesante poema de Mallarmé," *Cervantes*, octubre 1919, p. 68.

＊7　Pierre Reverdy, "L'image," *Nord-Sud*, 13, Paris, mars 1918.

＊8　Jorge Luis Borges, "Anatomía de mi Ultra," *Ultra*, 11, Madrid, 20 mayo 1921.

＊9　Gerardo Diego, "Ajedrez," *Ultra*, 19, Madrid, 1 diciembre 1921.

＊10　Pedro Garfias, "Nocturno," *Grecia*, 17, Sevilla, 30 mayo 1919, p. 6.

＊11　Jorge Luis Borges, "Mañana," *Ultra*, 1, Madrid, 27 enero 1921.

＊12　Gloria Videla, op. cit. p. 112.

＊13　Juan Larrea, "Nocturnos," *Grecia*, 28, Sevilla, 30 septiembre 1919, p. 2.

＊14　Guillermo de Torre, *Literaturas europeas de Vanguardia*, p. 331.

＊15　Jorge Luis Borges, "Ultraísmo," *Nosotros*, Año 15, Tomo 39, Número 151, Buenos Aires, diciembre 1921, p. 468.

＊16　Rubén Darío, *Páginas escogidas*, p. 52.

＊17　Ibid., p. 120.

＊18　Rafael Lasso de la Vega. "Poniente," *Ultra*, 23, Madrid, 1 febrero 1922.

＊19　José de Ciria y Escalante, "Arena," *Ultra*, 7, Madrid, 10 abril 1921.

＊20 César E. Arroyo, "La nueva poesía en América," *Cervantes*, Madrid, agosto 1919, pp. 106–112.

＊21 Adolfo Salazar, "Hai-kais frescos," *Ultra*, 24, Madrid, 15 marzo 1922.

＊22 Guillermo de Torre, "Hai-Kais (Occidentales)," *Hélices*, p. 123.

＊23 Willard Bohn, *The aesthetics of visual poetry, 1914–1928* (Cambridge [Cambridgeshire] ; New York: Cambridge University Press , 1986), p. 6.

＊24 Ibid., p. 3.

＊25 一九九六年夏にスペイン、バレンシアにあるバレンシア近代美術館（通称ＩＶＡＭ）で企画、開催された《ウルトライスモと造形美術展》El Ultraísmo y las artes plásticas は、豊富な資料と作品の展示によって、この前衛運動と造形作家たちのコラボレーションがいかに魅力的な作品を生み出したのかを紹介した。この展覧会は、バレンシアの後、いずれもウルトライスモとゆかりの深い土地であるチリとアルゼンチンを巡回した。

◉クレアシオニスモとウルトライスモ

双方の詩運動の作品について技法的に見ると、クレアシオニスモもウルトライスモも、斬新なイメージの創造や視覚上の効果の追求などは同じだ。しかし詩風というのか、それぞれの詩の調子は異なり、あくまでも全体的な傾向としてだが、クレアシオニスモの詩のほうが思索的、内面的であるのに対して、ウルトライスモのほうは明るく諧謔味に富み、時には悪ふざけのような調子を帯びることもある。また内容面ではウルトライスモの場合、機械文明礼賛や偶像破壊思想が繰り返し表明され、それに伴って詩の調子も攻撃的になるのだが、クレアシオニスモ詩ではそういうことはない。

……と書いてきたが、実際のところ、ウルトライスモとクレアシオニスモの違いについて述べるのは難しい。ウルトライスモは、ビセンテ・ウイドブロのマドリード訪問を大きなきっかけとして生まれたわけだから、前者は後者の影響を受けており、新しい詩のあり方に対する考え方が共通していたとしても当然ではある。

それぞれの運動に参加した当の詩人たちも、最初のうちは違いをあまり意識していなかったようだ。『グレシア』編集長イサアク・デル・バンド・ビリャールなど、いいかげんなもので、この雑誌の創刊一周年に際して寄せた「ウルトライスモの勝利」El triunfo del ultraísmo と題するテキストにおいて、ウイドブロの有名な言葉——「自然が木を作るのと同じように詩を創造する」(詩集『四角い地平線』の巻頭言)——をカンシーノス・アセンスが言ったものと取り違え、「ある日、気高き精神のカンシーノス・アセンス師は自然が木を創造するように新しい芸術を創造しなければならないと言われた」[*1]と書いたほどだ。また、作品発表の場にしても、ヘラルド・ディエゴは「クレアシオニスモの可能性」という詩論を『セルバンテス』に発表したし、フアン・ラレアも親友ヘラルド・ディエゴへ宛てた一九一九年六月二十二日付の手紙で、「しばらく前からぼくはクレアシオニスタです」と書きながら、『セルバンテス』や『グレシア』に詩を発表している。このように、双方の運動に参加している詩人たちは、当初はあまり抵抗感もなくふたつの運動を行き来していた（この本ではウルトライスモの雑誌に掲載されたものはウルトライスモの作品として扱った）。

どうしてこういうことが可能だったのかというと、その理由のひとつには、双方の運動の形態や定義づけの違いがある。ウルトライスモ宣言には、「刷新への意欲を示していれば、どのような傾向のものでも分け隔てなく、われわれの信条の仲間となることができる」とある。まことに曖昧な表現だが、どうやらこれこそウルトライスタたちの狙いであって、彼らはあえて自分たちの運動や主義を定義しないという戦術に出る。[*2]この宣言文の延長線上にある発言として、その半年後、カンシーノス・アセンスは『セルバンテス』に、「ウルトラは文学運動であって流派ではない。流派の境界を超える蕩蕩《とうとう》たる意志の凝縮だ[*3]」と書く。クレアシオニスモが流派であるのに対して、ウルトライスモはさまざまな流派を包含する広範な文学運動、というわけだ。こうしてウルトライスモ側は、一九一八年のウイドブロのマドリード訪問が自分たちの運動が誕生する契機となったことはいちおう認めつつも、ウルトライスモはクレアシオニスモとは別のカテゴリーに属するとすることによって、独自性と優越性を主張する。どう考えても詭弁だが、ウルトライスモが新しいものはすべて受け入れる文学運動と名乗っていたので、ヘラルド・ディエゴやフアン・ラレアは『セルバンテス』や『グレシア』を作品発表の場にすることができたのだろう。

だが、あたかもウルトライスモがクレアシオニスモより優位に立つような言い方をされたのでは、面白くないのはウイドブロ。その後、いくつかの行き違いや誤解もあってふたつの運動の仲はこじれてゆき、一九二〇年、ついにウイドブロはパリで創刊された『エスプリ・ヌーヴォー』誌に寄せた書簡形式の評論で、「ウルトライスモに関して言えば、あれはクレアシオニスモの堕落した、あるいは誤解されたもののように思います。あのいいかげんな流派はアメリカ大陸でも帰依する者を獲得したようですが、いずれも取るに足らない詩人たちばかりです」[*4]と書く。それに対してウルトライスモ側も黙っているわけはなく、すぐさま『グレシア』に反撃の一文を掲載。無記名の記事なのだが、書いたのは誰だろう？　匿名の筆者は、「フランスではウイドブロのクレアシオニスモはウルトライスモから出た芽のひとつと見なされている」と述べ、前述のウイドブロによる、「ウルトライスモはクレアシオニスモの堕落」という言葉に対して、これまで『グレシア』誌面で幾度もウイドブロに敬意を表してきたのになんたる非礼か、と怒りを隠さず、「このでっち上げの詩人とはいっさい縁を切る。これからは彼のことを〈自己崇拝者ウイドブロ〉と呼ぼう」と結ぶ。[*5]とはいえ、ウイドブロと友好的な関係を続けたいと願うウルトライスタたちもいたわけで、その年の暮、『ウルトラ』刊行の準備を進めていたウンベルト・リバスらはウイドブロに協力を求める。彼がこれに応じなかったのも無理はない。当時すでにカンシーノス・アセンスにかわってウルトライスモの中心人物として活躍していたギリエルモ・デ・トーレはウイドブロに対して個人的に激しく対抗意識を燃やし、それはやがて中傷合戦に発展するのだが、そうなるともはやふたつの前衛運動間の関係とは言えないので、ここではこのぐらいにしておく。

＊1　Isaac del Vando-Villar, "El triunfo del ultraísmo," *Grecia*, 29, Sevilla, 12 octubre 1919, p. 2.

＊2　この点に関しては、Juan Manuel Díaz de Guereñu, "Ultraístas y creacionistas: Midiendo las distancias." En *Gerardo Diego y la vanguardia hispánica*, ed. José Luis Bernal (Cáceres: Universidad de Extremadura, 1993), pp. 158–180. に詳しい。

＊3　Rafael Cansinos Assens, "Los poetas del Ultra. Antología," *Cervantes*, Madrid, junio 1919, p. 84.

*4 Vicente Huidobro, "La Littérature de langue espagnole d'aujourd'hui - Lettre ouverte à Paul Dermée," *L'Esprit Nouveau*, 1, Paris, 1920, p. 112.

*5 Anónimo, "Panorama ultraísta," *Grecia*, 48, Madrid, 1 septiembre 1920, p. 15.

第六章　モダン都市マドリードとウルトライスモ

Ⅰ　モダン都市マドリードの誕生

第一章や第四章でも簡単に触れたように、ウルトライスモの時代は、スペインの首都マドリードが近代的な都市へと大きく変貌した時代でもある。われわれが今日、マドリードと聞いて思い浮かべる街の姿は二十世紀初頭に生まれたのだ。ウルトライスモの詩人たちがうたったのは、モダン都市へとまさに変貌を遂げつつある、この時代のマドリードだった。この章では、二十世紀におけるマドリードの変貌について記述するとともに、そうした街の姿がウルトライスモの詩にどのようにあらわれているのかについて考えてみたい。

十九世紀後半をつうじて、マドリードは次第に郊外へと市街区域を拡げ、膨張を続けた。しかし、旧市街のあたりは昔からの狭く曲がった路地が入り組むなんとも雑然とした街並みのままで、首都の景観にはふさわしくなく、また、増え続ける人口や物流にも対応できず、非機能的だった。街のへソにあたるプエルタ・デル・ソルの広場では、すでに十九世紀半ば過ぎに周辺の建物を後退させて拡張工事が行なわれ、今日の姿になっていた。しかし、問題は道だ。実はそれまでマドリードには、街を東西に横切る立派な通りが一本もなかった。一八八六年、古い路地をつぶして、首都の「顔」となるような東西に走る目抜き通り、その名もグラン・ビア（Gran Via ――まさに「大通り」の意味）を建設しようという街並み改造の一大計画が発表されるや話題騒然。どれほど話題になったかといえば、すぐさま《グラン・ビア》というタイトルのサルスエラ（当時人気を誇った民衆オペレッタ）が創作、上演され、空前の大ヒットでロングランになったというぐらいなのだ。ちなみにサルスエラ《グラン・ビア》は一風変わった作品で、登場人物の多くは

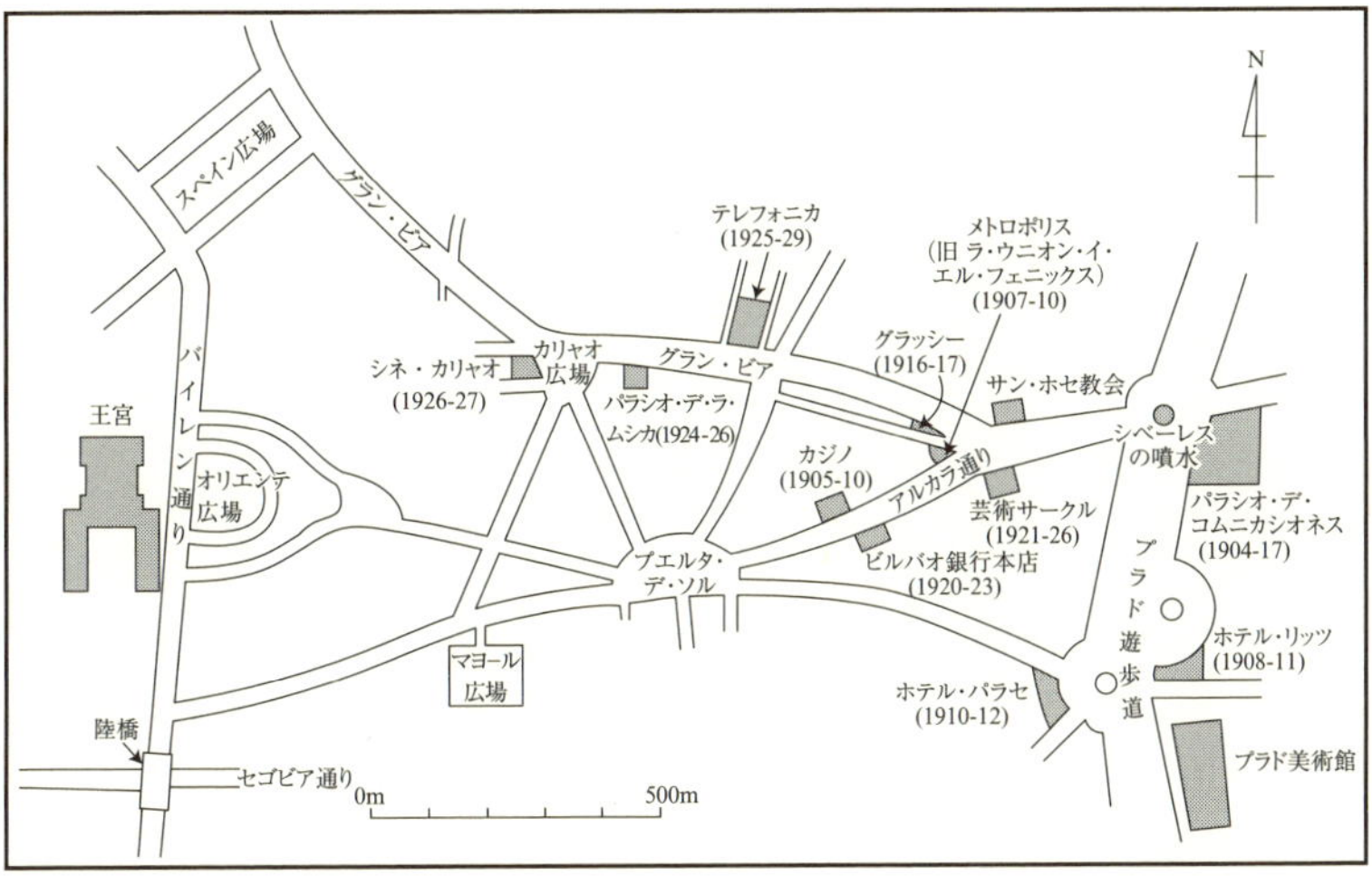

現在のマドリード中心部の市街地図に、1920年前後にできたグラン・ビア周辺の主要建造物と、ウルトライスモゆかりの陸橋などを書き入れたもの。なお建造物名の後につけた括弧内の年号は、建設期間を表す

人間ではなくて、実在の通りや広場。これら擬人化された通りや広場が、マドリードの開発や治安や格差について賑やかに喋り、歌い、踊るという楽しい喜歌劇だ。

開発計画が発表されてからもすぐに着手というわけにはいかなかったが、一九一〇年、ようやくグラン・ビア建設が始まる。工事は東端から順に、古い路地の密集した建造物を取り壊しては、広い道路を設け、その両側に時代の意匠を取り入れた壮麗なビルを建てることによって進められた。このようにして、まずは一九一〇年から一九一八年までの第一期に東側三分の一が、一九二二年から一九二四年までの第二期になかほど三分の一が、そして、一九二六年から一九三一年にかけての第三期に西側三分の一が完成した。こうした大改造計画がいったん一九一〇年に始まると中断することなく実行され完成にこぎつけることができた背景には、この国が第一次大戦に参戦しなかったことも大きく影響しているだろう。

こんにち初めてマドリードを訪れる観光客の多くが、まずはグラン・ビアの散策を楽しむのではないだろうか。われわれも、そうした観光客のひとりとなって、この街を東から西へ散歩してみよう。出発点は、マドリードの象徴であるシベーレスの噴水。その背後にそびえる白亜のネオゴシック様式の建物は一九一九年開館の「パラシオ・デ・コムニカシオネス」Palacio de Comunicaciones だ［図1］。長年にわたって中央郵便局として市民からも観光客からも親しまれてきたが、マドリード市はこの壮麗な建物を首都の顔としていっそう活用すべく、内部の改装を経て、二〇〇七年秋からここを市庁舎とした。ここから西に向かってアルカラ通りを歩けば、すぐ分岐点に着く。斜め左に進む道がアルカラ通りで、斜め右、ここを起点として始まるのがグラン・ビアだ。この分岐点でアルカラ通りに面して立つのは、マドリードを代表するアール・デコ建築の「芸術サークル」Círculo de Bellas Artes ビル［図2］。さきほどの「パラシオ・デ・コムニカシオネス」もこちらも「芸術サークル」ビルも、建築様式は異なれど、ともにアントニオ・パラシオスの設計による。この建築家は、二十世紀初頭のマドリードを代表する建物を次々に設計し、モダン都市マドリードの景観を作り上げる上で大きく貢献した。「芸術サークル」ビルは、今もマドリードの重要な文化活動の拠点として、さまざまな講演会や展覧会が行なわれている。また、この分岐点の三角州にあたる部分に建つビルは、華やかな外観がひときわ目を惹く。これは一九一〇年、グラン・ビア建設に先立ち、「ラ・ウニオン・イ・エル・フェニックス」La Unión y el Fénix 保険会社の本社ビルとして建てられたものだ。アール・ヌーヴォー様式の華麗なビルは、完成当時、社名にちなんだ不死鳥（フェニックス）の像を丸屋根の上にいただき、さらには細長い三角形の敷地に建つその形もあいまって、人々の眼には、さながら新しい時代に乗り出してゆく船の舳先のように映ったことだろう。なおこのビルはその後、所有者の変更に伴い、「メトロポリス」Metrópolis と名称を変え、現在に至る。シンボルだった屋上の不死鳥

［図1］シベーレスの噴水とパラシオ・デ・コムニカシオネス（観光絵葉書）

［図2］「芸術サークル」ビル

[図3]「芸術サークル」ビル側からグラン・ビアの起点をのぞむ。左が「メトロポリス」ビル。中央にグラン・ビア1番地の宝飾店グラッシー。右奥の白い建物が「テレフォニカ」ビル

[図4] 上の写真と同じ方向の眺め。1920年頃で、なかにはまだ建設中の建物も見受けられる

[図5] 上の写真の地点を「芸術サークル」ビル屋上から見下ろした風景（2009年3月に筆者撮影）。手前に「メトロポリス」ビル。向かいのグラン・ビア沿いの建物の壁いっぱいに、アルモドバル監督の最新作『抱擁のかけら』の宣伝ポスター。1世紀前のマドリードと現在のマドリードが交錯する

像も所有者変更に際してはずされ、かわりに現在は翼のある勝利の女神像がグラン・ビアの起点を睥睨《へいげい》している。ちなみに、このアルカラ通りとグラン・ビアの分岐点の眺めはモダン都市マドリードを象徴する景観のひとつとして絵葉書の図柄としても好んで用いられる［図3・4・5］。映画監督アルモドバルの初期の代表作『神経衰弱ぎりぎりの女たち』Mujeres al borde de un ataque de nervios（一九八八年）で、主人公の女性ペパが住むマンション最上階の部屋からの街の眺めは、この映画の基調を成す風景として、さりげなく、しかしたびたび画面に現れるのだが、これもやはりくだんの分岐点の眺望なのだ。

ここで進路を斜め右に取り、いよいよグラン・ビアに歩を進めよう。グラン・ビア一番地は、高級宝飾店グラッシー Grassy。この建物をはじめとして、グラン・ビアの第一期建設部分には、アール・ヌーヴォーからアール・デコにかけての意匠を凝らした美しい建築が軒を連ねている。このあたりはゆるやかな上り坂だ。やがて右手に見えるのが「テレフォニカ（電信局）」Telefónica の建物で、首都で最初に建てられた高層ビル［図6］。アメリカの建築家ルイス・S・ウィークスの原案に基づく建物であるだけに、どこかマンハッタン的な外観だ。さらに進んでカリャオ広場近くになると、人の流れはさらに増し、勤め人、買い物客、観光客たちで朝から深夜まで混雑が続く。左手の「パラシオ・デ・ラ・ムシカ（ミュージック・パレス）」Palacio de la Música ビルは、いつも大賑わいの映画館で、上映を待つ人たちの列が絶えない。[*1] 建物正面は映画の看板に覆われているため見えないが、一九二〇年代の意匠である。建設当初は、映画の上映もすればコンサートも行なうというホールだった。カリャオ広場にある「シネ・カリャオ」Cine Callao も、一九二〇年代から続くしにせの人気映画館。あの時代のスペインでは他の欧米諸国と同様、映画が最新の娯楽で、豪華な作りの映画館がいくつも建設された。それらの多くは、あるいは内戦で破壊され、あるいは老朽化で取り壊され、消えていったが、グラン・ビアに残ったこれらの建物は今も現役で、マドリードを代表する映画館であり続けている。さて、カリャオ広場を過ぎると、グラン・ビアは上り坂から下り坂に転ずる。このあたりはグラン・ビアでも歴史の新しい部分なので、周辺の建物は魅力に乏しい。そして、散策のゴールはグラン・ビアの西端に位置するスペイン広場。セルバンテス像とその足元にあるドン・キホーテとサンチョ・パンサの像で有名だが、この広場はグラン・ビアの建設と並行して整備が進められてきたのだった。

この時期のマドリードの大変貌は、グラン・ビア開通にとどまらない。アルカラ通りには、カジノやビルバオ銀行本店ビル、あるいはプラド遊歩道周辺には、ホテル・リッツとホテル・パラセなど、贅を尽くした壮麗な建物が競うように建てられた［図7］。しかし大きく変貌を遂げつつある首都はまた、富と貧困が踵を接して存在する都市でもあった。その頃、中心部の大改造と時を同じくして、マドリードは郊外へも急激に膨張しつつあった。地方から首都に流入してくる人々は周縁地域に住み着いたが、貧しい労働者たちの中には、まともな家に住むこともかなわず、ありあわせの材料で掘っ立て小屋を建てて、不潔で劣悪な住環境に暮らす者も少なからずいた。たとえば、最高級のホテル・パラセから南に三十分近く歩けば、そこにはもう、バラックの密集するスラム街として有名なペニュエラス地区が広がっていたのである［図8］。

第四章で述べたように、この時期のマドリードでは、新たなテクノロジーの導入による都市機能の整備、充実も急速に進んだ。手もとの資料によれば、電話加盟者は、一八八五年に五十名足らずだったのが、一九二五年には十万人を超えたという。[*2] 電話の普及は電話交換手という職業を生み、電話局は、その頃社会に出て働くようになった女性たちの重要な職場となった。自動車の登録台数は、前にも書いたように、一九一〇年代後半に急増。地下鉄は、一九一九年十月十七日に一号線が開通。地下鉄駅のデザインを担当し

［図6］電信局（テレフォニカ）のビル

［図7］1912年創業のホテル・パラセ

［図8］ペニュエラス地区

たのは、この章ですでに名前を挙げた建築家アントニオ・パラシオスである。プエルタ・デル・ソル駅入口のひさしは、惜しくも現存はしていないが、鉄とガラスで作られた幾何学的なデザインで、いかにも最先端の乗り物の駅にふさわしいものだった。

Ⅱ　ウルトライスモにうたわれたマドリード

さて、ではこうしたマドリードにおいて、詩人たちはどのように生活していたのだろうか。そして、詩人たちはこの街をどのように表現したのだろうか。

ウルトライスモの詩人たちの出自や生活状況はさまざまだ。飛び切り裕福な家柄だったのは、ホセ・デ・シリア・イ・エスカランテ。彼は北部のサンタンデールの出身だが、両親とともに首都に移り住み、大学生活を送った。新築の豪華なホテル・パラセに住んでいたことで有名だ。早熟な詩人であり、わずか十七歳にしてギリェルモ・デ・トーレとともにウルトライスモの雑誌『レフレクトール（サーチライト）』*Reflector* を編集するなど、周囲から嘱望されたが、二十歳そこそこでチフスのために急逝してしまう。あまりに早すぎる彼の死を悼んで、親しかったヘラルド・ディエゴやガルシア・ロルカらは詩を捧げた。

一方、ウルトライスモに本格的に参加した唯一の女性詩人、ルシーア・サンチェス・サオルニルは、対照的に、貧しい労働者たちの家が密集するペニュエラス地区に住み、電話交換手として働いて生計を立てていた。カンシーノス・アセンスは文壇雑記『ある文人の小説』*La novela de un literato* の中で、ウルトライスモの仲間のひとりがサンチェス・サオルニルの家を訪ねた時、彼女の家のあまりのみすぼらしさに驚いた様を、誇張気味に書いている。その描写によれば、彼女が間借りしていたのは二階建てのあばら家で、その戸口ではボロをまとった薄汚い子どもたちが遊んでいた。古くて壊れかかった階段は、足元でたわみ、危うく足を踏み外しそう。部屋の戸には、呼び鈴のかわりに、ねずみの尻尾のような紐が下がっていた……というのだ。[*3]なお、彼女の生涯や思想については次の章で詳しく取り上げよう。一方、カンシーノス・アセンス自身の住処はといえば、四三頁で記したように旧市街の西の果てだが、具体的にはモレリーア通り、すなわち「モーロ人街」という町名のところで、マドリードのなかでも特に古い建物の多く残る一帯である。ハプスブルク王朝の時代から、街並みはそれほど変わっていないのではないだろうか。新時代の産物である鉄の陸橋を間近にのぞみながらも、時の流れが止まったかのような地区に住む、というところが、いかにもカンシーノス・アセンスらしい。ウルトライスモの詩人たちは週末の夜、街の中心のプエルタ・デル・ソルで夜どおし騒いでは、明け方近く、師のカンシーノスを旧市街の西端の自宅まで送って行ったのである。

マドリードに住んでいたのは、こうしたスペインのさまざまな地方、さまざまな社会階層出身の人たちばかりではない。旧宗主国と植民地という関係から、スペインとラテンアメリカ諸国とのつながりはかねてから密だったが、当時は大西洋横断汽船の黄金時代で、旧大陸と新大陸の往来が頻繁だった。しかも、第一次大戦中はスペインが中立国だったこともあり、ヨーロッパ各国から戦火を避けてスペインに来る知識人や芸術家が少なからずいた。戦争当事国から来た芸術家にとって、マドリードは暗雲ただよう世界情勢をひととき忘れることのできる〈幸福なアルカディア〉のような存在だっただろう。[*4]この地に集った人たちの一例を挙げれば、メキシコの文学者で『セルバンテス』創刊時の編集長でもあったルイス・G・ウルビーナ、二十世紀メキシコを代表する画家ディエゴ・リベラ、ウルグアイ出身の画家でウルトライスモ

［図9］プエルタ・デル・ソル近くのカレータス通り（1920年代後半）。この通りの4番地にゴメス・デ・ラ・セルナがテルトゥリアを開くカフェ・デ・ポンボがあった

の雑誌にすぐれた挿絵を提供したラファエル・バラーダス、グアテマラ出身の文芸評論家エンリケ・ゴメス・カリーリョ、アルゼンチンのボルヘス兄妹、チリのビセンテ・ウイドブロ、フランスから来た画家のドローネー夫妻、ポーランド出身の画家ヴラジスラフ・ヤールやマリヤン・パシュキェヴィッチなどなど……モダン都市マドリードは、こうした人々が行きかうコスモポリタンな街でもあったのだ。

そして、種々雑多な人々が出会い、テルトゥリアという会が開かれ、時にはそこから文化現象の生まれる場ともなったのが、カフェである。当時はカフェ文化華やかなりし頃で、特にダウンタウンの中心であるプエルタ・デル・ソル周辺にはカフェが密集していた。「当時のマドリードは街ではなく、たくさんのテルトゥリアという島から成る列島だった」[*5]というほど数多く開かれていたテルトゥリアのなかでも伝説的なのが、カンシーノス・アセンスとラモン・ゴメス・デ・ラ・セルナの主宰していた会だ。前者がテルトゥリアを開くカフェ・コロニアルはプエルタ・デル・ソル北側に、後者が本拠としていたカフェ・デ・ポンボは南側にあり（四二頁）、このふたりの主宰者は互いにライヴァル意識を燃やしていた［図9］。テルトゥリアでは、作家や詩人、画家、役者、貧乏学生、あるいはマドリードを訪れた外国の芸術家たちが深夜まで賑やかに議論をかわした。ウルトライスモの詩人でユーモラスな詩を得意としたフランシスコ・ビギは、その様子を軽妙に描き出している。

「テルトゥリア」Tertulia（部分訳）　　フランシスコ・ビギ

このカフェはどこかバリケードのよう
　　あるいは列車の三等車のよう。
タバコが燃え尽きかけて、猛烈に煙が出る
［中略］
リョベットが叫ぶ、バカリッセは黙り込む
　　ソラーナは十字を切る
ペニャルベルが口を開くとまるでちょうつがいが開いたよう
［中略］
果てることのない議論
はたしてバリェ＝インクランはウルトライスタなのか否か

いやそれとも　ああだこうだ
　いやそれとも　ああだこうだ
カウンターでベルが鳴る　チリン
　チリン…チリン…チリィィン…
支払いをする者は僅かで　皆　店を出る。
……沈黙、暗闇、ソファの下のゴキブリ。[*6]

新たな時代の都会生活を歌った詩のそこここに、流行の事物や新奇な風物――ジャズバンド、チャップリン、スポーツをする女性など――が珍しい味覚のスパイスのようにして散りばめられる。そして大都市は、スピード――自動車、鉄道、飛行機――と音と光によって感覚的に捉えられる。街には、自動車や地下鉄の音、電話の呼び鈴、ラジオ、飛行機の轟音など、機械の発する音があふれ、「走り過ぎる車の　投げつけるクラクションが　屋根の上を跳ね回」[*7]り、「大気はクラクションのロケットで満たされる」[*8]。街路灯、ネオンサインやサーチライトなど、人工の光が都市の姿を一変させ、日が沈む時間ともなれば、「都会の魂、摩天楼は虹の出血をする。／家々は、青・白・緑の涙を流す。／［……］／街路灯のひなげしが咲き／ホタルの雨が降る」[*9]のだ。日没といえば、一二〇頁で訳出したラッソ・デ・ラ・ベガの詩「落日」の、ツインタワーに支えられた夕暮れの描写も、忘れがたい印象を残す。都会においては、日没と月の出という自然現象さえもが、機械仕掛けであり、「午後の最終列車で／不幸な賭博師のように／放浪の太陽は逃げていった／［……］／月はエレベーターで昇る」[*10]。かつてモデルニスモ詩における夜は、愁いに満ちて神秘的で、あるいは郷愁を、あるいは漠たる憧れを喚起した。しかしウルトライスモ詩において夜はどう表現されるだろう。ペドロ・ガルフィアスの詩を紹介する。

「都会」Ciudad（全文）

ペドロ・ガルフィアス

街灯が震える声を高く放つ
髪振り乱した空にむかって
都会
夢のように燃えさかる都会
バルの心臓は鶸《ヒワ》のようにさえずる
沈黙に潤んだ
ぼくの瞳は
グラスの間を飛び回る
夜は道に迷ってうめき声をあげる*11

それまで暗闇と静けさの支配する時間帯であったはずの夜は、街灯とネオン広告に照らされ、深夜まで人と車の喧噪があふれる都会において、行き場を失い、どこか不穏な雰囲気をたたえている。
この章の締めくくりとして、再びギリェルモ・デ・トーレに登場してもらおう。彼は九九頁で引用した詩において機械への愛を歌い上げたのと同様、大都会マドリードへの愛を高らかにうたい上げたのだった。

「マドリード」Madrid（全文）

ギリェルモ・デ・トーレ

マドリード
プリズムの目をした街よ
おまえの叫び声のブランコで揺すっておくれ
大通りの胸元を開けておくれ
ルートのチューニングをするぼくの目に見えるよう
この街の色のバルコニーを
朝風のグラスの中でパレードさせておくれ
燃え上がるような首飾りをつけて　ぼくを見つめてくれ
おまえの垂直の大草原は
照明のジェスチャーの星座に彩られ
日没ごとによみがえる
群集を吹き出すおまえの噴水が

停泊中の街路を潤す
腹に明るい目をともして
来ておくれ　おまえの電車たち

レールの束が
おまえの花火の筋肉で燃え上がる

上空で　くるくる旋回する
おまえの青一色の飛行機
サーチライトの黄道帯が
急ぎ足のアスファルトで戯れる

ぼくらは川で泳いでいる
散歩しながら
並行に走る鏡の川で
宵の明星にあるおまえのテラスで

ぼくはアルコール入りの音を飲もう
ライトアップされた競技場では
腹話術の昼がパレードする
神のご加護がありますように　街よ
お前はどこも大気の微笑と
移り気な鏡ばかり
マドリード　渦巻くリズムの街よ
おまえの光をぼくの血管に注ぎ込んでおくれ[*12]

＊1　「パラシオ・デ・ラ・ムシカ」は二〇〇八年七月、映画館としての長年の歴史に幕を下ろした。二〇一一年にコンサート・ホールとして生まれかわる予定だという。

＊2　Centro de documentación y estudios para la historia de Madrid, *Madrid. Atlas histórico de la ciudad, 1850–1939* (Madrid: Lunwerg Editores, 2001), p. 41.

*3 Rafael Cansinos-Asséns, *La novela de un literato*, vol. 2, 1914–1923 (Madrid: Alianza Editorial, 1996), pp. 259–260.

*4 Shirley Mangini, *Las modernas de Madrid: las grandes intelectuales españolas de la vanguardia* (Barcelona: Ediciones Península, 2001), p. 29.

*5 Francisco Moreno Gómez, *Pedro Garfias, Poeta de la Vanguardia, de la Guerra y del Exilio* (Córdoba: Excma. Diputación de Córdoba, 1996), p. 55に引用された、ウルトライスモの詩人エウヘニオ・モンテスの書簡より。

*6 Francisco Vighi, "Tertulia," *Grecia*, 48, Madrid, 1 septiembre 1920, p. 13. この詩に名前の出てくる、ソラーナは画家、また、リヨベット、バカリッセ、バリエ＝インクランはいずれも実在の作家や詩人。ペニャルベルは不明。

*7 Rafael Lasso de la Vega, "Pointe Séche (sic)," *Grecia*, 43, Madrid, 1 junio 1920, p. 3.

*8 Humberto Rivas, "La civdad mvltiple," *Ultra*, 21, Madrid, 1 enero 1922.

*9 Eugenio Montes, "Noche en la ciudad teratológica," *Cervantes*, Madrid, mayo 1919, p. 69.

*10 Juan Las, "Crepúsculo," *Grecia*, 49, Madrid, 15 septiembre 1920, p. 12.（Juan Lasは、Cansinos AssensがウルトライスモのI詩を書くときに用いたペンネーム）。

*11 Pedro Garfias, "Ciudad," *Grecia*, 43, Madrid, 1 junio 1920, p. 3.

*12 Guillermo de Torre, "Madrid," *Hélices*, pp. 90–91.

第七章　ウルトライスモと女性アーチストたち

『グレシア』第四十六号（1920. 7. 15）に、アドリアノ・デル・バリェはふたつの詩を発表する。ページ上段は画家ノラ・ボルヘスに捧げられた「海のノラ」Norah en el mar、ページ下段は詩人ルシーア・サンチェス・サオルニルに捧げられた「いにしえの寓話」Fábula antigua だ。ともに海のイメージに彩られた詩で、ノラのことを「大西洋横断汽船に乗った人魚よ、清らかな巻貝、海の貝殻、白く輝く星！」とたたえ、ルシーアについては「海を星で埋め尽くしておくれ、ルシーア・デ・サオルニルよ！」[*1]とうたう（ルシーア・デ・サオルニルとはルシーア・サンチェス・サオルニルのこと）。ノラ・ボルヘスとルシーア・サンチェス・サオルニルは、ほとんど男性ばかりからなる運動であったウルトライスモにあっては例外的に、積極的に参加した女性アーチストである。この章では、当時の社会や文化シーンにおける女性の立場についても目配りしながら、彼女たちの生涯や作品を紹介する。

I　ノラ・ボルヘス[*2]

ノラ・ボルヘスは一九〇一年生まれで、ホルヘ・ルイス・ボルヘスのふたつ年下の妹だ。内向的な兄と活発な妹は、幼い頃から仲が良かった［図1］。兄妹は大好きな『千夜一夜物語』、あるいはポーやヴェルヌの作品を芝居に仕立て、たったふたりで上演する遊びに興じたりしたという。一九一四年、ボルヘス一家はブエノスアイレスからジュネーヴへと渡る［図2］。父親の眼病治療のためだった。ジュネーヴ滞在は、第一次大戦の勃発によって思いのほか長引き、その間ノラは、美術学校でモーリス・サルキソフのもとデッサンを学ぶ。ちなみにサルキソフは画家であり彫刻家でもあったが、ノラより数年後に同じように

［図1］1909年1月、兄ホルヘ・ルイスと妹ノラ

［図2］ジュネーヴに到着した頃のボルヘス一家

サルキソフに師事した芸術家としてアルベルト・ジャコメッティがいる。ノラはまた、ルガノ湖のほとりに少し滞在した折には土地の版画家から木版画の手ほどきを受けたりもした。ボルヘス兄妹がスイスで過ごした数年間、兄は詩、妹は絵画において、ともにドイツ表現主義から大きな影響を受けた。

やがて大戦が終結。兄妹の父は祖国に戻る前に一家でスペインへ寄ろうと思い立つ。旅立つノラに師のサルキソフは、「アカデミズムの悪しき影響を受けることなく、ひとりで画業に励むように」と助言したという。スペインでの最初の滞在地は地中海に浮かぶマリョルカ島。この島で、ホルヘ・ルイスは土地の聖職者の手ほどきでヴェルギリウスをラテン語で読んだり、スペインの小説についてフランス語で書評を書いたりする。一方、ノラは、当時マリョルカ島に滞在していたスウェーデン人の画家スヴェン・ヴェストマンのもと絵の勉強を続け、パルマ・デ・マリョルカのホテルや自分たちが滞在していたバルデモサの家に壁画を描いた。

ボルヘス一家は一九一九年冬頃、セビリヤに移る。この街ではウルトライスモの運動がいよいよ勢いを増してきていた。ホルヘ・ルイスはすぐにウルトライスモの詩人たちと親しくなり、『グレシア』に詩や評論を発表するようになる。一方ノラは、当時のスペイン画壇を代表する画家でコルドバ出身のフリオ・ロメロ・デ・トーレスに師事する。翌一九二〇年の『グレシア』第四十一号（1920. 2. 29）には、初めてノラの木版画《りんご畑》［図3］と《チェロを弾く天使》が掲載。彼女は前年にパリ旅行をした際、ピカソの作品をじかに見ており、そのためかこれらの作品では、表現主義のみならずキュビスムの影響も見て取ることができる。『グレシア』では、タイポグラフィー上の実験を試みた詩は既に多く発表されていたが、挿画が掲載されるのは初めてのことだ。当時わずか十九歳のノラの登場によって、ウルトライスモは文学のみならず、造形美術にも及ぶ運動への最初の一歩を踏み出したと言っても過言ではない。第三章ならびに第四章でも紹介したように、『グレシア』では兄の詩に妹がイラストをつけるという形で、文学と絵画のコラボレーションが行なわれている。ウルトライスモ詩の特徴のひとつである、現実を示唆する断片を並列してゆく技法と、キュビスムに影響を受けたノラの絵の間には、相関関係を認めることができるだろう。これ以降、ノラ・ボルヘスは、ラファエル・バラーダスやヴラジスラフ・ヤールと並んで、ウルトライスモを支える中心的画家となる。話がそれるが、ウルトライスモの造形的側面を支えた画家たちがいずれもスペイン以外の国の出身だったというのは興味深い。

［図3］ノラ・ボルヘス《リンゴ畑》Pomar（『グレシア』第41号〈1920. 2. 29〉）

さてノラはたちまちのうちにセビリヤのウルトライスタたちのミューズ的存在となる。たとえば、『グレシア』編集長のイサアク・デル・バンド・ビリャールは「ウルトライスモの女性画家」Una pintora ultraísta という記事でノラを紹介し、「ノラ・ボルヘスは現代的な画家で、その芸術はウルトラという最新の文学の熱気に触れて生まれた」と書き始め、「ウルトラの同志よ、ノラ・ボルヘスはわれらの画家だ。彼女を歓迎しよう！　彼女は、サンドロ・ボッティチェリの天使のように優美な光の輪に包まれている」と結んだ。[*3]ウルトライスモの詩人たちのうち、たとえばアドリアノ・デル・バリェなどは、ボルヘス一家のセビリヤでの滞在先のホテルを訪ねたりして兄とも妹とも知己だったそうだが、しかし、これなどはむしろ例外的なことのようで、実は、ノラとウルトライスモの仲間の多くは直接会ったことはあまりないらしい。というのも、ノラの語るところによれば、「当時、若い女性はカフェには行かないならわしでしたから」とのことなのだ。[*4]薄暗く紫煙のたちこめるカフェで深夜まで開かれるテルトゥリアは、完全に男性の世界だったのである。

ボルヘス一家はやがてマドリードへ。ノラは名門、王立サン・フェルナンド美術アカデミーで学ぶ。ちなみにこの美術アカデミーには、かつてピカソも一時的に在籍したことがあり、またノラの一、二年後にはサルバドール・ダリも入学する。一九二一年一月、マドリードでこの運動のもっとも完成された雑誌『ウルトラ』が創刊されると、創刊号の表紙を飾ったのはノラの版画だ。ノラが表紙絵や挿画を提供したのは『グレシア』や『ウルトラ』だけではない。たとえばマリョルカ島の『バレアーレス』*Baleares*、ラ・コルーニャの『アルファール（陶土）』*Alfar*、マドリードの『プルラル（複数）』*Plural*、『レフレクトール（サーチライト）』*Reflector*、『タブレーロス（チェス盤）』*Tableros*、ルーゴの『ロンセル』*Ronsel* など、スペインのあらゆる地で、ウルトライスモとなんらかの関連のある詩人たちが始めた雑誌に、彼女の作品を見つけることができる。

ボルヘス一家はマドリードからふたたびマリョルカ島へ移動した後、一九二一年三月にはアルゼンチンへ帰国するが、ノラはスペインへ作品を送り続ける。『ウルトラ』第十七号（1921. 10. 30）の美しい表紙は、ノラが祖国から送った版画《ブエノスアイレスの風景》だ［図4］。また、兄ホルヘ・ルイスも、アルゼンチンから『ウルトラ』への寄稿は続けていた。兄妹は、帰国と同時に祖国での活動も活発に始める。ホルへ・ルイスは、アルゼンチンでもウルトライスモを広めるべく、その年に壁雑誌『プリスマ（プリズム）』*Prisma* を創刊。これはたった二号しか世に出なかったが、いずれもノラの木版画が大きく使われている。翌年、『プリスマ』に続いてホルへ・ルイスが手がけた雑誌『プロア（舳先）』*Proa* でもノラの作品の存在は大きい（一八九頁）。そして一九二三年、ホルへ・ルイスは最初の詩集『ブエノスアイレスの熱狂』を上梓。表紙デザインはもちろんノラの木版画だ［図5］。この表紙絵は、前述の『ウルトラ』第十七号の表紙絵《ブエノスアイレスの風景》ならびに壁雑誌『プリスマ』創刊号の挿画と非常に似ている［図6］。兄と妹は、急速に発展して変貌をとげるブエノスアイレスにあって、片隅に追いやられたひなびた街区をいとおしむ思いも、共有していたのである。いや、兄ホルへ・ルイスの言葉によれば、「碁盤の目状に大きく拡がったブエノスアイレスの街を発見するのを、彼女が助けてくれた」[*5]のだ。なお、祖国へ帰国後のホルへ・ルイス・ボルへスの文学活動については、次章においてもう少し詳しく取り上げる。

アルゼンチンに帰国後もノラ・ボルへスとスペインの関係は続き、しかもそれは単に芸術上のつながりにとどまらなかった。ボルへス一家がマドリードに滞在していた頃、ノラは兄を介してギリェルモ・デ・トーレと知り合っていた。ノラ自身の言葉によれば「天才少年」[*6]だったこの気鋭の詩人とノラは、当時ともに十九歳（ギリェルモ・デ・トーレは一九〇〇年生まれ、ノラは一九〇一年生まれ）。そののち彼らはスペインとアルゼンチンで離れ離れになってしまってからも、ずっと文通を続けた。スペインのさまざまな雑誌を飾ったノラの作品も、ギリェルモ・デ・トーレの依頼を受けて制作し、スペインへ送ったのだという。

さて、ここから先はウルトライスモの時代からは離れてしまうが、ノラのその後の人生について簡単に

［図4］『ウルトラ』第 17 号（1921. 10 .30）の表紙

［図5］『ブエノスアイレスの熱狂』（1923）、初版本の表紙

［図6］『プリスマ』第 1 号（1921）

触れておこう。ボルヘス一家は一九二三年から一九二四年にかけて、再度、父親の眼の治療のためにヨーロッパを訪れ、マドリードにも立ち寄る。一九二五年には、マドリードで開催され、スペインにおける前衛美術の開花を決定付けた記念碑的展覧会〈イベリア芸術家協会展〉Exposición de la sociedad de artistas ibéricos にも出品。このことはノラがスペインにおいて画家として高く評価されていたことの証だろう。さらに翌年にはブエノスアイレスで初の個展を開く。そしてノラ・ボルヘスとギリェルモ・デ・トーレは六年に及ぶ文通の後、一九二七年にブエノスアイレスで結婚［図7］。新婚時代をアルゼンチンの首都で送った後、五年後に夫婦揃ってスペインに。当時、共和国政府下にあったスペインではガルシア・ロルカが、〈ラ・バラッカ〉La Barraca と名づけた学生たちによる移動劇団を組織し、地方巡業などを活発に行なっていたが、ノラはその劇団の美術を担当したこともあった。しかしやがてスペイン内戦が勃発すると、夫妻はパリを経由してアルゼンチンに逃れる。パリで長男が、ブエノスアイレスで次男が生まれ、ノラは二児の母となるが、絵筆を置くことはなく、平均して五年に一度ほどは、ブエノスアイレスの画廊で個展を開いた。もちろん、スペインで画家としてデビューして以来、高い評価を受けていたブックデザインや挿絵の分野でも活躍を続けた。彼女が表紙絵や挿絵を提供したのは、アルゼンチンを代表する作家――アドルフォ・ビオイ・カサーレス、フリオ・コルタサル、シルビナ・オカンポ――［図8］、亡命スペイン人詩人――ファン・

［図7］新婚旅行のギリェルモ・デ・トーレとノラ

ラモン・ヒメネス、レオン・フェリーペ――、同じく亡命スペイン人で女性の自己実現のための活動をした女性作家――マリア・レハラガ、マリア・デ・マエストゥ――、など多岐にわたるし、さらにはベルナルダン・ド・サン＝ピエール、マルセル・シュオブ、ジュール・シュペルヴィエルらのフランス語文学の翻訳の表紙や挿絵も担当している。その他、異色のエピソードとしては、ペロン将軍による軍事政権の時代に、政治的理由でひと月の間、投獄されるという体験もしているが[*7]、その間も、同じ監獄に囚われていた娼婦の女性たちに絵の手ほどきをして過ごしたというところが、いつも前向きのノラらしい。

ノラの画業を通観すると、初期の表現主義の影響を受けた絵には暗さや陰鬱さの感じられるものもあるが、いかなる主義の影響からも解き放たれたその後の作品には、一貫して晴朗な雰囲気が漂う［図9・10］。ノラは生涯にわたり、子供や女性、あるいは天使の姿を好んで描いた。その絵は、ノラが大好きだったスペインの街コルドバの昼下がりのように、ひっそりと静かで、澄んでいる。ファン・ラモン・ヒメネス、ラファエル・アルベルティ、アドルフォ・ビオイ・カサーレスといった、同時代の少なからぬ文学者たちが彼女の人柄と作品に魅了され、称賛を送った。またラモン・ゴメス・デ・ラ・セルナは『ノラ・ボルヘス』*Norah Borges*（1945）という冊子を著し、彼女の絵は新大陸ならではの健やかで新鮮な魅力をたたえているとし、ノラは「朝のパレットというピアノで、信頼と希望に満ちた世界の色調からなるメロディを奏でる」[*8]などなど、何ページにもわたって賛辞をつづった。ゴメス・デ・ラ・セルナは内戦後にブエノスアイレスに亡命したので、ボルヘス兄妹と行き来があった。彼はふたりの様子をこう記す――「寡黙で矛盾に満ちたホルヘ・ルイスは、ノラと並ぶと気難しく悪魔的に見えたが、天使のような妹と実に細やかな心配りで言葉を交わすさまは驚くほどだった」[*9]と。そう、この兄ホルヘ・ルイス・ボルヘスこそが、ノラの作品世界を誰よりも愛したことは間違いない。彼は妹のリトグラフ集に寄せた序文で、「私の傍らにい

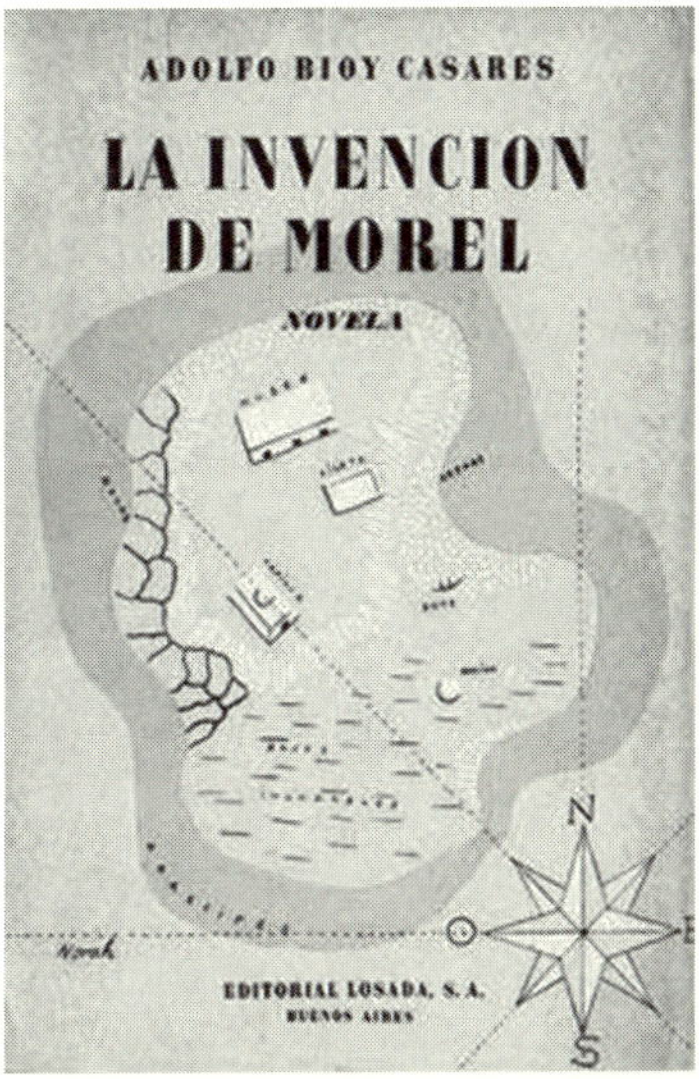

［図8］アドルフォ・ビオイ・カサーレスの傑作『モレルの発明』La invención de Morel（1940）の表紙もノラの絵だ

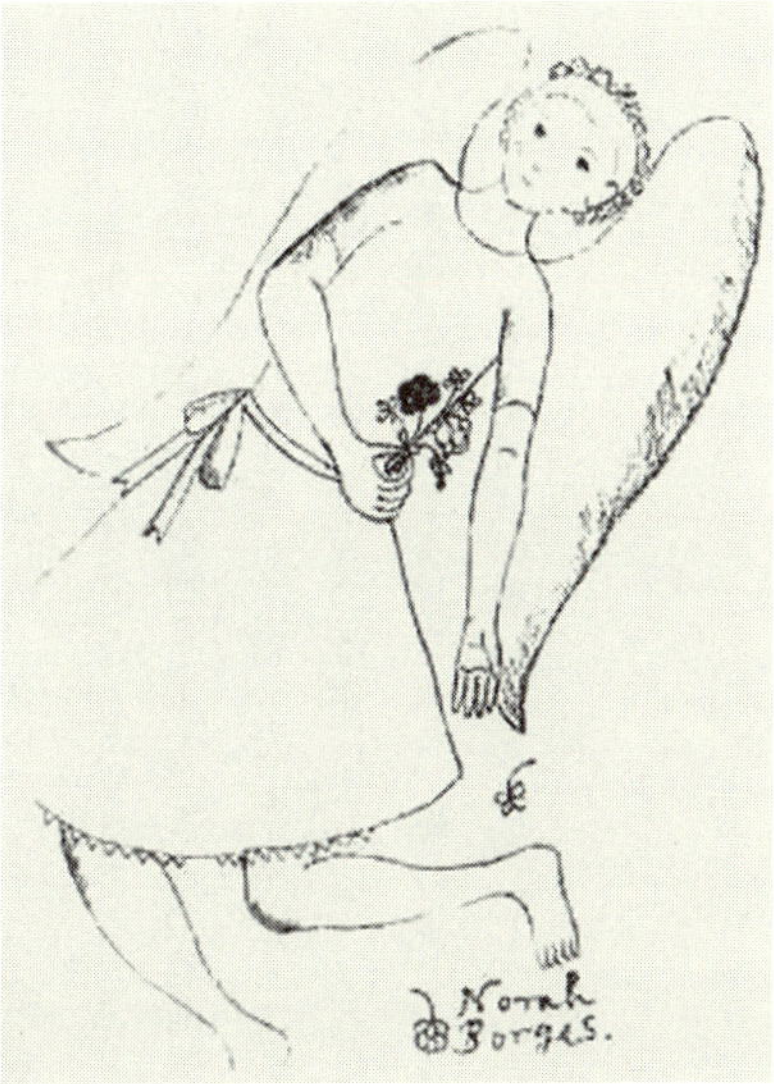

［図9］ノラのリトグラフィー《大天使》El arcángel（1925）

［図10］ノラの油絵《バルコニーの音楽会》Concierto en el balcón（1980）

るのは、われわれを取り巻いているこの世界の天上的な側面を純粋な気持ちで捉えることのできる偉大な画家だ」と述べ、「私はノラに多くを負っている。感謝の気持ちは、言葉では尽くせずとも、交わした微笑と分かちあった沈黙とがすべてを語っている」[*10]と結んだ。

一九七一年、夫のギリェルモ・デ・トーレがブエノスアイレスで死去。一九九六年には、〈ノラ・ボルヘス、一世紀に及ぶ画業〉Norah Borges, casi un siglo de pintura 展が開かれる。彼女は二十世紀をほぼまるごと生き抜いて、一九九八年に亡くなった。

ノラ・ボルヘスにとってウルトライスモは、画家としての自分の原点でもあり、また、終生強い愛情で結ばれたギリェルモ・デ・トーレと知り合うきっかけでもあった。ギリェルモ・デ・トーレはウルトライスモが終息したのちの一九二五年、この運動をはじめ、クレアシオニスモやダダ、未来主義などの前衛運動について総括した『ヨーロッパ前衛文学』*Literaturas europeas de vanguardia* を上梓する。彼は彼女に「ぼくの愛するノラへ、待ち焦がれていたこの本を贈ります。きみの名前は二か所にしか出てこないけれど、この本はきみの光に導かれて、きみに励まされて書いたものです。きみのギリェルモより、心より愛をこめて」との献辞を書き込んで贈る。夫妻の子息の証言によれば、ノラはこの本を終生手もとに置き、アンダーラインを引き、欄外には鉛筆でイラストを描き入れ、繰り返し読んだという。[*11]いかにノラが生涯にわたってこの本を、そしてウルトライスモ時代の思い出を大切にしていたか分かるだろう。

II　ルシーア・サンチェス・サオルニル

この章で取り上げるもうひとりの女性ルシーア・サンチェス・サオルニルについては、実は一四八頁ですでに名前を出した。すなわち、貧しい家の密集するペニュエラス地区に住む女性詩人である［図11］。彼女とノラ・ボルヘスはともにウルトライスモに深く関わった女性でありながら、その出自、生い立ち、境遇はあまりにも異なる。サンチェス・サオルニルの生涯、特に幼い頃のことに関しては、恵まれぬ出自ゆえ、詳しく分からない点が多い。

ルシーア・サンチェス・サオルニルは一八九五年、マドリードに生まれる。勉強は公立の学校で初等教育を修めただけのようだ。母親は彼女が幼いときに他界したため、彼女は病弱な妹の面倒を看ながら電話局で交換手として働く。ちなみに電話交換手は、当時、社会に出て働くようになった女性たちのもっとも重要な職種のひとつだ。記録によれば、一九一九年に九百五十一人であった電話交換手が一九二〇年には千七百三十七人にまで急増したという。[*12] サンチェス・サオルニルは、工業化・機械化ならびに女性の社会進出という、スペイン社会の体験しつつあったふたつの重要な変化の交わる職場に身を置いていたと言えるだろう。仕事の傍ら、彼女は独学で文学に親しみ、一九一六年、はじめて作品をプレ・ウルトライスモ的な性格の文芸雑誌『ロス・キホ

［図11］ルシーア・サンチェス・サオルニル（撮影時期不詳）

ーテス』に発表する。まわりの詩人がみなそうしていたように、その頃の彼女が書いていたのは、モデルニスモの影響を強く受けた繊細で感傷的な詩だった。

やがてウルトライスモの運動が本格的に始動すると、サンチェス・サオルニルは『セルバンテス』、『グレシア』、『ウルトラ』などにコンスタントに作品を発表し、これらウルトライスモの雑誌における唯一の女性の常連詩人となる。モデルニスモから出発したサンチェス・サオルニルは、その特徴である感傷的な調子を残しつつも、次第にウルトライスモらしい語彙や技法を取り入れるようになる。彼女のこうした作風の変化をギリェルモ・デ・トーレは、『グレシア』に掲載した、自分の知人や友人に関する短いエッセイのようなコーナーにおいて、「ある死滅した詩法［訳者注——モデルニスモのこと］において完璧な技法と題材の結実を見事に成し遂げた後、その岸辺を離れ、より険しく、しかし希望に満ちた岸辺［訳者注——ウルトライスモのこと］へ渡った」と述べ、それは「果敢な気性と真摯な文学的渇望を示す英雄的決意だ」とたたえた。*13

ウルトライスモ時代の彼女の作品をひとつ訳出してみよう。

「街はずれの風景——日曜の夕暮れ時」

Paisaje de arrabal —— Anochecer de domingo（全文）

セメントのレールの間に
風景を捉えたのは誰だ？
悪臭を放つ口が夜を機関銃掃射する

日曜日から戻る男たちは
腕には枯れ果てた女たち
頭には
ふらつく風景を乗せ
奇跡的な脱出を夢見ながら来るだろう
川が夢をゆりかごであやしてくれないものかと思いつつ。

機械の叫び声が橋に入る
突如　誰かが
国道のカーブから
視線をぼくたちに投げつけ
通り過ぎた
その瞳は
眠っている景色を起こしてゆく。
今度は月がぼくの足もとに落ちてきた[*14]

サンチェス・サオルニルの詩には、ウルトライスモの詩人たちがみな好んだ映画やジャズバンドといった、都会の新しい風物を取り上げたものもあるが、ここに引用したのは題名からも分かるように、都会の周縁部、貧しく荒廃した地区の情景をうたったもの。彼女にとっては、しゃれた流行の事物などよりもなじみのある風景だっただろう。人間を機械に、機械を人間に譬えたりする技法や、情景の瞬間、瞬間を切り取った断片を並べてゆく手法など、彼女がウルトライスモの詩の作法に習熟していたことをうかがわせるが、その一方で、他の詩人たちが捨て去ろうとした、感傷的で暗い雰囲気が常に感じられるのもまた、彼女の作品の特徴である。

さて、さきほどルシーア・サンチェス・サオルニル Lucía Sánchez Saornil のことをウルトライスモの雑誌の常連詩人と延べたが、実は、上に挙げたような雑誌のページをめくってみても、彼女の名前は滅多に見つからない。というのもほとんどの場合、彼女はルシアーノ・デ・サン＝サオール Luciano de San-Saor という男性の筆名を用いて執筆したからなのだ。『ロス・キホーテス』には計十二の詩を発表したが、一度を除いてすべて男性の筆名。さらに『グレシア』にいたっては、計十八の作品を発表したが、すべて男性の筆名だ。さきほど訳出、引用した詩「街はずれの風景」も、そうだ（それもあって訳詩中では「わたし」ではなく「ぼく」という表現を使った）。

彼女はなぜ男性の筆名を用いたのだろう。社会的、文化的な背景とあわせて少し考えてみたい。カトリックの教えや封建主義的家父長制度によってながらく家庭に拘束されてきたスペインの女性たちがようやく社会に進出を始めるのが、一九一〇年代後半。スペインでは、第一次大戦中の特需によって産業が急速に活性化し、工場や商店での働き手として女性が必要とされるようになる。教育においてもそれまで女性が高等教育を受けることは原則として禁止されていたのが、この時代、ようやく法律的に認められるようになる。[*15] 二十世紀の最初の三十年の間に、初等、中等、高等、あらゆる教育の場における女子生徒や女子学生の数は飛躍的に増えた。しかしこうした社会のさまざまな分野への女性の進出を快く思わない男性が多かったのも確かで、ましてやそれが文学など、世間でそれまで男性の領域に属すると考えられてきた創作活動の場への進出であれば、なおさらのこと。男性作家のなかには、反感ゆえに、ことさら女性蔑視を強調した作品や、女性作家を揶揄したり誹謗したりする作品を書く者もいたぐらいなのだ。女性にとっては、無事に作品を発表し創作活動を生業としていくのが、まだまだ困難な時代だった。

加えてウルトライスモそのものの、いわばマッチョ的性格もある。この前衛詩運動は、情緒的・感傷的な、いわゆる「女性的」特性を嫌い、スピードやダイナミズムといった、いわゆる「男性的」特性を賛美の対象とした。オルテガ・イ・ガセットなどは、これを「男らしさと若さの時代の到来」[*16]と言ったほどだ。以上のような状況下にあって、男性の筆名はこの女性詩人が文学界で抵抗なく受け入れられるためにも、またその作品が偏見なしに読者によって受容されるためにも、有利だと思われたのだろう。

ついでに述べると、スペインで女性の文筆家が男性の筆名を用いた例としてよく知られているのは、十九世紀の小説家セシリア・ボェール・デ・ファベール。彼女はフェルナン・カバリェーロと名乗り、スペイン写実主義の端緒をひらく小説『かもめ』*La Gaviota*（1849）を書いた。また、十九世紀後半、スペインにおける女性ジャーナリストの草分け的存在であるコンセプシオン・アレナルは、幼い息子の名前で記事を執筆したし、スペインにおける女性解放運動初期の活動家マリア・レハラガは多くの劇作品を書いたが、それらの作品を夫であるグレゴリオ・マルティネス・シエラの名で発表した。そして実は、この章の前半で取り上げたノラ・ボルヘスも、一九四六年に兄が編集をしていた『ロス・アナーレス・デ・ブエノスアイレス（ブエノスアイレス報）』*Los Anales de Buenos Aires* という出版物にマヌエル・ピネードという男性の筆名で美術評論を書いていたことがあるのだ[*17]。

話を戻そう。サンチェス・サオルニルが男性の筆名として選んだ名字、デ・サン゠サオールが貴族的なイメージを喚起することにも注目したい。貧しい女性労働者ルシーア・サンチェス・サオルニルは、ルシアーノ・デ・サン＝サオールという筆名によって、性別のみならず社会階層も、自分本来とは対極にある存在になろうとしたのではないだろうか。ウルトライスモと関係の深かった女性でも、画家ソニア・ドローネーやノラ・ボルヘスには、それぞれ夫ロベール・ドローネー、兄ホルヘ・ルイス・ボルヘスという、後見人のような存在の身内がいた。しかしサンチェス・サオルニルには学歴も有力な家族もいない。そんな彼女が、それも絵ではなく、ウルトライスモの中核を成す詩の分野で認められるためには、男性の筆名が、しかもいかにも身分のある人物のような筆名が必要だ、という考えが働いたとしても不思議ではなかろう。筆名の選択には、性差と社会階層に対する彼女の関心を見て取ることができる。そしてこうした関心は、ウルトライスモ以後の彼女の人生を大きく変えてゆくことになるのだが、それについては少し後で述べる。

さてしかし、次に引用するような詩を読むと、女性でありながら男性の筆名で作品を書いて発表するという二重生活が、いつしかこの詩人に精神的危機をもたらすようになったのではないかと想像できる。

「ガラスのノクターン」Nocturno de cristal（全文）

　白鳥たちが
翼の下に月を抱く。
黒い水底に
金の釣針を撒いたのは誰？
木々の葉は

池の上で
海の彼方への旅を夢見る。
自殺がぼくを誘惑した
鏡の中をのぞきこむと
ぼくを恐怖に突き落とす
水底で溺れているぼくの分身。*18

彼女は気づいていたのだろう、いつまでもこんな形で創作活動を続けることはできないと。やがてウルトライスモの運動が終焉すると、ルシーア／ルシアーノの名前を文芸誌で見かけることもほとんどなくなってゆく。

ここで、ノラ・ボルヘス同様、ウルトライスモ後のサンチェス・サオルニルについても述べておこう。実は現在、ルシーア・サンチェス・サオルニルという女性が知られているのは、ウルトライスモの詩人としてではなく、スペイン内戦時におけるアナキスト系フェミニズム運動の活動家としてなのだ。そもそもウルトライスモの時代から、彼女の作品には革命思想が表明されているものがあった。たとえば「新しき歌」El canto nuevo という詩。すぐ前に訳出した「ガラスのノクターン」と同じ雑誌の同じ号に発表された作品でありながら、まったく趣を異とする口調でこう歌う――「[……]／ああ、**われらが時**よ／どれほどおまえを待ちわびたことか、どれほど！／いくたび澄みきったまなざしのケーブルを未来へと伸ばしたことか！／[……]／われわれ、この時を創り出した者たちは／あらゆる大胆な試みを成し遂げるだろう／**われわれは倒立したピラミッドを／建設するのだ**[19]〔以下省略〕」（太字部分は、初出テキストにおいて大文字で組まれている箇所）。「まなざしのケーブル」という表現など、いかにもウルトライスモ的だが、その一方で、「倒立したピラミッド」という表現には、プロレタリア革命への夢が託されている。

スペイン社会では次第に政情不安が増してゆき、労働運動も激しくなる。ルシーア・サンチェス・サオルニルが働いていた電話局は労働運動が盛んだった職場のひとつだ。彼女は一九三一年、職場の労働争議に深く関わったのが原因で、解雇。アナキスト系のCNT（全国労働連合）で活動するようになる。そして内戦が始まる少し前の一九三六年四月、サンチェス・サオルニルは他のふたりの女性とともに、女性解放運動の組織〈ムヘーレス・リブレス（自由な女たち）〉Mujeres libresを結成する。彼女によれば、「女性」と「自由」という単語は、従来、相容れないものとして考えられてきただけに、この組織のネーミングは画期的だった。これは、アナキズム路線に基づく社会革命と、女性の完全に平等な権利獲得を目的とする団体だ。階級闘争と女性解放を切り離せない問題として捉えた運動は、スペインでは前例がなかった。ルシーア・サンチェス・サオルニルは事務局長と機関紙の編集長を務め、この団体の中心的論客として活躍した[20]〔図12〕。内戦中、ムヘーレス・リブレスは、前線に駆り出された男たちにかわって工場などで働くようになった女性労働者が続々と会員になったことによって急成長を遂げ、支部総数は百四十七、会員は実に二万人にのぼったとされる[21]。なお、ムヘーレス・リブレスの女性たちの戦いは、ビクトリア・アブリル、アリアドナ・ヒルらスペイン映画のスター女優たちが出演した映画『リベルタリアス』Libertarias（ビセンテ・アランダ監督。一九九六年制作。日本ではNHKの衛星放送で放送されたこともある）で詳しく描かれている。

しかし一九三九年、ルシーア・サンチェス・サオルニルたちの陣営である共和国政府が敗北して、内戦

[図12]〈ムヘーレス・リブレス〉の活動をしていた頃のルシーア・サンチェス・サオルニル（おそらく左から３番目）

は終結。彼女はフランスに逃れ、各地を転々としながら亡命生活を送る。そしておそらくは一九四〇年代、隠密裏にスペインへ帰国し、バレンシアに潜伏。これから先の彼女を待ち受けていたのは、長い国内亡命だった。国内亡命は、国外亡命よりも、ある意味ではよりいっそう過酷であったとされる。国内亡命者は、過去を封印し、人目を避け、息をひそめて暮らし続けなければならなかったからだ。

ルシーア・サンチェス・サオルニルは、内職などで生活費を得ながら、パートナーの女性とひっそり暮らし、二度と論説や文学作品を公表することなく、一九七〇年に永眠した。*22

二十世紀初頭の前衛芸術時代、ショートカットで颯爽と街を歩き、自動車を運転したり、スポーツを楽しんだりする女性は、新しい都市文明を体現する存在だった。ラファエル・カンシーノス・アセンスは作品を読む限り、性役割の意識においてきわめて保守的であったと思われるが、その彼ですら小説『モビミエント

［図13］ノラ・ボルヘスがルシーア・サンチェス・サオルニルに捧げた木版画《母性》Maternidad（『グレシア』第50号〈1920. 11. 1〉）

V.P.』においては新しい時代の美と感性の象徴のひとつとして、カウ・ボーイならぬカウ・ガール――「あらゆるスポーツをし、キュロットパンツをはいてアメリカ製のリボルバーを操る西部のカウ・ガール」――を登場させているのだ（四一頁）。

しかし、あの時代の女性芸術家たちはモダニティの象徴としてもてはやされる一方で、差別や偏見にさらされ、その創作活動を正当に評価してもらえないこともしばしばだった。[*23] 兄と夫を常に支える立場で創作活動を続けたノラ・ボルヘスと、ペンを捨てて社会革命の闘争へと身を投じたルシーア・サンチェス・サオルニル。それぞれの置かれた境遇も自己実現のために選んだ道もまったく異なるこのふたりだが、お互いウルトライスモ時代には、前衛芸術運動のなかでの女性の位置について、思うところがあったのだろう。ふたりに直接の面識があったという証拠はないが、雑誌の誌面などを介して、少なくとも互いの存在については知っていた。ウルトライスモに参加する数少ない女性どうしとして、エールを交換したいという気持ちの表れだろうか、ノラは、『グレシア』第五十号（1920. 11.1）で《母性》と題する木版画の作品をルシーアに捧げ〔図13〕、一方ルシーアはおそらくその答礼として、翌年『ウルトラ』第四号（1921. 3. 1）に、「虹の道」と題する詩を、ノラへの献辞を添えて、ルシアーノ・デ・サン゠サオールの名で発表する。この章の最後にその詩を訳出しておこう。

「虹の道」Caminos de arco-iris（全文）

ノラ・ボルヘスへ、以前のお礼に

ぼくの心を海へ投げた
きみの足跡を追うために
きみは誰にもわからない存在
霧
ぼくは虹の道を切り拓いていった
きみに追いつくため
きみの後を
ぼくの松明が追いかけた
するときみの黄金に輝く手が
ぼくの左の脇腹を開いてくれたのだ*24

＊1　Adriano del Valle, "Norah en el mar", "Fábula antigua," *Grecia*, 46, Sevilla, 15 julio 1920, p. 5.

＊2　以下、ノラ・ボルヘスのバイオグラフィに関しては、主に Sergio Baur, "Norah Borges y España," *ABC Cultural*, Madrid, 9 junio 2001, p. 8. の記事と、《ノラ・ボルヘス　一世紀に及ぶ画業》展のカタログ（*Norah Borges, casi un siglo de pintura*, Buenos Aires: Centro Cultural Borges, 1996）の年譜による。

＊3　Isaac del Vando-Villar, "Una pintora ultraísta," *Grecia*, 38, Sevilla, 20 enero 1920, p. 12.

＊4　Juan Manuel Bonet, "Hora y media con Norah Borges," *Renacimiento*, 8, Sevilla, 1992, p. 6.

＊5　J. L. Borges, "Norah," *Norah - con quindici litografie di Norah Borges* (Milano: Edizioni il Polifilo, 1977), p. 11

＊6　Juan Manuel Bonet, "Hora y media con Norah Borges," p. 6.

＊7　友人と母親とともに、ブエノスアイレスの繁華街フロリダ通りを歩いていたとき、たまたま時の大統領ペロンに反対するデモに巻き込まれて、警官に逮捕されたらしい（ジェイムズ・ウッダル『ボルヘス伝』平野幸彦訳〈白水社、二〇〇二年〉、二五九〜二六〇頁）。ノラと母親自身がデモに参加していた、とする資料もある（《アウト・オブ・オーダー――スペイン前衛芸術の女性たち》Fuera de orden, mujeres de la vanguardia española 展カタログの年譜〈*Fuera de Orden: Mujeres de la Vanguardia Española* [Madrid: Fundación Cultural Mapfre Vida, 1999], p. 189〉より）。兄ホルヘ・ルイス自身は、「政治的理由によって」とのみ述べている（J. L. Borges, "Norah," p. 11）.

＊8　Ramón Gómez de la Serna, *Norah Borges*. Monografías de arte (Buenos Aires: Editorial Losada, 1945), p. 31.

＊9　Ibid., p. 24.

＊10　J. L. Borges, "Norah", p. 13.

＊11　Miguel de Torre Borges, "Preliminar." En Guillermo de Torre, *Literaturas europeas de vanguardia* (Sevilla: Editorial Renacimiento, 2001), p. 10.

＊12　Rosa María Capel Martínez, *El trabajo y la educación de la mujer en España (1900–1930)* (Madrid: Ministerio de Cultura, Instituto de la Mujer, 1986), p. 191.

＊13　Guillermo de Torre, "Madrid-París, álbum de retratos," *Grecia*, 48, Madrid, 1 septiembre 1920, p. 11.

＊14　Luciano de San-Saor, "Paisaje de arrabal - Anochecer de domingo," *Grecia*, 50, Madrid, 1 noviembre 1920, p. 9.

＊15　一九一〇年の勅令により、女性が中等、高等教育を受けることが認められた（Elisa Garrido〈ed.〉, *Historia de las mujeres en España*〈Madrid: Editorial Síntesis, 1997〉, p. 471）。

＊16　オルテガ・イ・ガセット「芸術の非人間化」『オルテガ著作集三』神吉敬三訳（白水社、一九七〇年）、八八頁。

＊17　*Norah Borges, casi un siglo de pintura*, p. 76.

＊18　Luciano de San-Saor, "Nocturno de cristal," *Cervantes*, Madrid, abril 1920, p. 48.

＊19　Luciano de San-Saor, "El canto nuevo," *Cervantes*, Madrid, abril 1920, pp. 49–51.

＊20　ルシーア・サンチェス・サオルニルの主張を簡単にまとめると、こうなる――「女性は二重の搾取を受けている。すなわち、ひとりの人間として資本主義によって搾取され、それと同時に女性として父権社会において搾取されている。それゆえ女性の自己実現のためには、社会革命と女性解放の双方の達成が必要なのだ」と。スペインにはそれまでも女性の権利を主張する運動はあったが、穏健なブルジョワ・フェミニズム的性格のものが多く、ムヘーレス・リブレスのような運動は前例がなかった。

＊21　Mary Nash, *Mujeres Libres, España 1936–1939* (Barcelona: Tusquets, 1976), p. 14.

＊22　ただし、秘かに詩作は続けていたようだ。研究者の Rosa María Martín Casamitjana は、晩年に死が迫っていることを意識して綴られた数篇の詩のタイプライター原稿を発見し、ルシーア・サンチェス・サオルニルの詩集に収めた（Lucía Sánchez Saornil, *Poesía*, Introducción y edición de Rosa María Martín Casamitjana, Valencia: Pre-textos/IVAM, 1996）。

＊23　Fernando Huici, "Fuera de orden", introducción al catálogo de la exposición《Fuera de orden: Mujeres de la Vanguardia Española》(Madrid: Fundación Mapfre Vida, 1999), p. 14.

＊24　Luciano de San-Saor, "Caminos de arco-iris," *Ultra*, 4, Madrid, 1 marzo 1921.

第八章　スペインからラテンアメリカへ

この章においては、ウルトライスモとの関連においてラテンアメリカの前衛文学運動のいくつかに目を向けてみたい。すでに六三頁で述べたが、マドリードで発行されたウルトライスモの雑誌『セルバンテス』には新大陸の詩人たちも作品を発表しており、その国籍はエクアドル、ウルグアイ、チリ、アルゼンチン、ベネズエラ、パナマ、ペルー、メキシコ、ニカラグア、コロンビア、グアテマラ、キューバ、プエルトリコ、ホンジュラスなど、ラテンアメリカのスペイン語圏全域に及ぶ。これらの地域では当然のことながらウルトライスモが紹介される機会も少なからずあったはずだ。ラテンアメリカのなかでも、一九二〇年代の前衛運動の三大中心地とされるのはアルゼンチン、メキシコ、ペルーだが、[*1] この章ではこれらのうち、スペインのウルトライスモと明らかな接点のあるアルゼンチンとメキシコの前衛運動を取り上げ、ウルトライスモとのつながりに重点を置きながら紹介しよう。

I　アルゼンチン・ウルトライスモ

アルゼンチンの前衛文学運動は、ホルヘ・ルイス・ボルヘスがスペインから帰国するのをもって始まると言えるだろう。一九二一年三月三日、アルゼンチンへの帰国前夜、ボルヘスはスペインのマリョルカ島で知り合った親友ハコボ・スレーダに手紙を書く［図1］――「盟友よ！　明日、ぼくは腐った大統領たちと、幾何学的な街並みと、ウルトラの途轍もない飛行機をまだ格納庫に受け入れていない詩人たちの国にむけて出発する。［……］必ず手紙をくれたまえ。大西洋の上で、ぼくらの心を結ぶケーブルが断ち切られたりすることのないよう祈っている」[*2]。飛行機、格納庫、ケーブルなどの語彙を用いた表現が、いかにもスペインのウルトライスモらしい。実はボルヘスは帰国する前、詩集を準備していた。それは、『赤の律動』*Ritmos rojos* ないしは『赤の賛歌』*Himnos rojos* と名付けられ、『グレシア』や『ウルトラ』などの雑誌に発表した（もしくは発表する予定の）作品を集めたものだった。具体的には「海の賛歌」Himno del mar、「朝」Mañana、「塹壕」Trinchera、「ロシア」Rusia、「ボリシェヴィキのいさおし」Gesta maximalista、「赤い衛兵」Guardia roja、「赤い落日」Último sol rojo などで、ロシア革命に刺激を受けて書かれた作品が大半を成す。（このうち、「海の賛歌」については一部分を七一頁で、「ロシア」と「ボリシェヴィキのいさおし」と「朝」については全文をそれぞれ九一、九二、一一三頁で訳出）。もしもこの詩集が世に出ていれば、まさにボルヘスのスペイン・ウルトライスモ時代の集大成となるはずだったが、ボルヘスはこの詩集の構想を帰国直前に破棄。彼は親友スレーダに宛てた手紙で、ウルトライスモに特徴的な表現を用いてスペインから離れがたい気持ちを綴る一方で、すでに創作はその先をめざしていた。

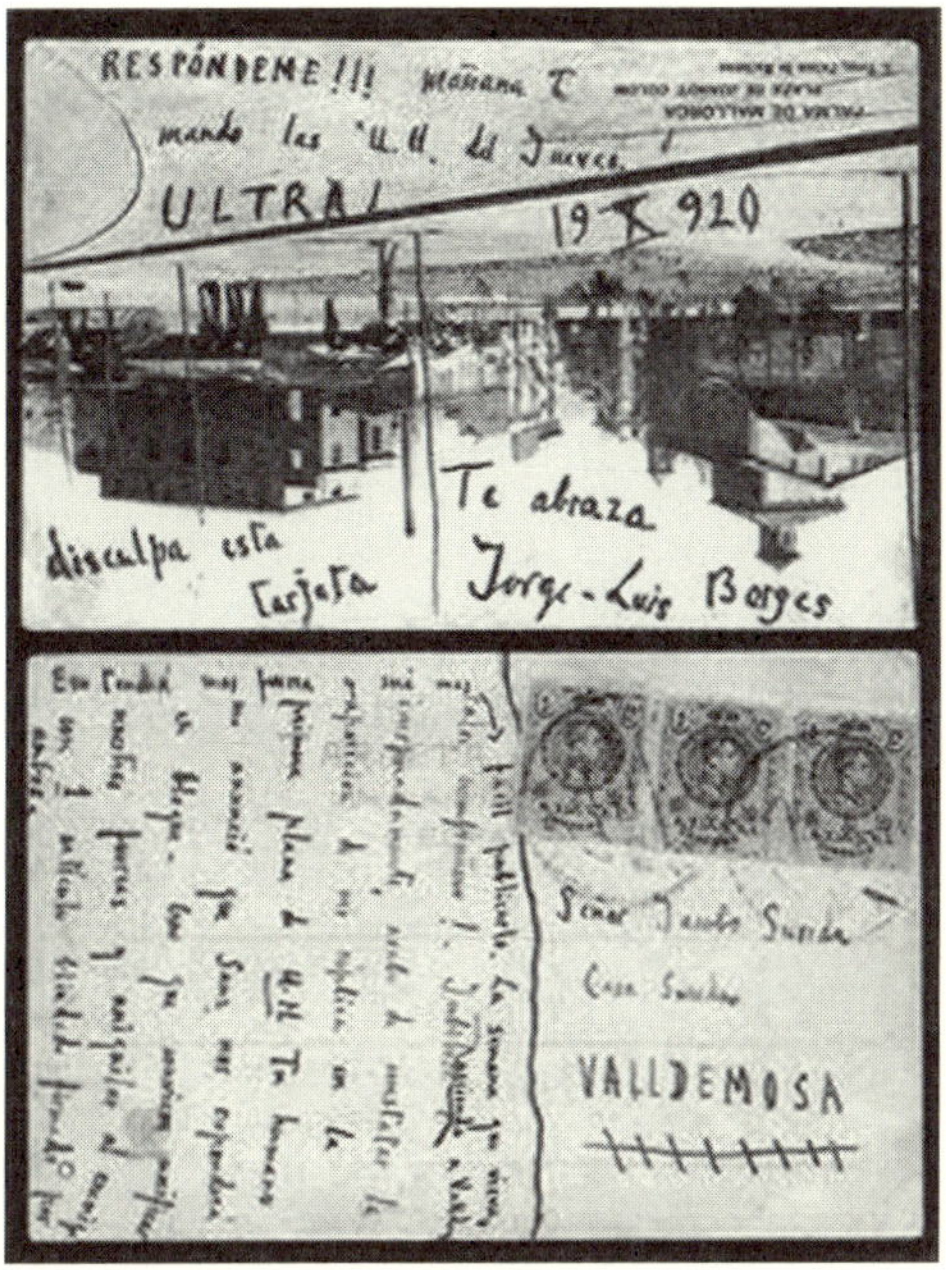

［図1］ボルヘスがスペイン滞在中に親友ハコボ・スレーダに送った葉書のうちの１枚。ULTRA の文字が躍る（1920 年 10 月 19 日付の葉書の表と裏）

さて一九一四年以来留守にしていた国へ帰ってみると、祖国は穀物や牛肉の輸出などで好景気にわきたっていた。首都ブエノスアイレスはヨーロッパから多くの移民を受け入れ、急増した人口は百五十万以上。各国からの商人で賑わう国際色豊かで洗練されたラテンアメリカ随一の大都会になっており、詩人の記憶の中にある街とはすっかり変わってしまっていた。当時のアルゼンチン詩壇では、ウルトライスモ誕生時のスペインがそうであったように、モデルニスモがまだ主流だった。ボルヘスは帰国するや、ウルトライスモを広めて祖国の文学を刷新しようという思いに駆られ、ただちに精力的な活動を始める。早速その年の暮には友人たちとともに壁雑誌『プリスマ（プリズム）』*Prisma* を発行。縦が約六十センチ、横が約八十センチの大判の紙一枚から成るこの雑誌を、ボルヘスは刷毛と糊を手に、友人たちと手分けしてブエノスアイレスの街角に貼って歩いたという。創刊号に作品を寄せた詩人は、ホセ・リバス・パネーダス、ペドロ・ガルフィアス、イサアク・デル・バンド・ビリャール、ハコボ・スレーダ、アドリアノ・デル・バリェらスペイン・ウルトライスモの詩人たちと、エドゥアルド・ゴンサレス・ラヌサ、ボルヘスのいとこのギリェルモ・フアン、そしてボルヘス自身。妹のノラの木版画が誌面を美しく飾る（一六六頁に図版掲載）。冒頭にはギリェルモ・デ・トーレ、ゴンサレス・ラヌサ、ギリェルモ・フアンとホルヘ・ルイス・ボルヘスの署名で「宣言」が掲げられている。この宣言では、モデルニスモの感傷主義や常套的な詩句を非難した後、「われわれウルトライスタは［……］芸術を解き放ちたい」、との表明があり、「われわれは詩をその根源的要素、すなわちメタファーの中に凝縮し、メタファーに最大限の自由を与えた。［……］われわれの詩の一行一行は独立した命を有し、いまだ見ぬヴィジョンを提示する」との言葉で、ウルトライスモの美学が語られる。*3

ボルヘスは『プリスマ』第一号を発行するとすぐ、ブエノスアイレスの老舗の文芸雑誌『ノソートロス（われら）』*Nosotros* にウルトライスモの詩論を寄稿（一一六頁で抄訳）。そして翌一九二二年三月には、『プ

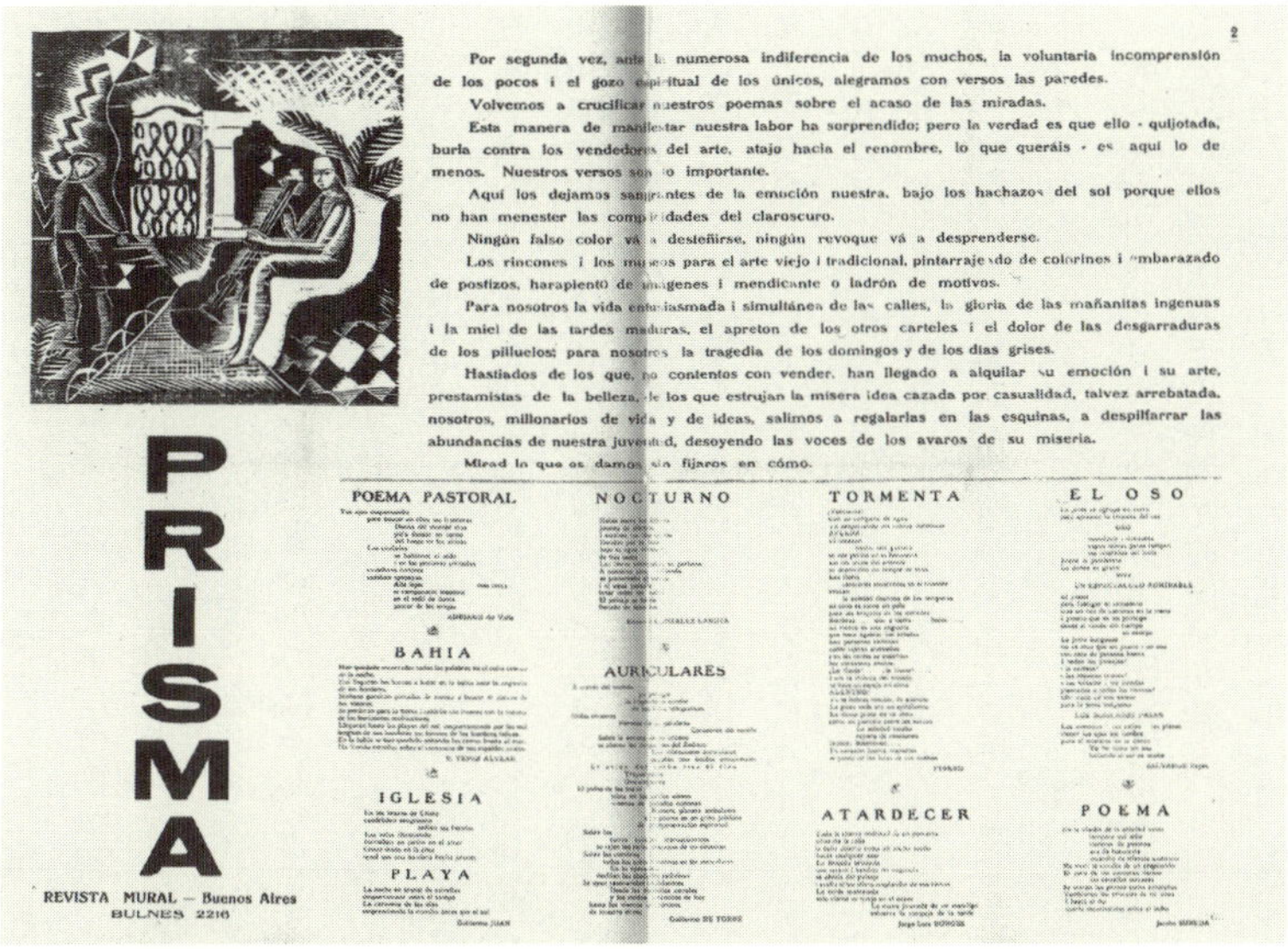

2

Por segunda vez, ante la numerosa indiferencia de los muchos, la voluntaria incomprensión de los pocos i el gozo espiritual de los únicos, alegramos con versos las paredes.

Volvemos a crucificar nuestros poemas sobre el acaso de las miradas.

Esta manera de manifestar nuestra labor ha sorprendido; pero la verdad es que ello - quijotada, burla contra los vendedores del arte, atajo hacia el renombre, lo que queráis - es aquí lo de menos. Nuestros versos son lo importante.

Aquí los dejamos sangrantes de la emoción nuestra, bajo los hachazos del sol porque ellos no han menester las complicidades del claroscuro.

Ningún falso color vá a desteñirse, ningún revoque vá a desprenderse.

Los rincones i los museos para el arte viejo i tradicional, pintarrajeado de colorines i embarazado de postizos, harapiento de imágenes i mendicante o ladrón de motivos.

Para nosotros la vida entusiasmada i simultánea de las calles, la gloria de las mañanitas ingenuas i la miel de las tardes maduras, el apreton de los otros carteles i el dolor de las desgarraduras de los pilluelos; para nosotros la tragedia de los domingos y de los dias grises.

Hastiados de los que, no contentos con vender, han llegado a alquilar su emoción i su arte, prestamistas de la belleza, de los que estrujan la misera idea cazada por casualidad, talvez arrebatada, nosotros, millonarios de vida y de ideas, salimos a regalarlas en las esquinas, a despilfarrar las abundancias de nuestra juventud, desoyendo las voces de los avaros de su miseria.

Mirad lo que os damos sin fijaros en cómo.

POEMA PASTORAL

NOCTURNO

TORMENTA

EL OSO

BAHIA

AURICULARES

IGLESIA

PLAYA

ATARDECER

POEMA

PRISMA

REVISTA MURAL — Buenos Aires
BULNES 2216

［図2］『プリスマ』第２号（1922. 3）。左下の隅に記されている発行所在地、ブルネス通り2216番は、当時のボルヘスの自宅住所

［図3］『プロア』第１期第２号（1922）の表紙。中央にノラの木版画《庭》Jardín。その下にREVISTA DE RENOVACION LITERARIA（文学刷新の雑誌）とある

リスマ』第二号をブエノスアイレスの街角の壁に貼る［図2］。巻頭言にほとばしる若々しい勢いに注目していただきたい。「数多くの人々の圧倒的無視、少数の人々の意図的無理解、そしてごく僅かな人々の精神的歓喜を前に、われわれは再度、そこここの壁を詩によって朗らかにすることとした。今ひとたび、われわれの詩を人々の冷たい視線という十字架に架けるのだ。労作を知らしめるこうしたやり方は、人々を驚かせた。［……］しかし重要なのはそんなことではなくて、われわれの詩句だ。感情の血のしたたる詩句を焼けつく太陽の光にさらそう。われらの詩句は明暗技法の助けを借りる必要などないのだから」。[*4]

『プリスマ』はわずか二号で終わりとなってしまうが、ボルヘスはマセドニオ・フェルナンデスを共同編集者として、その年の八月には早くも次の雑誌『プロア（舳先）』*Proa* を創刊する［図3］。ちなみにマセドニオはもともとボルヘスの父の友人で、奇矯な行動と奔放な発想で知られる文人だった。書きなぐった原稿は部屋中に散乱し、本にまとめようにもページの順番すら分からないようなありさまだったが、本人は意に介する様子もなかった。家賃滞納でアパートを追われるたび、あとには書きかけの原稿の山が雑然と残されたという。若いボルヘスはスペインでカンシーノス・アセンスを敬愛したのと同じようにして、アルゼンチンではこの年長の友人を慕った。『プロア』は、一九二二年から一九二三年にかけての第一期（全三号）と一九二四年から一九二六年にかけての第二期（全十五号）に分かれる。[*5] 第一期時代は、一枚の紙を三つ折にした誌面の形態がスペインの『ウルトラ』を意識したものだし、[*6] 執筆面でもスペインのウルトライスタたちが参加している。また、一九二二年の秋には、ボルヘスとは『グレシア』以来の知己であった、セビリヤのイサアク・デル・バンド・ビリャールがブエノスアイレスを訪問するなどして、スペイン・ウルトライスモの仲間との交流が続く。

ところで『プロア』創刊の一九二二年には、ウルトライスモとは直接関係がないものの、アルゼンチン前衛文学の重要な作品が出版された。すなわち、オリベリオ・ヒロンドの『路面電車で読まれるための二十の詩』*Veinte poemas para ser leídos en el tranvía* だ。ヒロンドはわずか九歳にして一九〇〇年のパリ万博を見物し、長じてからはヨーロッパやアフリカを毎年のように旅したという根っからのコスモポリタン。ボルヘスがアルゼンチンにウルトライスモをもたらすのを待つまでもなく、ヒロンドはひとり、パリでいち早く前衛文学の潮流に接していた。前述の詩集では、旅先の情景を奇抜なメタファーで軽妙に綴った散文詩と、ヒロンドみずからのデッサンに基づく、ユーモラスでしかしどこかグロテスクなイラストの組合せが、新鮮な驚きを与える〔図4・5〕。

さてボルヘス一家は、翌一九二三年、ふたたびヨーロッパへと旅立つ。出発に間に合うようにしたかったのだろう、ボルヘスは校正をする暇もなく大急ぎで、処女詩集『ブエノスアイレスの熱狂』*Fervor de Buenos Aires* を自費出版する。彼はこの先、数度にわたって大幅に改訂をほどこし、その結果、最終版は詩篇の差し替えや詩句の変更なども少なからずあって、一九二三年の初版とはかなり相貌の異なるものとなってしまった。しかしボルヘスがこの詩集にいつまでもひそかな愛着を抱いていたことは間違いない。妹ノラによる表紙絵は、二階建てのひなびたコロニアル様式の家を描いたもの（一六六頁に図版掲載）。ノラのこの表紙絵にも表れているように、ボルヘス兄妹にとってのブエノスアイレスとは、変貌を遂げて、瀟洒な建物の建ち並ぶ国際的な大都会となった首都ではなく、彼らの渡欧前の記憶と帰国後をつなぐ、時代の流れから取り残されたようなアラバル arrabal と呼ばれる街外れの地区だ。ボルヘスは詩集の冒頭を飾る詩篇「街路」Las calles をこう始める――「ブエノスアイレスの街路は／すでにわたしの魂の臓腑。／急ぎ足の雑踏で混みあう／賑やかな通りではなく／木立と黄昏によって親密な表情を見せる／場末《アラバル》の優しい道」（初版による）[*7]。ここにはブエノスアイレスをわが街と思い、この地で詩人として生きてゆく

［図4・5］オリベリオ・ヒロンド『路面電車で読まれるための二十の詩』（1922）の挿絵２枚

と思い定めた詩人の心が込められている。帰国してから二年の間にスペイン・ウルトライスモからかなりの道のりを歩んだことは明らかで、もはやここには格納庫も飛行機もケーブルもない。あるのは、うらぶれた路地、あるいはひっそりとした中庭や墓地など。詩集のタイトルこそfervor（熱狂あるいは熱情）という語が使われているものの、スペイン・ウルトライスモのような大騒ぎの熱狂ではなく、内省的で、心の奥深く沈潜してゆく静かな情熱のようなものを感じる。またテーマ面では、パンパ（アルゼンチンの大草原）、ガウチョ（パンパで牛を追い生活する牧童）、みずからの祖先など、アルゼンチン人としてのアイデンティティへの関心も明白だ。

ここでは、初版に収められたものの、一九四三年の第二版以降は削除されてしまった八篇の詩のなかからひとつ、「かすかな夜明け」Alba desdibujadaという作品を紹介しよう。[*8]この詩では、ボルヘスが帰国後まもなく『ノソートロス』誌に寄せた詩論で強調した、ウルトライスモ的メタファーが意識的に多用されている。もっとも、このウルトライスモ的メタファーこそは、ボルヘスが後年、「いまは全く誤ったものだと思っていますが、詩をメタファーに還元したいと願い、新しいメタファーを作る可能性を信じるという、ひとつの理論がありました」[*9]と回想し、みずから否定してしまうものなのだが。メタファーにこだわったこの詩が、改訂版以降は削除されてしまう理由も、このあたりにあるのではないだろうか。

「かすかな夜明け」Alba desdibujada（全文）

船の灯が消えた
ドックの四角い水の中。

整列したクレーンがアキレス腱をのばす。
空の浅瀬に帆柱が鈍くそびえる。
溺れた人魚は
距離の竪琴をむなしくつまびく。
風に飛ばされた「さよなら」の灰が
地面を枯らしてゆく
別れを告げるハンカチと見紛うのは
飛び去るかもめ
その翼は
海の森林を伐採する舳先の斧をかすめて。
予感された奇跡
曙光は突き落とされて
魂から魂へと　転がるだろう[*10]

ボルヘスは詩集刊行の翌年、一年に及んだヨーロッパ訪問から帰国すると『プロア』を再刊。一九二四年から一九二六年にかけて第二期『プロア』を発行するが、その第一号では、仲間のゴンサレス・ラヌサの詩集のために書いた書評の中でスペインのウルトライスモとアルゼンチンのそれとをはっきり区別し、「マドリードとセビリヤのウルトライスモは刷新の意志であった」のに対し、「ブエノスアイレスのウルトライスモは人々の評判がもたらす不実な名声に依らず、確固たる美として不滅の言語のなかで生き続ける絶対的芸術を達成したいという願望だった」[*11]と述べる。スペイン・ウルトライスモとの訣別であり、しかも、「だった」と過去の時制で書かれていることからもわかるように、ウルトライスモそのものからの独立も意味していた。

さてここで、アルゼンチン・ウルトライスモの詩人のひとりとして、ノルウェイ系アルゼンチン人のノラ・ランへ（ノラ・ランジュと発音されることも多い）を紹介しておこう。当時まだ十代だったノラ・ランへは母や姉と暮らしていたが、その家は、ブエノスアイレスのウルトライスタたちのたまり場だった。彼女は『プロア』などに参加し、早熟な詩人として作品を発表。ボルヘスの『ブエノスアイレスの熱狂』初版の序文にはすでに、メタファーを連ねる手法を極めた詩人として、ハコボ・スレーダ、ホセ・リバス・パネーダスと並んで、ノラ・ランへの名前が挙げられている。彼女の最初の詩集『昼下がりの街路』*La calle de la tarde*（1925）には、ボルヘスが前書きを寄せ、カンシーノス・アセンスの文を思わせる豊穣で斬新なメタファーと、無駄のない簡素な表現をあい備えているとして、称賛した。[*12]実際、『昼下がりの街路』に収められた詩にはいずれも、みずみずしい感受性によって紡ぎ出されたメタファーが散りばめられている。さりとてそれが技巧に偏った印象を与えるのではなく、かすかな焦燥、不安、憧憬といった心情を読み手の心に伝える暗示力に満ちた作品となっているところに、この若きウルトライスモの女性詩人の独自性と詩才を感じ取ることができる。なお、ノラ・ランへはその後、小説に転じ、一九四三年、オリベリオ・ヒロンドと結婚した。ここでは『昼下がりの街路』から作品をひとつ訳出しておく。

ノラ・ランへ

「いちにち」Jornada（全文）

夜明け。
　地平線の道筋に
　　のぼるランプ。
やがて真昼には
　太陽が貯水池に身を投げる。
ずたずたに引き裂かれた午後は
　　星を乞い求める。
かなたの大地が
　燃えさかる腕で太陽を受け止める。
夜は西方を向いて十字を切り
待つことの苦しみは夜明けを迎えるものの
　しかしまだ、時は訪れない。[*13]

ところでボルヘスがヨーロッパ再訪から帰国した一九二四年は雑誌『マルティン・フィエロ』*Martín Fierro* 創刊の年でもあることを忘れてはならない。編集長はジャーナリストのエバル・メンデス。創刊号のマニフェストは無記名だが、オリベリオ・ヒロンドの筆によるとされ、「カバの肌のように鈍感な」読者や「触れるものすべてをミイラにしてしまう歴史家や大学教授の陰気で重々しい態度」をひととおりこきおろしたのち、「『マルティン・フィエロ』はルネッサンス様式の邸宅よりも近代的な大西洋横断汽船の方が心地よいと感じ、ルイ十五世時代の輿《こし》よりも、イスパノ・スイザの自動車[*14]の方が、はるかに完璧な芸

術作品であると主張する」[*15]（太文字は原文で大文字の箇所）と宣言する。この宣言文はもちろんマリネッティの未来主義創立宣言に影響を受けたものだが、実際、一九二六年にマリネッティがアルゼンチンを訪問したときには、『マルティン・フィエロ』が歓迎パーティを主催した。とはいえこの雑誌は特定の前衛主義の流れを汲むものではなく、ここには芸術の変革を希求する作家や芸術家が幅広く参加した。その結果『マルティン・フィエロ』は文学のみならず美術、音楽、建築など芸術全般をカバーした総合的な文化雑誌に成長し、ヨーロッパの最新の芸術動向の紹介にも貢献し、二十世紀アルゼンチン文学に一時代を画すこととなるのだ。

『マルティン・フィエロ』が総じて芸術至上主義的な立場の出版物であるならば、その一方でこの時代には、文学を通じて社会変革をめざす立場の『ペンサドーレス（思想家たち）』*Pensadores*（1922 – 1926）や、さらにその後継誌たる『クラリダ（光明）』*Claridad*（1926 – 1941）という雑誌も生まれる。特に後者は、こののち世界恐慌、スペイン内戦、第二次大戦と、世界が激動するなか、アンガージュマン文学の立場から、評論、創作、翻訳の紹介に大きな役割を果たし、第二次大戦の影響による紙不足で廃刊に追い込まれるまでアルゼンチンの社会派文学をリードする。こうした『マルティン・フィエロ』に参加した人々と、『ペンサドーレス』や『クラリダ』に参加した人々は、出版の拠点としていた街の名前にちなんで、それぞれ〈フロリダ派〉と〈ボエド派〉と呼ばれた。両派は必ずしも対立や断絶していたわけではなく、ボエド派の詩人が『マルティン・フィエロ』で作品を発表したりすることもあったようだが、いずれにせよ、フロリダ派とボエド派が相互補完的な立場にあり、その両者を総合的に捉えることによって、当時のアルゼンチン文学の最前線を理解することができると言えるだろう。とはいえ、ボエド派について詳しく述べることはこの章の趣旨からはずれてしまうので、ここではこの程度の言及にとどめたい。

Ⅱ　メキシコのエストリデンティスモ[16]

この運動の誕生と発展の経緯について述べよう。[17] 適宜、代表的な作品についても紹介してゆく。

ボルヘスがブエノスアイレスで刷毛と糊を手にして壁雑誌『プリスマ』を街角に貼るのに精を出していたのと同じ頃、つまり一九二一年の暮れのこと、メキシコの首都の街角でもやはり壁雑誌を貼って歩く詩人の姿があった。当時、首都メキシコシティの大学に学ぶ法学部生だったマヌエル・マプレス・アルセである。彼は『プリスマ』同様、見開き一枚だけからなる壁雑誌『アクトゥアル（現代）』*Actual* 第一号を街角に貼って、エストリデンティスモ宣言を高らかに発表する。メキシコ初の前衛文学運動の誕生……とは言っても、この時点ではメンバーはマプレス・アルセたったひとりであり、運動と呼ぶには時期尚早だろう〔図6〕。

さてこの『アクトゥアル』第一号、誌面にはジャケットのボタン穴に花をさして気取ったマプレス・アルセ自身の大きなポートレート。「エストリデンティスモの凝縮錠剤」という大きな活字が躍る。その下に、「ルネ・デュナン[18]、マリネッティ、ギリェルモ・デ・トーレ、ラッソ・デ・ラ・ベガ、サルバット＝パパセイット（一二六頁）の転覆的啓示」の小見出し。宣言の本文は全部で十四の項目から成り、ミメーシスとの訣別（第一項）、機械文明礼賛（第三、四項）、感傷主義の排除（第五項「ショパンを電気椅子に！」）、理論化された既存の前衛主義（クレアシオニスモ、ダダ、表現主義など）ではなく、人間存在をより総合的に捉えうるような前衛文学の提唱（第七項）、コスモポリタン主義（第十項）、純粋詩を創ろうとする意思（第十一項）、自分たちの美学は大衆には理解不能だろうとする選民意識（第十二項）、アカデミズムや過去の文学遺産との断絶（第十三項）などが、新語、造語をおりまぜた文体で意気軒昂に語られる。そして末尾に

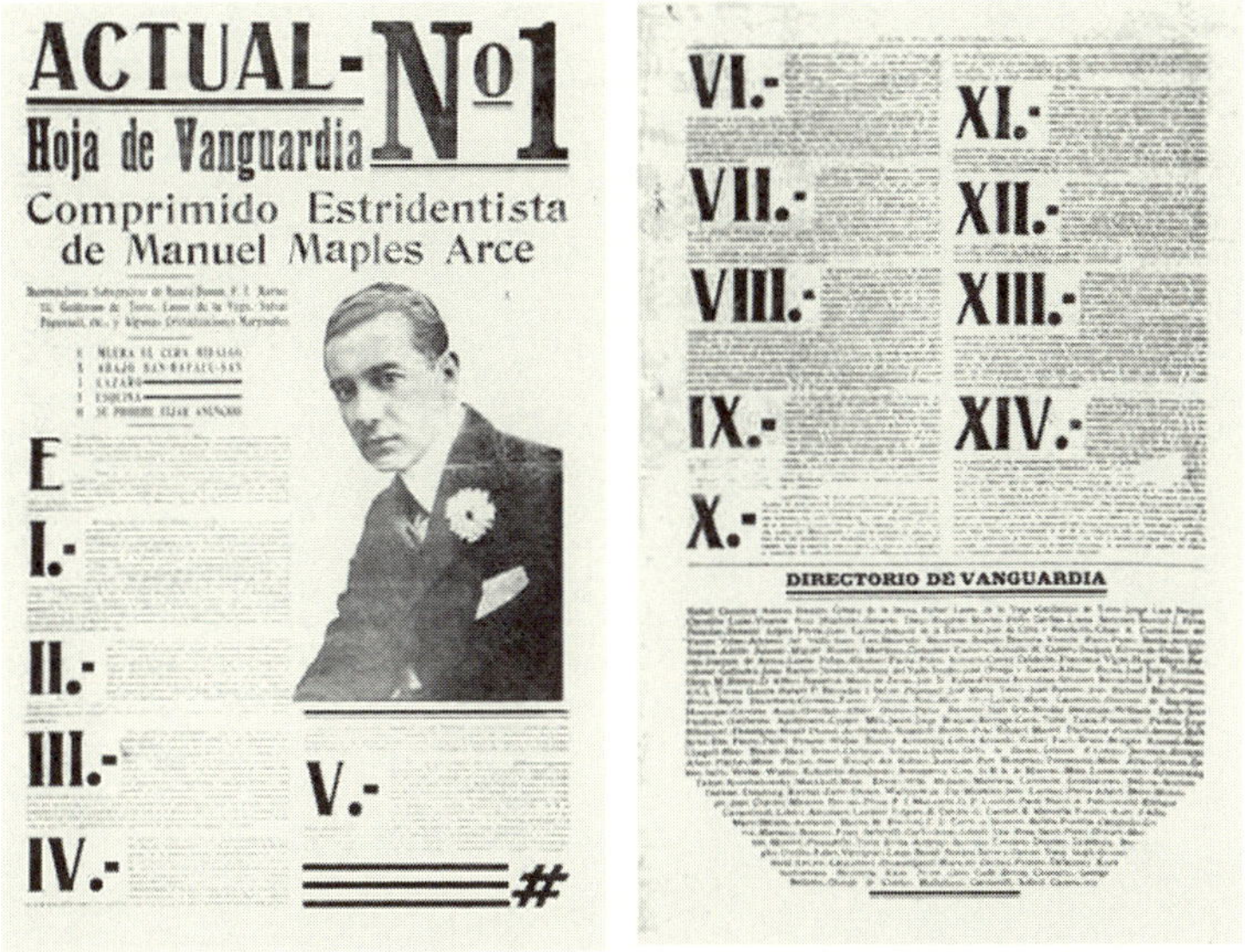

［図6］『アクトゥアル』第1号（1921）

「前衛運動人名一覧」なるものが付され、さまざまな国、地域のアーチストたちの名前が列挙される。総勢二百名を超す人名一覧の筆頭を飾る名前は、カンシーノス・アセンス。以下、ラモン・ゴメス・デ・ラ・セルナ、ラッソ・デ・ラ・ベガ、ギリェルモ・デ・トーレ、ホルヘ・ルイス・ボルヘスをはじめとする詩人たちが連なることから、マプレス・アルセはスペインの前衛文学事情に通じており、みずからエストリデンティスモを立ち上げるにあたって、ウルトライスモを意識していたと推測される。

もちろん、ウルトライスモだけが主な影響源ではなく、ダダやマリネッティの未来主義の影響も強く受けている。また、同じメキシコ出身のタブラーダ（一二二頁）がすでに俳句やカリグラムなどのさまざまな実験的形式を試みて、優れた作品を生み出していることも、じゅうぶん知っていただろう。さらにまた、エストリデンティスモ宣言の年にあたる一九二一年、長らくパリで活動をして当時のヨーロッパ芸術の潮流のただ中に身を置いてきた画家ディエゴ・リベラがメキシコに帰国したこと、また同年、これも画家のダビ・アルファロ・シケイロスが「アメリカ大陸の新世代の画家・彫刻家への現代的方向性を示す三つの声明」Tres llamamientos de orientación actual a los pintores y escultores de la nueva generación americana を発表したことなども直接、間接に影響を与えているとされる。[*19] さらには時代背景――当時はメキシコ革命のただ中だった――とも密接に結びついているのだが、これについてはもう少し後で言及することにしよう。

こうして運動の旗揚げをしたマプレス・アルセは、翌年七月、最初の詩集『内奥の足場』*Andamios interiores* を出版。これはメキシコにおいて近代都市を実験的な言語でうたいあげた最初の詩集とされる。もっとも、このタイトルゆえ当初は建築学の本と勘違いされたというエピソードも残っている。ホルヘ・ルイス・ボルヘスがこの年の十二月に発行した『プロア』第二号には、早速この詩集についての紹介文が掲載された。一方、『内奥の足場』の出版と相前後して、『アクトゥアル』第三号が出るが、この号ではギリェルモ・デ・トーレ、ルシーア・サンチェス・サオルニル、ウンベルト・リバス、シリア・イ・エスカランテなど、スペインのウルトライスタたちの作品が紹介されている。雑誌の体裁としても、「エストリデンティスモはアカデミー会員たちにとっての悪夢」、「エストリデンティスモには聖人たちも我慢の限界」などの寸句が挿入されているあたり、スペインの『ウルトラ』誌を想起させる。さらにまたこの年には、作家アルケレス・ベラがエストリデンティスモの散文作品を代表する実験的な短編小説、『エトセトラ嬢』*La señorita Etcétera* を発表。これは、「私」という人物が海辺の町で、あるいは首都のカフェやホテルで「彼女」に出会い、心惹かれるのだが、そのたびに「彼女」は異なる相貌を見せ、「私」を焦燥と困惑に陥れるという不思議な物語だ。アルケレス・ベラの他にも詩人ヘルマン・リスト・アルスビデなども仲間に加わり、エストリデンティスモは前衛運動としての本格的な活動期に入った。

エストリデンティスタたち（エストリデンティスモに参加した芸術家たちをこう呼ぶ）がメキシコシティで活動の本拠としたのが、カフェ・デ・ナディエ Café de Nadie（「主のいないカフェ」の意味）。このカフェには、詩人や作家以外にも、作曲家のシルベストレ・レブエルタス、いずれも画家のディエゴ・リベラ、ヘルマン・クエト、ジャン・シャルロ、ラモン・アルバ・デ・ラ・カナルなど、前衛芸術に関心を示すさまざまな分野の芸術家たちが集った。彼らのうち、クエト、シャルロ、アルバ・デ・ラ・カナルは特にエストリデンティスモとつながりが深く、詩人たちに表紙絵や挿絵を提供し、この運動の造形的側面を担ってユニークな作品を残した。カフェ・デ・ナディエは、ちょうどマドリードでカンシーノス・アセンスがテルトゥリアを開いていたカフェ・コロニアル、あるいは、ゴメス・デ・ラ・セルナが根城にしていたカフェ・デ・ポンボのような存在だったのだろう［図7］。一九二四年にはこのカフェで、音楽、文学、美術の全般にわたる〈エストリデンティスモ展〉が開催。これはマドリードのナイトクラブでウルトライスタたちが開いた〈ウルトライスモの夕べ〉などに相当する催しで、詩の朗読、〈エストリデンティスモ音楽〉なるものの演奏、造形作品の展示などが行なわれた。驚いたことには、この催しの参加者の中にスペインで『ウルトラ』誌の実質的編集長だったウンベルト・リバス・パネーダスもいたのだ。彼は、実はその前年からメキシコに渡ってきており、この地で前衛詩人たちと交わりながら創作や雑誌発行に意欲を燃やしたものの上手くはいかず、やがてアメリカ合衆国に居を移して以降は、ほとんど足取りも途絶えてしまう。[*20]

さて、〈エストリデンティスモ展〉と同じ一九二四年、マプレス・アルセは詩集『都会――五篇から成るボリシェヴィキ的超詩』*VRBE, Super-poema bolchevique en 5 cantos* を発表［図8］。タイトルからも察しがつくように、ロシア革命ならびにメキシコ革命への熱狂が全篇を貫く。ちなみに献辞は「メキシコの労

［図7］ラモン・アルバ・デ・ラ・カナル画《カフェ・デ・ナディエ》El café de nadie (1930)。レブエルタス、マプレス・アルセ、アルケレス・ベラ、クエトら、カフェ・デ・ナディエにつどった仲間の顔と名前がコラージュされている

［図8］マプレス・アルセ『都会』表紙（ジャン・シャルロ画、1924）

［図9・10］『都会』の挿絵（ジャン・シャルロ画）

働者たちに」。詩集の冒頭、「さあ、これが新たな都市へ捧げる、粗野で雑多な私の詩だ。ああ都市よ、ケーブルと努力で張りつめ、モーターと翼の騒音が鳴り響く」[*21]と始まるこの詩集は、近代的な都市や機械のダイナミズムをたたえたもので、詩形は、控えめではあるが当時のメキシコとしては実験的。詩集を構成する五篇の詩にはそれぞれ、メキシコ在住のフランス人画家で、カフェ・デ・ナディエの仲間であるジャン・シャルロによる木版画が添えられている。三十階はあろうかというツインタワーとその上空に気球を配した一葉、あるいは、信じがたい高さの高架橋を行く列車とそれを仰ぎ見る人を描いた一葉など、当時の詩人や画家が夢見た近未来がシンプルかつ力強く描かれ、造形的にも目に焼きつくようなインパクトがある［図9・10］。なお、この詩集は、メキシコ旅行中にマプレス・アルセと知り合った北米の作家ジョン・ドス・パソスによって英語に翻訳され、一九二九年にニューヨークで出版された。

さて一九二五年、この運動に転機が訪れる。メキシコ東部にベラクルスという州があるのだが、大学を卒業して弁護士となったマヌエル・マプレス・アルセが、このベラクルス州の知事の推挙により州都ハラパで長官の地位を得るのだ。彼は早速、エストリデンティスモの仲間である詩人や画家たちを首都からハラパへ呼び寄せる［図11］。詩人たちは、古代オルメカ文明発祥の地である落ち着いた小さな地方都市のこの町をエストリデンティスモの聖地とすべく、〈エストリデントポリス〉Estridentópolis と命名。彼らは、州知事の破格の好意によって最新の印刷設備一式を提供してもらい、その結果、ほかならぬ州政府の印刷工場から機関誌『オリソンテ（地平線）』*Horizonte* が生まれることとなった。

ところで、これまで少し触れてきたように、エストリデンティスモはメキシコ革命と深い関係がある。この革命は一九一〇年、欧米先進国の資本に支配されていた体制の打破と社会改革の実現を目指す武装蜂起をもって始まった。ロシア革命に先立つ社会主義革命、と言われることもある。一九一七年の革命憲法

［図11］ベラクルス州ハラパのエストリデンティスタたち（1925）。左からヘルマン・リスト・アルスビデ、ラモン・アルバ・デ・ラ・カナル、マヌエル・マプレス・アルセ、レオポルド・メンデス、アルケレス・ベラ

制定を経て一九二〇年にオブレゴン政権が誕生すると、公教育相ホセ・バスコンセロスは、革命理念を根付かせ、メキシコの民族主義的なアイデンティティを称揚しようと、さまざまな文化政策を行なった。話がそれるが、このバスコンセロスという人物は夢想的とも言えるほど気宇壮大な思想家で、アメリカ大陸におけるあらゆる人種の混血から生まれた混血人種こそが、将来、全世界の未来を担う〈宇宙的人種〉raza cósmica になるであろう、と唱えたことで知られる。そのバスコンセロスの公教育相としての仕事のうちでも重要なもののひとつが、壁画運動である。彼の要請により、リベラ、オロスコ、シケイロスらの画家たちは首都メキシコシティの公共建築の大壁面に、キュビスムなどの技法を取り入れながら、社会主義革命の正義とメキシコの人々の歴史を高らかにうたい上げる壁画を描いた。彼らの壁画は今も、国立自治大学、最高裁判所、国立芸術院、文部省などの建物を飾っている。エストリデンティスモの詩人たちは、これら壁画運動を担った画家たちとも近しい関係にあり、自分たちの作品の中で、テクノロジー礼賛と、労働者主体の新しい社会の建設や民族アイデンティティの称揚というテーマを融合させてゆく。そ

もそもラテンアメリカの場合、前衛芸術運動は、新しい芸術の潮流、社会主義思想、地域ナショナリズムの三つの流れの交わるところに生まれる傾向があるが、エストリデンティスモもその例外ではなかった。

さて、ハラパ州政府の印刷工場からは、機関誌『オリソンテ』だけではなく、エストリデンティスモを代表する作品がつぎつぎと生まれた。一九二六年十一月には、アルケレス・ベラの短篇で、謎の女性マベリーナを主人公としたシュルレアリスム的な趣の『カフェ・デ・ナディエ』*El café de nadie* が出版。もちろん舞台はカフェ・デ・ナディエであり、冒頭の一文——「そのカフェのドアは最も賑やかで日当たりの良い大通りに面している。しかしながら、現実世界の最後のステップのような敷居をまたぐと、それはまるで夢あるいは観念のサブウェイに入っていくような気分になる」[*22]——から、読者は不思議な世界に導かれる。さらにその年の暮にはヘルマン・リスト・アルスビデの『モビミエント・エストリデンティスタ』*El movimiento estridentista* が出版［図12］。これはカンシーノス・アセンスの『モビミエントV.P.』をどこか思い起こさせる書物で（実際にリスト・アルスビデがそれを意識していたかどうかは不明だが）、支離滅裂なユーモアとメタファーに富む文体で、この運動の誕生からの歩みが内輪ネタを盛り込んで語られる。ラモン・アルバ・デ・ラ・カナルやジャン・シャルロをはじめとするアーチストたちによる、詩集の表紙絵や挿絵も多く掲載されていて、実に魅力的な書物だ。また、イタリア系アメリカ人の女性写真家で、メキシコ革命、スペイン内戦と波乱の生涯を送ったティナ・モドッティの写真も掲載されている［図13］。革命期メキシコの労働者や建造物を個性あふれるショットで捉えた彼女は、エストリデンティスモのグループとも親しかったのだ。さらに一九二七年八月には、マプレス・アルセの詩集『禁じられた詩』*Poemas interdictos* が出版。ここにおさめられた「飛行機からの歌」Canción desde un aeroplano は、メキシコ前衛詩を代表する作品だろう。以下、一部分を訳出する。

[図12] リスト・アルスビデ『モビミエント・エストリデンティスタ』(1926)の扉絵は、ラモン・アルバ・デ・ラ・カナルの作品

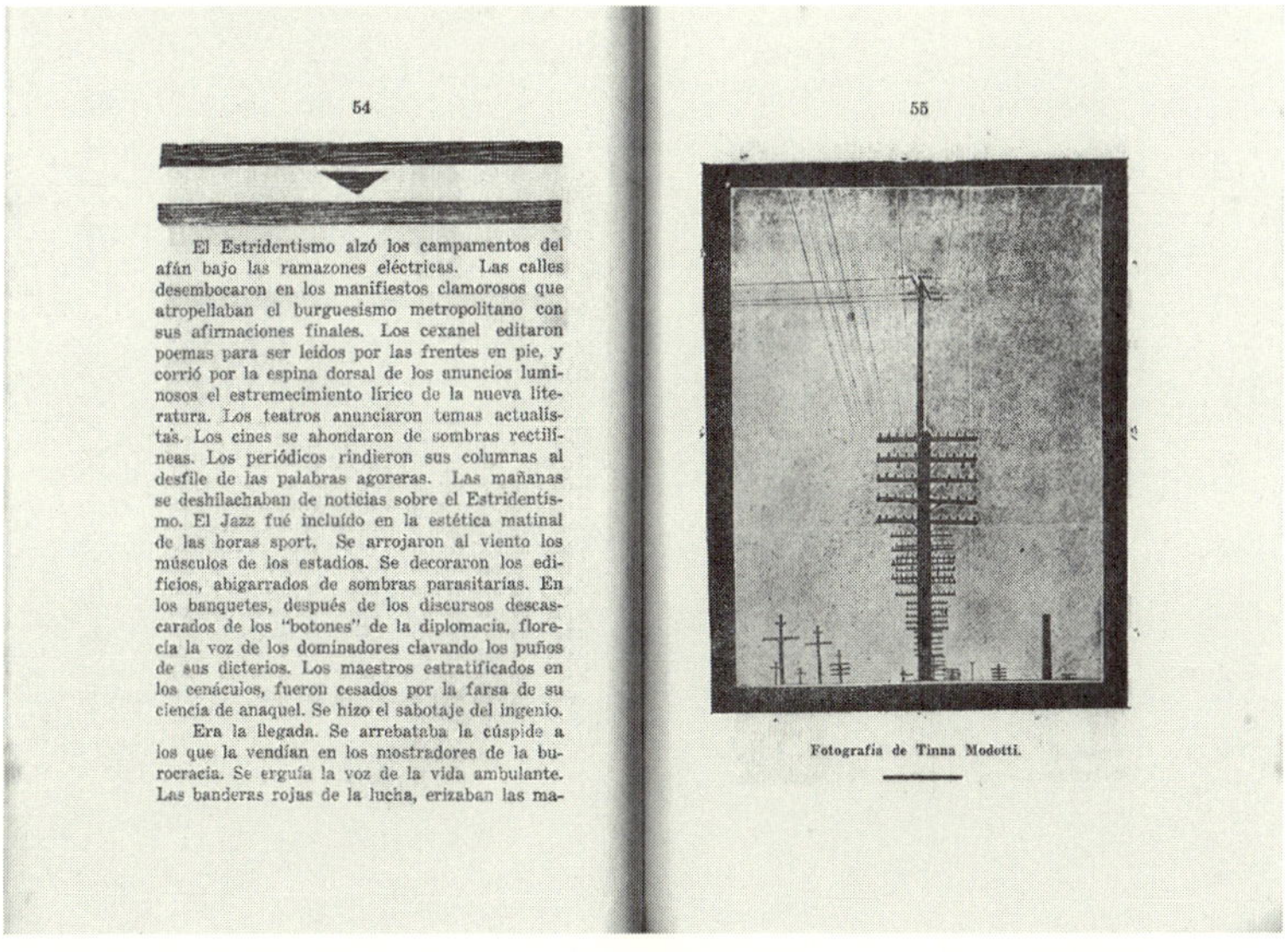
54

El Estridentismo alzó los campamentos del afán bajo las ramazones eléctricas. Las calles desembocaron en los manifiestos clamorosos que atropellaban el burguesismo metropolitano con sus afirmaciones finales. Los cexanel editaron poemas para ser leidos por las frentes en pie, y corrió por la espina dorsal de los anuncios luminosos el estremecimiento lírico de la nueva literatura. Los teatros anunciaron temas actualistas. Los cines se ahondaron de sombras rectilíneas. Los periódicos rindieron sus columnas al desfile de las palabras agoreras. Las mañanas se deshilachaban de noticias sobre el Estridentismo. El Jazz fué incluído en la estética matinal de las horas sport. Se arrojaron al viento los músculos de los estadios. Se decoraron los edificios, abigarrados de sombras parasitarías. En los banquetes, después de los discursos descascarados de los "botones" de la diplomacia, florecía la voz de los dominadores clavando los puños de sus dicterios. Los maestros estratificados en los cenáculos, fueron cesados por la farsa de su ciencia de anaquel. Se hizo el sabotaje del ingenio.

Era la llegada. Se arrebataba la cúspide a los que la vendían en los mostradores de la burocracia. Se erguía la voz de la vida ambulante. Las banderas rojas de la lucha, erizaban las ma-

55

Fotografía de Tinna Modotti.

[図13]『モビミエント・エストリデンティスタ』に掲載されたティナ・モドッティの写真

「飛行機からの歌」Canción desde un aeroplano（部分訳）
マヌエル・マプレス・アルセ

ぼくはあらゆる美学に
身を晒す。
巨大システムの
不吉なオペレータ、
ぼくの手は
青い大陸でいっぱいだ。

［中略］

歌う。
　歌う。
すべては均衡と優越の
この上空から、
そして人生は
飛行機の奥深い鼓動の中に
鳴り響く喝采。

突如として
心臓が
迫り来るパノラマをひっくり返す。
通りという通りが時刻表の孤独に向かう。
明確な視点の
転覆。
空のロマンチックなトランポリンで
ループをループしながら、
詩の無邪気な雰囲気の中で
モダンなエクセサイズ。
大自然は
天空の色彩を上昇してゆく。

到着したら　この驚異の旅をきみに捧げよう
ぼくの宇宙飛行の完璧なる調和を。*23
〔以下省略〕

ちなみに、「ループをループしながら」は原文ではここだけ looping the loop と英語が使われているが、これは、スペイン・ウルトライスモの詩人ラッソ・デ・ラ・ベガの「天空のプールを泳ぐ／トビウオたちは／鳥より見事に／宙返りを繰返す」[*24]という詩句で用いられている rizando el rizo というスペイン語に対応する表現だ。『アクトゥアル』第一号のエストリデンティスモ宣言の中での言及などから考えても、マプレス・アルセはウルトライスモの詩人の中で、おそらくはラッソ・デ・ラ・ベガをいちばん高く評価していたと思われる。その他、マプレス・アルセのこの詩は、ギリェルモ・デ・トーレの「飛行機のマドリガル」（九九頁）を、あるいはビセンテ・ウイドブロの「急行列車」（二一五頁）やブレーズ・サンドラールの「シベリア横断鉄道とフランス娘ジャンヌの散文詩」La prose du transsibérien et de la petite Jehanne de France を彷彿させるが、単に他の前衛詩人たちの作品の模倣にとどまるのではなく、飛行機の操縦席からの眺めというユニークな視点や詩行の喚起するイメージの美しさなどに、マプレス・アルセの個性があらわれている。

さて、マプレス・アルセの詩集『禁じられた詩』が出版された翌月、エストリデンティスモ最大の庇護者であったベラクルス州知事が失脚するという波乱が起きる。これをきっかけとして、詩人たちはエストリデントポリスたるハラパを去ることとなり、運動も急速に勢いを失ってゆく。こうして一九二七年、エストリデンティスモはあえなく終焉を迎えるのだ。余談だが、後年、マプレス・アルセは外交官として活躍し、一九五二年には、第二次大戦後最初のメキシコ大使として日本に赴任する。マプレス・アルセが駐日メキシコ大使をつとめた時に書記官として彼に仕えたのが、後にノーベル文学賞を受賞するオクタビオ・パスだった。

さて、スペインではウルトライスモの後に、伝統と刷新の融合から素晴らしい作品群を生み出した、フェデリコ・ガルシア・ロルカやラファエル・アルベルティらの一九二七年世代が誕生するが、メキシコでもこれに少し似たような現象が起きる。すなわち、エストリデンティスモ終焉の翌一九二八年、首都で文芸雑誌『コンテンポラネオス（同時代人たち）』*Contemporáneos* が創刊。大雑把な比較をするならば、これはブエノスアイレスの『マルティン・フィエロ』に相当する雑誌だろう。実際、双方の雑誌に参加した詩人や作家たちのあいだには交流があった。『コンテンポラネオス』に参加した詩人たちは、豊かな教養とコスモポリタンな感覚を有し、新旧両大陸のさまざまな前衛運動に強く共鳴すると同時に、古典文学にも親しみ、二十世紀メキシコ詩のひとつの頂点を形成するようになるのである。『コンテンポラネオス』を代表する詩人ハビエル・ビリャウルティアはエストリデンティスモの功績について「遅々たる我が国の文学の淀んだ流れに波風を立てることに見事成功した」と述べた。[*25]

　前衛文学で試みられたさまざまな実験的手法や言葉そのものに対する意識が、後のいわゆる「ラテンアメリカ文学のブーム」にもつながっていることを考えれば、この地域で前衛文学の残した遺産は、大きいものであったと言えるだろう。

＊1　José Miguel Oviedo, *Historia de la literatura hispanoamericana, 3, Postmodernismo, Vanguardia, Regionalismo* (Madrid: Alianza, 2001), p. 378.

＊2　Jorge Luis Borges, *Cartas del fervor : Correspondencia con Maurice Abramovicz y Jacobo Sureda (1919–1928)*, ed. Cristóbal Pera (Barcelona: Galaxia Gutenberg, 1999), p. 193.

＊3　Jorge Luis Borges, *Textos recobrados, 1919–1929*, p. 123.

＊4　Ibid., p. 150.

＊5　その後、第二期の終刊から六十年以上たった一九八八年に第三期『プロア』として再出発し、現在も隔月で刊行が続いている。ノラ・ボルヘスは一九九八年に亡くなるまで、以前と同じように第三期『プロア』にもイラストを提供し続けた。

＊6　ボルヘス自身、スペイン時代の親友であるハコボ・スレーダへの手紙で、「『プリスマ』は終わってしまったけれど、今は『ウルトラ』と同じ作りの雑誌を出すための資金集めをしているところだ」と書いており、『プロア』の体裁について『ウルトラ』を意識していたことが伺える（Nota del editor. En Jorge Luis Borges, *Textos recobrados*, p. 152）。

＊7　Jorge Luis Borges, *Fervor de Buenos Aires* (Buenos Aires: Imprenta Serantes, 1923; Buenos Aires: Alberto Casares, 1993), página no numerada.

＊8　以下に第二版以降省略された八篇の詩の題を挙げておく。“Música patria”, “Ciudad”, “Hallazgo”, “Dictamen”, “Alba desdibujada”, “Llamarada”, “Caña de ambar”, “Inscripción sepulcral. Para el coronel Francisco Borges, mi abuelo”.

＊9　シャルボニエ『ボルヘスとの対話』鼓直・野谷文昭訳（国書刊行会、一九七八年）、三四頁。

＊10　Jorge Luis Borges, *Fervor de Buenos Aires*, página no numerada.

＊11　このテキストは後に評論集『審問』*Inquisiciones*（一九二五年）におさめられた。Jorge Luis Borges, *Inquisiciones*, Biblioteca Borges (Madrid: Alianza, 2008), p. 105.

＊12　このテキストは、＊11のテキスト同様、評論集『審問』*Inquisiciones*（一九二五年）におさめられた。Jorge Luis Borges, “E. González Lanuza,” “Norah Lange,” *Inquisiciones*, p. 84.

＊13　Norah Lange, “Jornada,” *Obras completas*, Tomo 1 (Rosario, Argentina: Beatriz Viterbo Editora, 2005), p. 43.

＊14　ここで輿と訳したのは、スペイン語では silla de manos。身分の高い人を運ぶための椅子の形をした駕籠《かご》で、豪華な装飾を施したものは、美術館のコレクションの対象ともなるほど。一方、イスパノ・スイザ社（スペイン語の発音はイスパノ・スイサだが、日本での慣例に従い、イスパノ・スイザとしておく）は、スイス生まれのエンジニアにより、一九〇四年、スペインに設立された自動車メーカー。特に一九一二年に製造されたモデルは世界初のスポーツカーとも言われて名車の誉れ高く、その性能に感嘆した時のスペイン国王がみずからの名を冠することを許可したので、「アルフォンソ十三世」という名で知られてい

る。

＊15 Oliverio Girondo, “Manifiesto de *Martín Fierro*”, *Martín Fierro*, año I, 4, Buenos Aires, 15 mayo 1924, pp. 1–2 (Hugo J. Verani, *Las vanguardias literarias en Hispanoamérica - Manifiestos, proclamas y otros escritos* ,3ª ed. 〈México, Fondo de cultura económica, 1995〉, p. 272)。

＊16 エストリデンティスモ estridentismo という名称は、エストリデンテ estridente（「甲高い、騒々しい、過激な」の意）というスペイン語の形容詞をもとにした造語。過激主義と訳されることもあるが、まだそれほど定着した訳語ではないので、カタカナでエストリデンティスモとしておく。

＊17 エストリデンティスモの歴史的経緯については、主に、この運動についての基本的文献である Luis Mario Schneider, *El estridentismo, México 1921–1927*, México: Universidad Nacional Autónoma de México, 1985. ならびに、この Schneider の研究をもとに、より詳細な資料にもあたった Francisco Javier Mora, *El ruido de las nueces : List Arzubide y el estridentismo mexicano*, Alicante: Publicaciones de la Universidad de Alicante, 1999. を参考にした。

＊18 Renée Dunan（一八九二年？～一九三六年？）は、フランスの女性作家で、冒険小説、恋愛小説、推理小説などさまざまなジャンルの小説を手がけた。フランシス・ピカビアと交遊があり、ダダの運動となんらかの関わりがあったらしい。

＊19 Francisco Javier Mora, op. cit., pp. 34–36.

＊20 ごく最近、ウンベルト・リバス・パネーダスの生涯と作品についてまとめた研究書が出た。Pilar García-Sedas, *Humberto Rivas Panedas*, Sevilla: Editorial Renacimiento, 2009.

＊21 Manuel Maples Arce, *VRBE, Super-poema bolchevique en 5 cantos* (Sevilla: Consejería de cultura y medio ambiente, Junta de Andalucía, 1992), página no numerada.

＊22 Arqueles Vela, *El café de nadie, la señorita etcétera*, Colección Clásicos de la Literatura Guatemalteca (Guatemala: Tipografía Nacional, 2008), p. 9.

＊23 Manuel Maples Arce, *Poemas interdictos* (Jalapa: Ediciones de Horizonte, 1927), pp. 13–16.

＊24 Rafael Lasso de la Vega, “Aviones,” *Grecia*, 27, Sevilla, 20 septiembre 1919, p. 7.

＊25 Luis Mario Schneider, op.cit., p. 36.

◉ウルトラスイスモをめぐる言葉

ダマソ・アロンソ（一八九八年～一九九〇年、詩人・文芸評論家）

今日の詩人たちは皆、ウルトライスモから最も遠くにいる者でさえ、多かれ少なかれ、直接間接であれ、この運動の影響を受けている。現代詩の歴史を語ろうとするならば、この運動から出発しなければならない。（評論「ゴンゴラと現代文学」より）[*1]

ラファエル・アルベルティ（一九〇二年～一九九九年、詩人）

［病気で自宅療養していた間］ぼくは休むことなく熱心に詩を書き続けた。妹のおかげで巷の様子にも通じていた。街の文学と芸術の息吹は『ウルトラ』の誌面から大きく伝わってきた。これは、いわゆる前衛派の若者たちがマドリードで発行していた小冊子で、年寄り連中だけではなく、およそ文学とは縁のない世界の人たちにもスキャンダルを巻き起こし、非難の的となっていた。［……］ついにぼくは『ウルトラ』に夢中になった。興味しんしんで、新しい号の出るのが待ち遠しかった。（自伝『失われた木立』より）[*2]

フランシスコ・アヤラ（一九〇六年～二〇〇九年、小説家）

［私が上京した］あの頃——一九二一、一九二二、一九二三年頃——ウルトライスモはすでに解消の時期にさしかかっていた。真に重要な作品を残すことはできなかったが、しかし、失墜したモデルニスモの残滓を吹き飛ばすことによって文学界の空気を一新するという仕事は、たしかにやりおおせたのだった。（自伝『記憶と忘却』より）[*3]

ホセ・オルテガ・イ・ガセット（一八八三年～一九五五年、哲学者）

〈ウルトライスモ〉は、新たな感受性を指し示すために考え出された名称のなかでもっとも的を射たもののひとつだ。（評論『芸術の非人間化』[*4]より）

エウヘニオ・ドルス（一八八二年～一九五四年、随筆家・美術評論家）

注目。ある日のこと、マドリードのキオスクや売店に白い大判の用紙が居着くようになった。［雑誌『ウルトラ』表紙のVLTRAという］鮮やかな色彩の五文字と大胆な落書きの組合せが恥じらいもなく強烈に訴えかける……。これが表紙だ。表紙の裏には雑誌が、雑誌の裏にはある種の美意識が、その美意識の裏には若き文学集団が。

しかし当面は、こうした詳細についてあれこれ詮索する必要もあるまい。大都市マドリードの地平線がようやく（！）心地よい色彩の塊で華やいだ、というだけでじゅうぶんだ。そこには挑発的な眼差しと、物言わぬ調和の安らぎとが同時に存在する。すぐさま私はこの新刊雑誌を正しいと直感した。そうだ、『ウルトラ』は正しい。少なくとも視覚的には、正しい。（随筆・評論『新・語録、五』[*5]より）

＊1　Dámaso Alonso, "Góngora y la literatura contemporánea," *Obras completas*, V (Madrid: Gredos, 1978), p. 758.

＊2　Rafael Alberti, *La arboleda perdida*, Primero y Segundo libros (1902–1931), Biblioteca Alberti (Madrid: Alianza, 1998), pp. 160–161.

＊3　Francisco Ayala, *Recuerdos y olvidos. 1. Del Paraíso al destierro* (Madrid: Alianza, 1984), p. 90.

＊4　José Ortega y Gasset, *La deshumanización del arte* (Madrid: Alianza, 1983), p. 27.

＊5　Eugenio D'Ors, *El nuevo glosario, 5, Poussin y El Greco* (Madrid: Caro Raggio, 1922), pp. 28–29.

エピローグ――総括に代えて――

この本の最後に、ウルトライスモの総括を試みよう。

まずウルトライスモの成し得なかったこと、それは山ほどある。エピローグでこういうことを言い出すのもどうかとは思うが、そもそもウルトライスモは前衛文学運動たりえたのか？　過去の文学との断絶、従来の詩言語の徹底的解体と刷新などを前衛文学の条件とするならば、ウルトライスモはいずれも中途半端にしかそれらを達成することはできなかった。記念碑的な作品も生まれず、やがて話題にされることもなくなっていった……。

ウルトライスモが、その後ながらく忘れ去られてしまう原因のひとつには、スペイン内戦（一九三六年～一九三九年）とその後のフランコ独裁政権という、二十世紀スペインのたどった歴史があるだろう。ウルトライスモの詩人たちは、政治信条の面では均一な集団ではなかったので、なかにはフランコ政権下で文化人として成功をおさめた者もいた。しかし、内戦で共和国支持者であったために戦争終了後は亡命を余儀なくされ、亡命先でそのまま亡くなった詩人も少なくないし、また、国内に留まったとしても沈黙を強いられた者たちもいる。こうした詩人たちは、ウルトライスモの雑誌に発表した作品がどこかに再録されることもなく、詩集が出版される機会にも恵まれず、人々の記憶から消えていったのだった。ウルトライスモが知られるようになり、忘れ去られた詩人たちにようやく目が向けられるようになるのは、一九七五年にフランコ政権が終焉して民主主義スペインが誕生して後、しばらく時を経てからのことだ。

だがこうしたスペインの歴史的事情があるとはいえ、ウルトライスモが忘れ去られてしまういちばんの原因は、この運動の根本にかかわるところに求めるべきだろう。すなわち、ウルトライスモはすぐれた詩作品を生み出すことができなかった。ヘラルド・ディエゴやファン・ラレアのように卓越した資質の詩人たちは、ウルトライスモの雑誌への投稿を足がかりとしながらも、初期の段階でクレアシオニスモへと傾倒していった。一方ウルトライスモは、後述する数名を例外として、残念ながら凡庸な詩人が多かった。さらに、この運動に対するカンシーノス・アセンスの曖昧な態度もウルトライスモが頓挫した一因だ。ウルトライスモ誕生に大きな役割を果たし、若い詩人たちから絶大な信頼を寄せられていたカンシーノス・アセンスだが、第二章、第三章でも触れたように、ほどなくしてこの運動からは距離を置き、背を向けてしまう。ウルトライスモの詩人としてのカンシーノス・アセンスは——皮肉にも彼自身の感性はモデルニスモに近かったのだろう——ファン・ラスの筆名でさして斬新でもない詩をいくつか発表したのみであり、みずからの創作活動で運動を牽引することができなかった。

以上、ウルトライスモの限界について綴ってきたが、ここからはわたし自身の多少の思い入れもこめて、この詩運動の成果について語りたい。まず、ウルトライスモについて書かれたもので一致して評価されている点、それはウルトライスモによってスペイン文学はヨーロッパ文学の歩みに追いついたということだ。十六〜十七世紀のいわゆる〈黄金世紀〉が終わった後、スペイン文学はしばらく低迷し、やがて十九世紀のロマン主義あたりからふたたび活力を取り戻すようになるのだが、しかしそれ以降もフランスをはじめとする国々から一歩も二歩も遅れてその時々の文学潮流を受け入れてきた。なるほどウルトライスモもまた、ダダや未来主義の後追いのような形で始まりはしたが、運動誕生後は、急激にヨーロッパ諸国の前衛文学運動とシンクロナイズしてゆく。ウルトライスモの雑誌では頻繁に同時代のヨーロッパ前衛文学の作品が翻訳され、諸外国の最新の出版物が紹介された。しかもウルトライスモの詩人たちは受け身だったばかりではなく、発信しようという気概もあった。たいそう筆まめだったギリェルモ・デ・トーレはトリスタン・ツァラとも書簡を交わしており、それもあってか一九二〇年の『ダダ』*DADA*誌第六号にはダダ運動の「大統領各氏」Quelques Présidents et Présidentesとして、ツァラ、ブルトン、ルイ・アラゴンらの名前と並んで、カンシーノス・アセンス、ギリェルモ・デ・トーレ、ラッソ・デ・ラ・ベガの名が掲載されている。ウルトライスモによってスペインの詩人たちは、同時代の西欧の詩の流れに合流し、自分たちもそのなかでなんらかの位置を占めることができるかもしれないと思うようになるのだ。

一方、国内での成果はと言えば、ウルトライスモとともにスペイン文学は二十世紀を迎え、稚拙で不完全なものであったとはいえ、前衛文学が後戻りのできぬ形で定着したということだろう。ウルトライスモは地方都市にも波及した。運動の牽引役をつとめたセビリヤの『グレシア』*Grecia*は別格として、そのほかにもオビエドでは『ウルトラ』*Ultra*（1919-1920）（マドリードの同名の雑誌よりも創刊は早い）、ラ・コルーニャでは『アルファール』*Alfar*（1920-1954）、ブルゴスでは『パラボラ』*Parábola*（1923-1928）、ルゴでは『ロンセル』*Ronsel*（1924）というウルトライスモ系の雑誌が作られる。大半は短命だったが、在ラ・コルーニャのウルグアイ領事だった詩人フリオ・J・カサルが創刊し編集長をつとめた『アルファール』はたいへんな例外で、当初はウルトライスモや一九二七年世代の詩人たちの作品を掲載し、さらに一九二七年にカサルがウルグアイに帰国すると発行地をその首都モンテビデオに移し、カサルが没する一九五四年までの長命を誇り、スペインとラテンアメリカ、文学と造形美術の間の橋渡しをするのだ。

マドリードや地方の各地で発行されたこれらウルトライスモの雑誌は、文学を志す若い世代の詩人たちに開かれた発表の場となった。『グレシア』がホルヘ・ルイス・ボルヘスの詩人としての出発点であり、また『ウルトラ』ではルイス・ブニュエルやロサ・チャセルがデビューしたことは第三章でも述べたが、ここではペドロ・ガルフィアスとホセ・リバス・パネーダスが編集長だった雑誌『オリソンテ（地平線）』

Horizonte の例を紹介しておこう。一九二二年から翌年にかけてあわせて五号発行されたこの雑誌では、ウルトライスモの主な詩人たちに加えて、アントニオ・マチャード、ファン・ラモン・ヒメネスやゴメス・デ・ラ・セルナらの大物のほか、ホセ・ベルガミン、ヘラルド・ディエゴ、ダマソ・アロンソ、ラファエル・アルベルティ、ガルシア・ロルカ、ルイス・ブニュエルといった一九二七年世代の詩人たちとその仲間が作品を発表している。なかでも、もともとは画家志望で、後に二十世紀スペインを代表する詩人のひとりとなるラファエル・アルベルティは、これが詩人としての第一歩だった。ウルトライスモ運動を立ち上げる際にカンシーノス・アセンスが繰り返し強調した「新しいものであればどんなものでも受け入れる」という精神は運動の最後に至るまで貫かれ、スペインの詩壇を活性化し、後の世代の詩人たちに活躍の機会を与えたのだった。

　詩の技法に関して言えば、第五章でも述べたように、斬新な〈イメージ〉による詩言語の刷新は、必ずしも十分な成果をおさめたとは言い難いが、しかし詩作の要としてイメージの可能性を追求する態度は、後の世代に受け継がれ、豊かな実りをもたらす。一九二六年、フェデリコ・ガルシア・ロルカは「ルイス・デ・ゴンゴラの詩的イメージ」La imagen poética de don Luis de Góngora と題した講演を行ない、一六二七年に没したバロック詩人、ゴンゴラの詩文に散りばめられた精巧なイメージを分析し、礼賛する。その翌年、ゴンゴラの没後三百年を記念して、難解さゆえに敬遠されがちであったこの詩人を再評価し顕彰しようと、セビリヤの文芸協会《アテネオ》にガルシア・ロルカ、ラファエル・アルベルティ、ダマソ・アロンソ、ホルヘ・ギリェン、ヘラルド・ディエゴらが集ったことが、「今世紀〔＝二十世紀〕前半のヨーロッパ抒情詩が生んだ、おそらくもっとも貴重な宝」[*1]とされる一九二七年世代の誕生となるのだ。彼らはウルトライスタたちの詩言語刷新への意欲を受け継ぎつつも、古典文学についての高い教養と民衆的要素への共感を併せ持ち、優れた作品を生み出した。また、この本でも重点を置いて述べてきた、ウルトライスモにおける造形美術と文学の緊密なコラボレーションもやはり、こののち詩人フェデリコ・ガルシア・ロルカ、画家サルバドール・ダリや映画監督ルイス・ブニュエルたち――彼らはともに学生館（八二頁の＊7）に暮らす仲間だった――に引き継がれて、よりいっそう発展してゆくだろう。

……とはいえ、ウルトライスモが後の世代の活躍によってのみ評価されるというのも、むなしいものだ。彼ら自身が成し遂げたのは何だったのだろう。彼らにおいていちばん評価されるべきこと、それは何だろう……まったくの独断で書くが、それはいろいろな面での解放だったのではないかと、わたしは思う。同時代の新しい事物や卑近な物事を日常的な語彙でうたうことによって、詩とはかくあるべしという既成概念からの解放。定型や韻律などの伝統的詩法からの解放。視覚詩の試みや造形美術とのコラボレーションによる、文学というジャンルからの解放。そして、目にも鮮やかな『ウルトラ』誌が街角のキオスクで販売されたことにも象徴されるように、詩の創作と鑑賞を限られた場から街中へと解き放ったこと。これこそが彼らの成し遂げた〈プルス・ウルトラ〉**PLVS VLTRA**（さらに彼方へ）だったのではないかと思う。

さて、エピローグの最初の方で、ウルトライスタの多くは凡庸な詩人だったと述べた。しかしラファエル・ラッソ・デ・ラ・ベガとペドロ・ガルフィアス、少なくともこのふたりは優れた詩人としてもっと評価されるべきだろう。特にガルフィアスは、『グレシア』、『ウルトラ』に積極的に参加し、ホセ・リバス・パネーダスと共同で『オリソンテ』を編集するなど、作品の質と活動の両面において、ウルトライスモの中核を担った詩人だ。スペイン内戦後にメキシコに亡命してからは社会的にも経済的にも恵まれなかったが、いつか正当に評価され、その作品が広く世に知られるようになることを祈るばかりだ。

最後にウルトライスモへのオマージュをかねて、そのペドロ・ガルフィアスの文章を訳出しておこう。

これはウルトライスモから十余年たった一九三四年にマドリードの日刊紙『エラルド・デ・マドリード』*Heraldo de Madrid* に数回に分けて掲載されたウルトライスモの回想録から、その最後の部分だ。

我が国の文学史でウルトライスモは一過性のエピソードにすぎないという主張がなされている。ウルトライスモは沈黙を強いられ、否定されている。しかしそうした主張は偽りで不当だ。ウルトライスモは、スペイン文学が沈滞していた時期にあってはポジティブで効果的な出来事だったのだ。それは地平線を開拓し進むべき道を示した。こんにちの文芸誌の先駆けとなる総合的な文芸誌を創り出した。街角であるいは文芸協会《アテネオ》で闘った。スペインをヨーロッパ文学の潮流に追いつかせた。わずかな作品、わずかな本しか生み出せなかったが、それは当時の出版社が詩と名のつくものはことごとく軽蔑していたからだ。しかし道を拓き、泉の水をほとばしらせ、その後のスペイン詩の開花を促した。［中略］私は願わずにはいられない。世間でいかなる庇護も受けられず、賞とも公的な機関とも無縁で、無理解と嘲笑と無関心に立ち向かってひたすら闘ったあの若者たちの努力と信念と反骨精神が、いつの日か、彼ら同様に純粋な後の世代の若者たちからしかるべき評価を受けるようにと。*2

＊1　フーゴー・フリードリッヒ『近代詩の構造』飛鷹節訳（人文書院、一九七〇年）、一八二頁。
＊2　Pedro Garfias, "Del ultraísmo y VI. Colofón," *Heraldo de Madrid*, Madrid, 28 junio 1934, p. 6.

ウルトライスモ人名小辞典

ここで扱うのは、本文中になんらかの形で言及あるいは作品を引用した、原則としてスペインのウルトライスモに直接関係のある人物に限る。それぞれの人物に関しての記述は網羅的なものではなく、ウルトライスモとの関わりや前衛文学時代の創作活動についてが中心ではあるが、ひとりひとりがユニークな経歴の持ち主なので、人間ドラマにも簡単に言及した。ウルトライスモの場合、卓越した詩人が少なかったこともあって、多くの者は文学や研究のみで生計をたてることができず、そのためかえってその人生は波瀾万丈、多種多様だ。

記載は姓のあいうえお順。カンシーノス・アセンスやルシーア・サンチェス・サオルニルのように、本文中にバイオグラフィが詳しく記されている場合には、参照すべき章を示して説明に代える。

ウイドブロ、ビセンテ Huidobro, Vicente（1893-1948）

第一章をあわせて参照。

南米チリの首都サンティアゴの名家に生まれる。早くから詩才を発揮し、一九一二年にはみずから主宰していた雑誌に、詩行を図形的に配置した詩を発表する（ちなみにアポリネールの『カリグラム』出版は一九一八年）。ラテンアメリカ初の前衛詩運動クレアシオニスモを創始し、一九一六年にパリへ。アポリネール、コクトー、マックス・ジャコブ、ピカソ、ファン・グリス、サティなどと幅広い交友関係を結ぶ。一九一八年のマドリード滞在がウルトライスモ誕生の大きなきっかけになったことは、本文中で述べた。その後もパリを拠点にしながらマドリードを頻繁に訪問する。一九三〇年代以降はチリに拠点を移すが、共産党に入党するなど政治への関与も強め、スペイン内戦では共和国政府支援のため尽力し、ま

［図1］1919年5月2日にセビリヤの文芸協会《アテネオ》で催された〈ウルトラの祭典〉の記念写真。『グレシア』第15号（1919. 5. 10）に掲載されたもの。左からアドリアノ・デル・バリェ、ペドロ・ガルフィアス、ペドロ・ルイス・デ・ガルベス、ミゲル・ロメロ・マルティネス、イサアク・デル・バンド・ビリャール、ペドロ・ライダ。

た第二次大戦中はヨーロッパ特派員として活躍して頭部に負傷するも、一九四五年には連合軍とともにベルリンに入る。詩の世界では、多くの詩人に影響や刺激を与えた一方、ルヴェルディ、ギリエルモ・デ・トーレ、パブロ・ネルーダらと論争や決裂をするなど、なにかと物議をかもした。構想から完成まで十年以上かけた長詩『アルタソール』*Altazor*（1931）は、「私＝アルタソール」の天上から奈落へのパラシュート降下をうたうが、詩行が進むにつれてシンタックスは崩壊し、単語は解体されて、ついには音響詩のようになって終わる。スペイン語で書かれた前衛詩の傑作であり、壮大なスケールと飽くなき実験精神には感嘆あるのみ。

ガルフィアス、ペドロ　Garfias, Pedro（1901–1967）

［図1・2］

サラマンカ生まれだがアンダルシア地方で育ち、マドリードで法律を学び、それ以降はマドリードとセビリヤを行き来しながらウルトライスモに参加。プレ・ウルトライスモの雑誌『ロス・キホーテス（キホーテたち）』*Los Quijotes* に一九一八年にすでに投稿するなど、早熟ぶりを見せる。その年暮のウルトライスモ宣言の署名者でもあり、その作品の質からも、前衛詩運動に注いだ情熱からも、ウルトライスモを代表する詩人のひとりと言える。詩集『南の翼』*El ala del sur*（1926）にはウルトライスモ時代の作品がいくつかおさめられている。またホセ・リバス・パネーダスとともに文学雑誌『オリソンテ（地平線）』*Horizonte*（1922–1923）を発行。これはウルトライスモと一九二七年世代の橋渡しをする雑誌と見なすことができ、短命に終わったものの重要。共産党に入党して、内戦中は反ファシズム知識人同盟の中心メンバーとして奮闘し、共和国鼓舞のための詩を多く残す。内戦が終結すると、フランス、イギリスを経て、メキシコに亡命。亡命中の詩にも見るべきものが多い。各地を回って行なう講演や自作の詩の朗読がほとんど唯一の収入源で、極貧と病とアルコール依存症に苦しんだ。

［図2］プレ・ウルトライスモ的な雑誌『ロス・キホーテス』第72号（1918. 2. 25）の表紙。写真はまだ少年のようなペドロ・ガルフィアス

カンシーノス・アセンス、ラファエル　Cansinos Assens, Rafael（1882–1964）

第二章を参照。

ゴメス・デ・ラ・セルナ、ラモン　Gómez de la Serna, Ramón（1888–1963）

第一章をあわせて参照。

マドリードに生まれ、父親の創刊した『プロメテオ（プロメテウス）』*Prometeo*（1908–1912）誌に次々と作品や翻訳を載せ、ヨーロッパの世紀末から前衛にかけての文学の紹介に大きな役割を果たす。二十歳以上年長の女性ジャーナリスト、作家でフェミニズ

ム思想家のカルメン・デ・ブルゴス（「コロンビーヌ」というペンネームで知られる）と恋愛関係に。ちなみにラモンは後に、彼女が前夫との間にもうけた娘とも恋愛関係に陥り、スキャンダルとなる。一九一五年、かねてより行きつけの店であったカフェ・デ・ポンボでテルトゥリアを始める。週末は夜から早朝までテルトゥリア、平日は第一章で紹介したような書斎にこもりひたすら執筆という生活で、グレゲリーア、小説、児童文学、戯曲、評論、エッセイ、等々……を精力的に発表。その作品の一部は友人ヴァレリー・ラルボーによって同時代のフランスでも紹介された。一九三一年、アルゼンチンへの講演旅行でロシア系アルゼンチン人の女性作家ルイサ・ソフォビッチを知り、それ以降は彼女がラモンの伴侶となる。彼は政治には基本的に無関心だったと思われるが、内戦中にアルゼンチンへ亡命する。亡命先ではギリェルモ・デ・トーレとノラ・ボルヘスの夫妻やオリベリオ・ヒロンドらと親交があった。さまざまな持病をかかえて体調の悪化いちじるしく、自伝『瀕死の自画像』*Automoribundia*（1948）を著す。一九六三年没。終油の秘蹟を受けてからもなおペンを握っていたという。

ゴンサレス・オルメディーリャ、フアン　González Olmedilla, Juan（1893-?）

セビリヤ生まれ。モデルニスモの詩人として出発し、ルベン・ダリーオの死に際しては、追悼文集を編纂。やがてウルトライスモに転じ、セビリヤ文芸協会《アテネオ》での〈ウルトラの祭典〉ではマニフェスト的な内容の文を朗読した。ウルトライスモの後は演劇評論などを書いていたが、内戦後にアルゼンチンへ亡命してからの詳細は不明。

サンチェス・サオルニール、ルシーア　Sánchez Saornil, Lucía（1895-1970）

第七章を参照。

シリア・イ・エスカランテ、ホセ・デ　Ciria y Escalante, José de（1903–1924）

サンタンデール出身の詩人で、同郷のヘラルド・ディエゴとは親友の間柄だった。大学進学を機にマドリードへ上京し、新築の豪華ホテルであるパラセに両親と暮らしたというエピソードは有名（彼の父親は第一次大戦で財を成した）。ウルトライスモの詩人のなかでは最年少。端正で繊細な作風は、他の多くのウルトライスタの詩とは趣を異にする。方々の文学サークルに出入りし、ギリェルモ・デ・トーレとともに雑誌『レフレクトール（サーチライト）』*Reflector* を創刊するなどして活躍するが、腸チフスで急逝。ヘラルド・ディエゴやガルシア・ロルカらが、その早すぎる死を悼んで詩を捧げた。死後、友人たちが協力して彼の唯一の詩集を編纂した。

スレーダ、ハコボ　Sureda, Jacobo（1901–1935）［図3］

マリョルカ島の詩人、画家。スレーダ家は芸術庇護に熱心な名家として知られる。母は優れた画家で、彼女と親交のあったルベン・ダリーオはしばしばマリョルカ島のバルデモサにあるスレーダ家の屋敷を訪れた。ハコボ・スレーダは、一九二〇年、マドリード滞在を終えてマリョルカ島に来たホルヘ・ルイス・ボルヘスと知り合って親友となり、一九二一年には『バレアーレス』*Baleares* 誌にボルヘスと他の友人ふたりとともにウルトライスモのマニフェストを発表した。ボルヘスは初期の評論を集めた『審問』*Inquisiciones* 所収の「人格＝私性の空虚」*La nadería de la personalidad* においてスレーダとの真摯な友情と、帰国の際の別れのつらさを述べている。その後スレーダは一九二六年にウルトライスモ時代の作品を含む詩集『五感の手品師』*El prestidigitador de los cinco sentidos* を上梓。十代の頃から結核

［図3］ハコボ・スレーダ（1925頃）

を思い、長い療養生活の末に亡くなった。

チャバス、フアン　Chabás Juan（1900–1954）

一九二七年世代のひとり。地中海沿岸のアリカンテに生まれ、マドリードで学業を修めた。モデルニスモやウルトライスモの影響を受けた詩を書いたこともあるが、創作よりもむしろ評論の分野で優れた著作を残した。内戦中は反ファシズム知識人同盟の中心的メンバーとして共和国支援のための文化活動を精力的に行なうのみならず、戦闘にも参加。内戦終結時にはフランスを経由してラテンアメリカ各地を転々とした後、最終的にはキューバに亡命した。代表作として評論『スペイン現代文学（一八九八～一九五〇）』*Literatura española contemporánea*（*1898–1950*）（1952）。

ディエゴ、ヘラルド　Diego, Gerardo（1896–1987）

スペイン北部、サンタンデール生まれで、二十世紀スペインを代表する詩人のひとり。すぐれた文芸評論家、ピアノの名手、闘牛愛好家でもあった。詩人ファン・ラレアとはデウスト大学の学生時代からの親友。詩人としての活動の最初期にウルトライスモに参加し、『セルバンテス』、『グレシア』、『ウルトラ』などに投稿する。この頃の作品は詩集『イマヘン（イメージ）』*Imagen*（1922）所収。しかし、ほどなくしてクレアシオニスモにより大きな可能性を見いだして、ウルトライスモから離れる。その後は、一九二七年世代のひとりとして活躍。ディエゴの編集による詩誌『カルメン』*Carmen*（1927-1928）は一九二七年世代の重要な作品発表の場となった。アンソロジーの名選者としても知られ、一九三二年の『スペイン名詩選　一九一五〜一九三一』*Poesía Española. Antología 1915-1931* は内戦前のスペイン詩の見取り図として重要。長い生涯にわたり、前衛と伝統の双方の流れに立脚した創作活動を続け、一九七九年にはスペイン語圏最高の文学賞であるセルバンテス賞を、ウルトライスモ時代からの知己であるボルヘスと同時受賞した。

トーレ、ギリェルモ・デ　Torre, Guillermo de
（1900-1971）

マドリード生まれの詩人、評論家。ウルトライスモ宣言の署名者であり、詩作と評論の両面において最も熱心なウルトライスモの推進者であった。詩行を図形的に配し、新語・造語を無節操に散りばめて機械文明を称える詩を好んで作り、それらは詩集『プロペラ』*Hélices*（1923）におさめられている。ダダ、キュビスム、未来主義、ウルトライスモ、クレアシオニスモなどを紹介した評論『ヨーロッパ前衛文学』*Literaturas europeas de vanguardia*（1925）は、スペイン語圏の若い詩人や作家たちに大きな影響を与えた。一九二〇年、ボルヘス一家がマドリードに滞在していた折にノラ・ボルヘスと知り合い、文通の後、一九二八年に結婚。ノラとの文通に限らず、彼はたいへん筆まめだったようで、フアン・ラモン・ヒメネス、カンシーノス・アセンス、ゴメス・デ・ラ・セルナ、マプレス・アルセ、トリスタン・ツァラらとの書簡が相当数残されており、その一部は書簡集として刊行されている。スペイン内戦勃発時は夫妻でマドリードに住んでいたが、ほどなくしてパリに脱出した後、アルゼンチンに亡命。彼の地でも旺盛な評論活動を続けた。また、アルゼンチンを代表する出版社であるロサーダ社には一九三八年の創立時から関わり、ガルシア・ロルカ全集など重要な企画を推進した。

バラーダス、ラファエル　Barradas, Rafael（1890–1929）［図４］

ウルグアイの首都モンテビデオ出身で、ウルトライスモにとってノラ・ボルヘスと並び重要な画家。一九一三年に祖国を発ち、イタリアやパリに滞在して未来主義やキュビスムに接し、翌年、スペインに。バルセロナ滞在を経て、一九一八年から一九二五年までマドリードで暮らし、アトーチャ駅などの情景を、簡潔で躍動感にあふれ、大都市の息吹が伝わる筆致で描いた。また、『グレシア』、『ウルトラ』などの雑誌をはじめとして、ウルトライスモ関連の出版物に数多くの表紙絵や挿画を提供（七七頁の図版参照）。ゴメス・デ・ラ・セルナのテルトゥリアの常連でもあったし、ガルシア・ロルカやダリからも慕われた。一九二〇年にはガルシア・ロルカ最初の戯曲『蝶の呪い』*El maleficio de la mariposa* の舞台衣装を担当。一九二五年にバルセロナに移り、ダルマウ画廊で個展を開くなど活動を続けるが、病に倒れ、祖国に帰国してまもなく死去。創作に対する誠実で真摯な態度は多くの友人や後輩たちの尊敬を集めた。

［図4］ラファエル・バラーダスがギリェルモ・デ・トーレの詩集『プロペラ』*Hélices*（1923）のために描いた扉絵

バリェ、アドリアノ・デル　Valle, Adriano del

（1895–1957）［図1・5］

セビリヤの生まれ。十代の頃は、おもちゃの発明家で製造業者である父親の手伝いをしていた。ルベン・ダリーオに傾倒して詩作を始め、一九一八年にはバンド・ビリャールとともに『グレシア』を創刊し主幹をつとめる。神秘的、叙情的な雰囲気の視覚詩を得意としたほか、Hai-kai（俳諧）も試みた。ウルトライスモ時代の作品を部分的に含む詩集に『持ち歩きできる春』*Primavera portátil*（1934）、『河の愉悦』*Gozos del río*（1940）。ガルシア・ロルカやダリをはじめとする一九二七年世代の詩人や芸術家と親しく、一九二七年世代として紹介されることも多い。内戦時にはフランコ側を支持。内戦後は文化人として多方面で活躍し、特にスペイン映画の振興に尽力した。また造形美術の分野では、シュルレアリスム的コラージュの第一人者であり、マドリードのソフィア王妃芸術センターにおさめられた作品もある。

［図5］アドリアノ・デル・バリェがセビリヤ滞在中のボルヘス兄妹に贈ったみずからのポートレート（1919）

バンド・ビリャール、イサアク・デル　Vando Villar, Isaac del

（1890–1963）［図1］

セビリヤ近郊の生まれ。メキシコへ出稼ぎにいったり闘牛士をやったりと波瀾万丈の青春時代を送るが、次第に文筆活動に情熱を注ぐようになる。一九一八年にアドリアノ・デル・バリェとともに『グレシア』を創刊し編集長をつとめる。一九二一年にはマドリードでやはり前衛文学の雑誌『タブレーロス

（チェス盤）』*Tableros* を創刊。この雑誌は短命だったが、すぐれた執筆陣を揃え造形的にも美しく、編集長としての手腕がうかがえる。一九二二年には、ウルトライスモを広める野心を抱いてウルグアイやアルゼンチンを訪問。一九二四年、ウルトライスモと東洋趣味とアンダルシアの民衆色が混在する詩集『日本の日傘』*La sombrilla japonesa* を刊行。だがやがて創作活動からは身を退き、セビリヤで骨董商を営む。若い頃からの鬱の症状が悪化するが、『グレシア』時代の盟友アドリアノ・デル・バリェが闘病生活を精神的に支えた。

ビギ、フランシスコ　Vighi, Francisco（1890–1962）

詩人であると同時に、産業工学の専門家として教壇にも立った。音楽評論や役者稼業にも手を染めたことのある多才な人物。マドリードに生まれ、パレンシア（カスティーリャ・イ・レオン地方）で青少年期を過ごす。父親の仕事の都合でそのころ同じパレンシアに住んでいたラモン・ゴメス・デ・ラ・セルナとは級友であり、生涯、友情で結ばれた。成人してマドリードで産業工学を学ぶかたわら、方々のテルトゥリアに出入りして詩を書くようになる。ユーモアあふれる軽妙な詩を得意とし、カリグラムも試みた。

ボルヘス、ノラ　Borges, Norah（1901–1996）

第七章を参照。

ボルヘス、ホルヘ・ルイス　Borges, Jorge Luis（1899–1986）

言わずとしれた二十世紀文学の異才。ボルヘスの生涯や作品については、ちょっとした文学事典や読書案内にも載っているので、ここではスペインのウルトライスモと関係のある伝記事項に絞って述べる。一九一四年、ボルヘス一家はブエノスアイレスからジュネーヴに渡る。父親の眼病治療のためだったが、ジュネーヴ滞在は第一次大戦のために思いのほか長引く。その後一家は、アルゼンチンに帰国する前にスペインも見ておこうと、一九一九年春、まず地中海に浮かぶマリョルカ島へ。その年の冬にセビリヤへ移動すると、ボルヘスはウルトライスモの詩人たちと知り合い、『グレシア』に自作の詩をはじめて発表する。一家は一九二〇年春にマドリードへ移動し、プエルタ・デル・ソルにあるホテルに逗留。ボルヘスはカンシーノス・アセンスのテルトゥリアに参加する。六月頃に再びマリョルカ島へ移り、その土地の文学青年ハコボ・スレーダと親友になり、『バレアーレス』*Baleares* 誌に連名でウルトライスモの宣言を発表。一家は一九二一年三月四日、バルセロナ港からブエノスアイレス行きの船に乗り、帰国の途につく。

　ボルヘスはウルトライスモの雑誌に熱心に寄稿した。『セルバンテス』にはドイツ表現主義詩の翻訳と解説をいちど発表したのみだが、『グレシア』には初登場した第三十七号から最終号である第五十号までのうち、計十一号に寄稿。『ウルトラ』には全二十四号のうち計十八号に寄稿。『ウルトラ』の場合、途中でアルゼンチンに帰国したので、さすがにその直後には原稿が途絶えがちだったが、それ以外はほぼ毎号に参加した。

モンテス、エウヘニオ　Montes, Eugenio（1897-1982）

オレンセ（ガリシア地方）の生まれ。マドリードで文学を学び、カンシーノス・アセンスのテルトゥリアに出入りし、ウルトライスモに参加する。図形的に詩行や文字を配置し、イメージを多用したきわめてウルトライスモ的な作品を書いた。ヘラルド・ディエゴは、『グレシア』第十九号（1919. 6. 20）に発表した詩「クレアシオニスモ」Creacionismo をモンテスに捧げ、その献辞で彼のことを「ぼくのヴェルギリウス」と呼んでいる。思想的には一九二〇年代後半より急激に保守化し、スペイン内戦中ならびに戦後はフランコ派を代表する知識人として名声を得、王立アカデミー会員にも選ばれた。

ライダ、ペドロ　Raida, Pedro（1890?–?）［図1］

セビリヤの詩人。一九一九年にセビリヤの文芸協会《アテネオ》で行なわれた第一回〈ウルトラの祭典〉に参加し、自作の詩を朗読する。当初はモデルニスモ風の詩を書いていたが、やがてウルトライスモに転じてからは視覚詩を得意とし、毎号のように『グレシア』に作品を発表した。バイオグラフィについては不明な点が多いが、『グレシア』に掲載された広告から推測すると、電気工事店が本業だったようだ。

ラッソ・デ・ラ・ベガ、ラファエル　Lasso de la Vega, Rafael（1890–1959）

実人生をフィクションとすべく、みずからの伝記事項を書きかえ続けた不思議な詩人。セビリヤに生まれ、若くしてマドリードに出て惨憺たるボヘミアンの生活を送る。第一次大戦前のパリに住み、スペイン語圏の詩人としてはいち早く前衛詩に親しむと吹聴するも、これは作り話らしい。『セルバンテス』、『グレシア』、『ウルトラ』に頻繁に作品を発表。これらの作品のなかには、パリで発表したフランス語の詩集『鏡の回廊』*Galerie de glaces* を自分でスペイン語に訳したと称するものもあるが、この詩集も実際には存在しない。スペイン内戦後の一時期、イタリアで暮らすが、その頃には虚構を好む癖が高じて、若き日に出版したという架空の詩集の「初版本」をわざわざ作り、それをもとに「再版本」を出すなどして、みずからの人生を虚実織り交ぜたものとした。かように謎に包まれた人物だが、ウルトライスモ時代の詩は、都会の情景を清新なイメージで瞬時にとらえてうたいあげたもので、優れた詩才を感じさせる。

ラレア、フアン　Larrea, Juan（1895–1980）

ビルバオ生まれの詩人。故郷のデウスト大学在学中にヘラルド・ディエゴと知り合い、親友となる。一九一九年五月、マドリード帰りのヘラルド・ディエゴが土産がわりに『グレシア』誌ならびにウイドブロの作品を書き写したメモを渡したところ、ラレアはウイドブロの詩句に衝撃を受け、前衛詩に開眼、クレアシオニスモに傾倒する。ほどなくして『グレシア』や『セルバンテス』に作品を発表。やがてウイドブロに影響を受けてみずからもフランス語で詩作を始め、一九二六年にはパリでペルーの前衛詩人セサル・バリェッホと共同で文芸誌『ファボラブレス・パリス・ポエマ』*Favorables Paris Poema* を創刊。しかしやがて詩作の筆を折り、インカ文明の研究に没頭。内戦中にはパリでスペイン共和国支援のために活動し、ピカソの版画集《フランコの夢と嘘》の出版に尽力。内戦後はメキシコ、ニューヨーク、アルゼンチンで文学や文明史関連の出版活動と研究に従事した。孤高の詩人でながらく知られざる存在だったが、彼がフランス語で書いた作品のいくつかは、スペイン出身の詩人による前衛詩の最高峰。その作品の大半は『天空の詩篇』*Versión celeste*（1970）におさめられている。

リバス（・パネーダス）、ウンベルト　Rivas (Panedas), Humberto（1893–1960?）（単にウンベルト・リバスと名乗ることも多い）

マドリード生まれのバルセロナ育ち。父親はメキシコ出身。弟はやはりウルトライスタのホセ・リバス・パネーダス。もともとは雑誌編集やフランス語の翻訳をしていたが、おそらくは弟を介してウルトライスモに参加するようになる。最大の貢献は、『ウルトラ』誌の実質的編集長をつとめたことだろう。その『ウルトラ』には、みずからも詩を発表したほか、「監視塔」Vigía というコーナーで文芸時評を担当した。ウルトライスモ衰退ののち、一九二三年、メキシコに渡る。そして翌年、メキシコシティのカフェ・デ・ナディエで開催された〈エストリデンティスモ展〉に参加。さらに、メキシコの公教育相バスコンセロスの文化プロジェクトに協力。また『ウルトラ』に似た、前衛文学と造形美術を扱う雑誌をいくつか創刊するが、長続きしなかった。一九三一年にアメリカ合衆国に渡り、今度は映画制作の夢を追うも失敗。その後の足取りは途絶えて、一九六〇年頃カリフォルニアに没した。

リバス・パネーダス、ホセ Rivas Panedas, José
（1898–1944）

ウンベルト・リバス（・パネーダス）の弟でバルセロナ生まれ。一九一八年暮に発表されたウルトライスモ宣言の署名者のひとり。一九一九年六月号の『セルバンテス』誌に掲載された手書きの詩「嵐」Tormenta は、ウルトライスモのもっとも初期のカリグラムである。兄とともに『ウルトラ』の実質的編集長をつとめ、また、ペドロ・ガルフィアスとともに前衛文学雑誌『オリソンテ』も発行した。ボヘミアン的生活を送り、商店やカフェの看板を描いて糊口をしのいだ。内戦中は反ファシズム知識人同盟の中心的メンバーとして共和国支援の文化活動に従事するが、内戦終結時に投獄されて過酷な日々を送る。釈放された後、メキシコに亡命した。

ロメロ・マルティネス、ミゲル Romero Martínez, Miguel（1888–1957）［図1］

セビリヤ近郊の生まれ。詩人、翻訳家、ジャーナリスト。はじめはモデルニスモに影響を受けた詩を書いていたが、やがてウルトライスモに転じ、『グレシア』第十三号（1919. 4. 15）に、およそ前衛的とは言い難い文体で、激烈なウルトライスモ称揚の詩「ウルトライスモ的スケルツォ」Scherzo ultraísta を発表。一九一九年五月にセビリヤの文芸協会《アテネオ》で行なわれた〈ウルトラの祭典〉でもこの詩を朗読した。

おわりに

ウルトライスモとの出会いは今から二十年近く前になる。それは予期せぬ出会いだった。ある日突然、大学院時代にお世話になった木村榮一先生から電話があり、「スペインのウルトライスモの研究をやらないか」とおっしゃるのだ。事情を聞けば、モダニズム研究会という世界各地の前衛文学について調べている会があり、スペインを担当する者を探しているとのこと。引き受けたのは良いけれど、実はそのときはウルトライスモについて何も知らなかった。ところがモダニズム研究会は文部省（当時）の科研費の助成を受けていて、二、三年のうちには研究成果をまとめなければならない。それなのに当時はまだスペインでもウルトライスモについてほとんどまとまった研究がなされていない。木村榮一先生からいただくわずかな参考文献の情報などを頼りに勉強をはじめ、四苦八苦してまことに不完全なウルトライスモ研究の論文をまとめた。その後、仏文学の大学院で学ぶなど決してこの道ひとすじではなかったけれど、それでも、ウルトライスモについて書いた最初のものがあまりに不完全であったがゆえに、そのままにしておいてはいけないような気がずっとしていた。今こうしてウルトライスモ研究をまとめることができて、あいかわらず物足りない箇所や詰めの甘い部分は多々あるけれど、最初に書いたものより多少なりとも充実した内容にできたかと思う。文学史に名を残すこともなく、ひどい場合には生没年すらはっきりせぬまま消えていったウルトライスモの詩人たちが、気がつけば、とても身近に感じる存在となっていた。

前述のように、この本の出発点は第一期モダニズム研究会の成果である『モダニズム研究』（思潮社、一九九四年）所収の論文「ウルトライスモ――スペインのアヴァンギャルド」にある。その後、第二期モダニズム研究会の成果として『モダニズムの越境』（人文書院、二〇〇二年）が出て、そこに収められた「越境を生きたスペイン女性作家たち――ルシーア・サンチェス・サオルニルとマリア・テレサ・レオン」が本書の第七章Ⅱのもととなった。モダニズム研究会なくしては、この本はない。第一期の研究会代表の故・濱田明先生、第二期の研究会代表の大平具彦先生をはじめとして、研究会の先輩メンバーだった方々に心からお礼申し上げたい。あのように頼りないわたしをよくぞ受け入れてくださったものだと思う。なかでも研究会メンバーでラテンアメリカ文学研究の木村榮一先生と安藤哲行先生にはお世話になった。また一九九八年、第二期モダニズム研究会のときには大平具彦先生のご配慮で、科研費によりスペインへ出張する機会をいただき、そのおかげで、著作や展覧会企画をとおしてウルトライスモの復権に主導的な役割を果たしてきたファン・マヌエル・ボネット Juan Manuel Bonet 氏と知り合うことができた。ボネット氏ならびにその夫人のモニカ・ポリヴカ Monika Poliwka には心から感謝している。彼らの暖かい励ましがなければ、ここまで辿り着くことはできなかった。さらには、国書刊行会の編集長である礒崎純一氏と、この本を担当してくださった赤澤剛氏。礒崎純一氏は、ウルトライスモの作品の翻訳に短い解説をつけた簡単なものを出したいのだがとわたしが弱気な相談を持ちかけたところ、出版を引き受けてくださったばかりか、簡単なものではなくてちゃんとした研究書にしようと応援してくださった。赤澤剛氏は、この本ができるだけ良い仕上がりとなるよう、実に根気よく丁寧に編集の仕事をしてくださった。この本にお洒落な装いを与えてくれたブックデザイナーの柳川貴代さんにもお礼申し上げたい。そしてまた、外国語のカナ表記に関するこまごまとした質問に答えてくれ、詩の解釈やテキストの意味に関しての相談に乗ってくれた職場の同僚たちにも感謝している。最後になったが、いつも見守ってくれている両親に、心からありがとうと伝えたい。

——. *Adriano del Valle (1895-1957), Antología.* Catálogo de la exposición comisariada por Adriano del Valle. Madrid: Fundación el Monte/Consejería de Educación y Cultura de la Comunidad de Madrid, 1995.

ラテンアメリカ前衛文学（特にメキシコとアルゼンチンに関するもの）

・Casa de América. *Literatura Argentina de Vanguardia, 1920-1940.* Catálogo de la exposición comisariada por Sergio Baur y Juan Manuel Bonet. Madrid: Casa de América, 2001.

・Forster, Merlin H., *ed. Las vanguardias literarias en México y la América Central.* Madrid: Iberoamericana/Frankfurt: Vervuert, 2001.

・García, Carlos, *y* Dieter Reichardt, *ed. Las vanguardias literarias en Argentina, Uruguay y Paraguay.* Madrid: Iberoamericana/Frankfurt: Vervuert, 2004.

・Grunfeld, Mihai, *ed. Antología de la poesía latinoamericana de vanguardia (1916-1935).* 3ª ed., Madrid: Hiperión, 2005.

・Mora, Francisco Javier. *El ruido de las nueces: List Arzubide y el estridentismo mexicano.* Alicante: Publicaciones de la Universidad de Alicante, 1999.

・Schneider, Luis Mario, *ed. El estridentismo, México 1921-1927.* México D. F.: Universidad Nacional Autónoma de México, 1985.

・Mendonça Teles, Gilberto, *y* Klaus Müller-Bergh, *ed. Vanguardia Latinoamericana: Historia, crítica y documentos.* Tomo I. *México y América Central.* Madrid: Iberoamericana/Frankfurt: Vervuert, 2000.

・Verani, Hugo J., *ed. Las vanguardias literarias en Hispanoamérica (Manifiestos, Proclamas y otros escritos).* 3ª ed., México: Fondo de Cultura Económica, 1995.

2001.
・Videla, Gloria. *El Ultraísmo. Estudios sobre movimientos poéticos de vanguardia en España*. 2ª ed., Biblioteca Románica Hispánica. Madrid: Gredos, 1971.
・Wentzlaff-Eggebert, Harald, *ed. Las vanguardias literarias en España*. Madrid: Iberoamericana/Frankfurt: Vervuert, 1999.

個々の詩人に関する文献

・Borges, Jorge Luis. *Cartas del fervor - Correspondencia con Maurice Abramowicz y Jacobo Sureda (1919-1928)*. Edición de Critóbal Pera. Barcelona: Galaxia Gutenberg, 1999.
——. *Textos recobrados, 1919-1929*. Edición de Sara Luisa del Carril. Buenos Aires: Emecé Editores, 1997.
・Costa, René de, *ed. Vicente Huidobro y el creacionismo*. Serie "El escritor y la crítica". Madrid: Taurus, 1975.
・Fundación Díaz-Caneja. *Francisco Vighi. Humor, Vanguardia, Poesía*. Catálogo de la exposición comisariada por Juan Manuel Bonet y Javier Villán. Palencia: Fundación Díaz-Caneja, 2003.
・García-Sedas, Pilar. *Humberto Rivas Panedas: El gallo viene en aeroplano*. Sevilla: Renacimiento, 2009.
・Garfias, Pedro. *Obra poética completa*. Edición crítica de José María Barrera López. Écija: Gráf. Sol, 1993.
・González, Paulino, *y* Rogelio Reyes. *Los papeles perdidos de Isaac del Vando*. Sevilla: Real Academia Sevillana de Buenas Letras/Fundación El Monte, 2003.
・Huidobro, Vicente. *Obra poética*. Edición crítica de Cedomil Goic. Madrid/Nanterre: ALLCA XX, 2003.
・Lasso de la Vega, Rafael. *Poesía*. Con el prólogo de Juan Manuel Bonet. Granada: Editorial Comares, 1999.
・Moreno Gómez, Francisco. *Pedro Garfias, Poeta de la vanguardia, de la guerra y del exilio*. Córdoba: Excma. Diputación Provincial de Córdoba, 1996.
・Sánchez Saornil, Lucía. *Poesía*. Introducción y edición de Rosa María Martín Casamitjana. Valencia: Pre-textos/IVAM, 1996.
・Torre, Guillermo de. *Hélices*. Madrid: Editorial Mundo Latino, 1923; reprint, Málaga: Centro Cultural de la Generación del 27, 2000.
・Valle Hernández, Adriano del. *Adriano del Valle, mi padre*. Sevilla: Renacimiento, 2006.

主要参考文献

使用した主要テキスト

・『セルバンテス』*Cervantes*

刊行された全47号のうち、スペイン国立図書館所蔵の29号分に関しては、デジタルアーカイヴ（http://www.bne.es/es/Catalogos/HemerotecaDigital/index.html）で閲覧可能。それ以外の号は、マドリード市立定期刊行物資料館で閲覧。

・『グレシア』*Grecia* 復刻版

Grecia. I y II. Edición de José María Barrera López. Málaga: Centro Cultural Generación del 27, 1998.

・『ウルトラ』*Ultra* 復刻版

Ultra. Edición de José Antonio Sarmiento y José María Barrera. Madrid: Visor, 1993.

ウルトライスモならびにスペイン前衛文学全般

・Barrera López, José María, *ed. El ultraísmo de Sevilla*. Tomos I y II. Sevilla: Alfar, 1987.

・Bernal, José Luis, *ed. Gerardo Diego y la vanguardia hispánica*. Cáceres: Universidad de Extremadura, 1993.

・Bonet, Juan Manuel. *Diccionario de las Vanguardias en España 1907-1936*. 3ª ed., Madrid: Alianza Editorial, 2007.

・Bores, Francisco. *Francisco Bores - El ultraísmo y el ambiente literario madrileño 1921-1925.* Catálogo de la exposición comisariada por Eugenio Carmona. Madrid: Publicaciones de la Residencia de Estudiantes, 1999.

・Díez de Revenga, Francisco, *ed. Poesía española de vanguardia (1918-1926)*. Clásicos Castalia. Madrid: 1995.

——. *La poesía de vanguardia*. Madrid: Ediciones del laberinto, 2001.

・Fuentes Florido, Francisco, *ed. Poesías y poética del ultraísmo*. Barcelona: Editorial Mitre, 1989.

・IVAM. *El Ultraísmo y las artes plásticas*. Catálogo de la exposición comisariada por Juan Manuel Bonet y Carlos Pérez. Valencia: IVAM, 1996.

・Morelli, Gabriele. *Treinta años de vanguardia española*. Sevilla: El carro de la nieve, 1991.

・Pérez Bazo, Javier, *ed. La Vanguardia en España: Arte y Literatura*. Toulouse: C. R. I. C./ Paris: Ophrys, 1998.

・Torre, Guillermo de. *Literaturas Europeas de Vanguardia*. Sevilla: Editorial Renacimiento,

人名索引

（人名小辞典で紹介している人物、ページ数に関しては太字で示した）

ア

アインシュタイン，アルベルト Einstein, Albert 64,82
アブリル，マヌエル Abril, Manuel 20
アポリネール，ギヨーム Apollinaire, Guillaume 23,29,36,68,125,225
アヤラ，フランシスコ Ayala, Francisco 215
アラゴン，ルイ Aragon, Louis 221
アルバ・デ・ラ・カナル，ラモン Alva de la Canal, Ramón 201,202,205-207
アルベルティ，ラファエル Alberti, Rafael 83,168,210,215,222
アレナル，コンセプシオン Arenal, Concepción 175
アローカ，J・デ Aroca, Joaquín de 52
アロンソ，ダマソ Alonso, Dámaso 130,131,215,222
イグレシアス，フェルナンド Iglesias, Fernando 51,52
イグレシアス・カバリェーロ，ペドロ Iglesias Caballero, Pedro 52
イリバルネ，フェデリコ・デ Iribarne, Federico de 127,128
インヘニエロス，ホセ Ingenieros, José 57
ヴァレリー，ポール Valéry, Paul 64
ウィークス，ルイス・S Weeks, Lewis S. 145
ウイドブロ，ビセンテ Huidobro, Vicente 20-24, 29, 30, 32, 36, 39, 61,64,82,95,109,115,122,127,128, 135-137,150,210,**225**,237
ヴェストマン，スヴェン Westman, Sven 162
ヴェルヌ，ジュール Verne, Jules 160
ヴェルレーヌ，ポール Verlaine, Paul 13
ウナムノ，ミゲル・デ Unamuno, Miguel de 58
ウルビーナ，ルイス・G Urbina, Luis Gonzaga 57,149
エスコスーラ，ホアキン・デ・ラ Escosura, Joaquín de la 64
オカンポ，シルビナ Ocampo, Silvina 167
オルテガ・イ・ガセット，ホセ Ortega y Gasset, José 79,106,132, 175,183,216
オルメド・スリータ，ペドロ Olmedo Zurita, Pedro 97
オロスコ，ホセ・クレメンテ Orosco, José Clemente 205

カ

カサル，フリオ・J Casal, Julio J. 221
ガルシア・リネーラ，エミリオ García Linera, Emilio 53

ガルシア・ロルカ，フェデリコ García Lorca, Federico 14, 67, 80, 82, 83, 102, 131, 148, 167, 210, 222, 223, 229, 232, 233
ガルフィアス，ペドロ Garfias, Pedro 44, 52, 61-63, 67, 69, 76, 88, 103, 111, 114, 118, 119, 153, 188, 221, 223, **226**, 227, 238
ガルベス，ペドロ・ルイス・デ Gálvez, Pedro Luis de 226
カンシーノス・アセンス，ラファエル Cansinos Assens, Rafael 20, 30, 34-45, 48-54, 60, 61, 63-67, 71, 73, 74, 78, 79, 82, 86, 93, 109, 122, 127, 135-137, 148-150, 179, 190, 195, 199, 201, 206, 220-222, 225, **227**, 231, 235
カンディス，アンヘル Candiz, Ángel →アロンソ，ダマソ
カンプルビ，セノビア Camprubí, Zenobia 16
ギリェン，ホルヘ Guillén, Jorge 222
クエト，ヘルマン Cueto, Germán 201, 202
グリス，フアン Gris, Juan 23, 225
グールモン，レミ・ド Gourmont, Remy de 18
コクトー，ジャン Cocteau, Jean 225
コスタ，ホアキン Costa, Joaquín 82
ゴメス・カリーリョ，エンリケ Gómez Carrillo, Enrique 150
ゴメス・デ・ラ・セルナ，ハビエル Gómez de la Serna, Javier 18
ゴメス・デ・ラ・セルナ，ラモン Gómez de la Serna, Ramón 17-20, 30, 42, 50, 73, 79, 97, 124, 150, 168, 199, 201, 222, **227**, 231, 232, 234
コメット，セサル・A Comet, César A. 51, 76, 80
コルタサル，フリオ Cortázar, Julio 167
コロンビーヌ Colombine →ブルゴス，カルメン・デ
ゴンクール（兄弟）（les frères）Goncourt 122
ゴンゴラ，ルイス・デ Góngora, Luis de 222
ゴンサレス・オルメディーリャ，フアン González Olmedilla, Juan 68, 69, **228**
ゴンサレス・ラヌサ，エドゥアルド González Lanuza, Eduardo 188, 194

サ

サオルニル，ルシーア・デ Saornil, Lucía de →サンチェス・サオルニル，ルシーア
サスーン，シーグフリード Sassoon, Siegfried 64
サティ，エリック Satie, Erik 225
サラサール，アドルフォ Salazar, Adolfo 123
サルキソフ，モーリス Sarkisoff, Maurice 160, 162
サルバット＝パパセイット，ジュアン Salvat-Papasseit, Joan 126, 198
サン＝サオール，ルシアーノ・デ San-Saor, Luciano de →サンチェス・サオルニル，ルシーア
サンチェス・サオルニル，ルシーア Sánchez Saornil, Lucía 103, 148, 160, 171-181, 183, 200, 225, **228**

サンドラール，ブレーズ　Cendrars, Blaise　23,64,71,210
シケイロス，ダビ・アルファロ　Siqueiros, David Alfaro　200,205
ジャコブ，マックス　Jacob, Max　61,64,225
ジャコメッティ，アルベルト　Giacometti, Alberto　162
シャルロ，ジャン　Charlot, Jean　201-204,206
シュオブ，マルセル　Schwob, Marcel　18, 168
ジュノイ，ジュゼップ・マリア　Junoy, Josep Maria　126
シュペルヴィエル，ジュール　Supervielle, Jules　168
シリア・イ・エスカランテ，ホセ・デ　Ciria y Escalante, José de　121,125,148,200,**229**
スウィンバーン，アルジャーノン・チャールズ　Swinburne, Algernon Charles　18
スペンサー，ハーバート　Spencer, Herbert　72,82
スレーダ，ハコボ　Sureda, Jacobo　186-188,195,212,**229**,230,235
セハドール，フリオ　Cejador, Julio　58
ソフォビッチ，ルイサ　Sofovich, Luisa　228
ソラーナ，ホセ・グティエレス　Solana, José Gutiérrez　20,21,151,157

タ

タブラーダ，ホセ・フアン　Tablada, José Juan　122,123,199
ダリ，サルバドール　Dalí, Salvador　67,80,82,131,164,223,232
ダリーオ，ルベン　Darío, Rubén　13, 15, 16, 23, 58, 67, 68, 73, 101, 117-119,228,229,233
ダンヌンツィオ，ガブリエーレ　D'Annunzio, Gabriele　18
チャセル，ロサ　Chacel, Rosa　80, 221
チャバス，フアン　Chabás, Juan　61,62,72,87,**230**
ツァラ，トリスタン　Tzara, Tristan　64,71,220,221,231
ディエゴ，ヘラルド　Diego, Gerardo　69,76,80,98,106-110,125,135,136,148,220,222,229,**230**,231,235,237
デュナン，ルネ　Dunan, Renée　198
デ・ラ・メア，ウォルター・ジョン　De La Mare, Walter John　64
ド・クインシー，トマス　De Quincey, Thomas　18
ドス・パソス，ジョン　Dos Passos, John　204
ドルス，エウヘニオ　D'Ors, Eugenio　216
トーレ，ギリェルモ・デ　Torre, Guillermo de　29,51,52,61,64,69,73, 74, 78, 80, 82, 88, 93, 97-99,107-109,114,116,123,124,127,137,148,153,154,165,167,170,172,188,198-200,210,220,221,226,228,229,**231**,232
ドローネー，ソニア　Delaunay, Sonia　23,76,131,150,176
ドローネー，ロベール　Delaunay, Robert　23, 24, 76, 127, 128, 150, 176

ナ

ネルーダ，パブロ　Neruda, Pablo　21,226

ネルボ，アマード　Nervo, Amado　58

ハ

パイペル，タデウシュ　Peiper, Tadeusz　78

バカリッセ，マウリシオ　Bacarisse, Mauricio　76,151,157

パシュキェヴィッチ，マリヤン　Paszkiewicz, Marjan　150

パス，オクタビオ　Paz, Octavio　210

バスコンセロス，ホセ　Vasconcelos, José　205,238

パラシオス，アントニオ　Palacios, Antonio　142,148

バラーダス，ラファエル　Barradas, Rafael　75,77,131,150,163,**232**

バリェ，アドリアノ・デル　Valle, Adriano del　61,67,71,72,81,103,119,160,164,188,226,**233**,234

バリェ＝インクラン，ラモン・マリア・デル　Valle-Inclán, Ramón María del　58,74,151,157

バルトロッシ，サルバドール　Bartolozzi, Salvador　20

バロッハ，ピオ　Baroja, Pío　58

バンド・ビリャール，イサアク・デル　Vando Villar, Isaac del　44,61,66,68,69,72,74,81,88,102,129,130,135,163,188,190,226,**233**

ビオイ・カサーレス，アドルフォ　Bioy Casares, Adolfo　167,168,169

ピカソ，パブロ　Picasso, Pablo　20,23,24,164,225,237

ピカビア，フランシス　Picabia, Francis　64,213

ビギ，フランシスコ　Vighi, Francisco　151,**234**

ピネード，マヌエル　Pinedo, Manuel →ボルヘス，ノラ

ヒメネス，フアン・ラモン　Jiménez, Juan Ramón　14,16,30,106,167,168,222,231

ビリャウルティア，ハビエル　Villaurutia, Xavier　211

ビリャエスペサ，フランシスコ　Villaespesa, Francisco　14,57

ヒロンド，オリベリオ　Girondo, Oliverio　191,192,195,196,228

ファベーラ，イシドロ　Fabela, Isidro　58

フェリーペ，レオン　Felipe, León　168

フェルナン・カバリェーロ　Fernán Caballero →ボェール・デ・ファベール，セシリア

フェルナンデス，マセドニオ　Fernández, Macedonio　190

ブエンディア，ロヘリオ　Buendía, Rogelio　98

ブニュエル，ルイス　Buñuel, Luis　67,79,80,82,131,221-223

ブルゴス，カルメン・デ　Burgos, Carmen de　228

ブルトン，アンドレ　Breton, André　221

ベラ，アルケレス　Vela, Arqueles　200,202,205,206

ベルガミン，ホセ　Bergamín, José　222

ベルナルダン・ド・サン＝ピエール，ジャック＝アンリ　Bernardin de Saint-Pierre, Jacques-Henri　168
ポー，エドガー・アラン　Poe, Edgar Allan　160
ボェール・デ・ファベール，セシリア　Böhl de Faber, Cecilia　175
ボベダ，ハビエル　Bóveda, Xavier　47,48,51,61,62,98
ボルヘス，ギリェルモ・フアン　Borges, Guillermo Juan　188
ボルヘス，ノラ　Borges, Norah　72-75,77,80,90,131,150,160-165,167-171,175-177,180-182,188,189,191,212,228,231-**234**
ボルヘス，ホルヘ・ルイス　Borges, Jorge Luis　34,42,54,65,71,72,74,76,80,90-92,95,97,103,109,112,113,116,117-120,150,160-162,164,165,167,168,176,182,186-191,193-196,198-200,212,221,229,231,**233-235**

マ

マエストゥ，マリア・デ　Maeztu, María de　168
マチャード，アントニオ　Machado, Antonio　58,66,222
マプレス・アルセ，マヌエル　Maples Arce, Manuel　198-202,204-206,208,210,231
マラルメ，ステファヌ　Mallarmé, Stéphane　109
マリネッティ，フィリッポ・トンマーゾ　Marinetti, Filippo Tommaso　18,68,87,97,197-199
マルティネス・シエラ，グレゴリオ　Martínez Sierra, Gregorio　175
ミストラル，ガブリエラ　Mistral, Gabriela　21
メンデス，エバル　Méndez, Evar　196
メンデス，レオポルド　Méndez, Leopoldo　205
モドッティ，ティナ　Modotti, Tina　206,207
モラン，ポール　Morand, Paul　71
モンテス，エウヘニオ　Montes, Eugenio　90,103,157,**235**

ヤ

ヤール，ヴラジスラフ　Jahl, Wladyslaw　75,77,131,150,163

ラ

ライダ，ペドロ　Raida, Pedro　129,130,226,**236**
ラス，フアン　Las, Juan →カンシーノス・アセンス，ラファエル
ラッソ・デ・ラ・ベガ，ラファエル　Lasso de la Vega, Rafael　76,80,98,120,152,198,199,209,210,221,223,**236**
ラモン・イ・カハル，サンティアゴ　Ramón y Cajal, Santiago　58
ラルボー，ヴァレリー　Larbaud, Valery　20,228
ラレア，フアン　Larrea, Juan　69,114,118,119,127,128,135,136,220,230,**237**
ランヘ（ランジュ），ノラ　Lange, Norah　195
リスト・アルスビデ，ヘルマン　List

Arzubide, Germán　200,205–207
リバス・パネーダス，ウンベルト Rivas Panedas, Humberto　76, 80, 137,200,201,213,**237**,238,
リバス・パネーダス，ホセ Rivas Panedas, José　52, 76, 80, 97, 188, 195,221,227,237,**238**
リプシッツ，ジャック　Lipchitz, Jacques　23
リベラ，ディエゴ　Rivera, Diego 17,20,149,200,201
リョベット・ソリアーノ，フアン・ホセ　Llovet Soriano, Juan José　151, 157
ルヴェルディ，ピエール　Reverdy, Pierre　23,32,36,64,71,109,226
レハラガ，マリア　Lejárraga, María 168,175
レブエルタス，シルベストレ　Revueltas, Silvestre　201,202
ロド，ホセ・エンリケ　Rodó, José Enrique　58
ロートレアモン　Lautréamont, Comte de　18
ロメロ・デ・トーレス，フリオ　Romero de Torres, Julio　162
ロメロ・マルティネス，ミゲル Romero Martínez, Miguel　67, 68, 88,89,119,226,**238**
ローランサン，マリー　Laurencin, Marie　20

ワ

ワイルド，オスカー　Wilde, Oscar 18

この本の出版にあたっては、スペイン文化省のグラシアン基金より二〇〇八年度の助成を受けました。
La realización de este libro ha sido subvencionada en 2008 por el Programa "Baltasar Gracián" del Ministerio de Cultura de España.

[著者紹介]
坂田幸子（さかた　さちこ）
慶應義塾大学文学部教授
これまでの主な仕事：「テオフィル・ゴーチエ、1840年のスペイン旅行」（『続・ヨーロッパ世界と旅』法政大学出版局、2001年）。「越境を生きたスペイン女性作家たち――ルシーア・サンチェス・サオルニルとマリア・テレサ・レオン」（『モダニズムの越境』人文書院、2002年）。「おてんば少女の輝いた時代――スペイン女性作家たちによる児童小説」（『文学の子どもたち』慶應義塾大学出版会、2004年）。

ウルトライスモ――マドリードの前衛文学運動

2010年２月15日　初版第１刷印刷
2010年２月19日　初版第１刷発行

著者　坂田幸子

発行者　佐藤今朝夫
発行所　国書刊行会
〒174-0056　東京都板橋区志村1-13-15
TEL. 03-5970-7421　FAX. 03-5970-7427
http://www.kokusho.co.jp

装幀　柳川貴代
印刷　藤原印刷株式会社
製本　株式会社ブックアート

ISBN978-4-336-05156-1

ボルヘス・コレクション　全７冊

ホルヘ・ルイス・ボルヘス
四六判・上製

論議

牛島伸明訳　文学、哲学、神秘主義、映画、レトリックについて縦横自在に語ったボルヘスの重要エッセー集。「カバラの擁護」「語りの技法と魔術」「地獄の継続期間」「ホメーロスの翻訳」ほか全20編を収録。　**2940円**

ボルヘスのイギリス文学講義

中村健二訳　「イギリス文学にはすべてがある」と語るボルヘスが、独自の視点で書き下ろした偏愛的英文学史。中世アングロサクソン文学から、エリオット、フォースターまで、イギリス文学へのユニークな入門書。　**2100円**

無限の言語　初期評論集

旦　敬介訳　最初期の三作よりセレクトされた評論集。「ジョイスの『ユリシーズ』」「天使の歴史」「文学の悦楽」ほか、19編。ボルヘスが封印していた《最初期のボルヘス》のテクストがついに正体を現す。　**2625円**

序文つき序文集

牛島伸明・内田兆史・久野量一訳　生ける図書館ボルヘスが、自ら鐘愛する作家の作品に付した序文集。ルイス・キャロル、セルバンテス、ヴァレリー、カフカ、ブラッドベリー、スウェデンボリ、ビオイ・カサーレス、ギボン等38編。　**3360円**

続審問

竹村文彦訳　『伝奇集』や『エル・アレフ』と共にボルヘス宇宙の中核を形作るエッセー集。「城塞と書物」「コールリッジの花」「新時間否認論」「パスカルの球体」ほか。　**続刊**

ボルヘスの「神曲」講義

竹村文彦訳　「あらゆる文学の頂点に立つ作品」とボルヘスがたたえる、ダンテの『神曲』をめぐる９つの随想。「第四歌の高貴な城」「スィーモルグと鷲」ほか。ブレイクのカラー挿画入り。**2520円**

ボルヘスの北アメリカ文学講義

柴田元幸訳　ホーソン、メルヴィルから、探偵小説、ＳＦ、ラヴクラフトまで、無類の博学が情熱をこめて語るアメリカ文学の歴史。　**2100円**

＊価格税込。改訂する場合もあります。